競売ナンバー49の叫び

トマス・ピンチョン
志村正雄 訳

筑摩書房

目次

競売ナンバー49の叫び

本書の単行本は、一九九二年十一月、筑摩書房より刊行されました。

競売ナンバー49の叫び

THE CRYING OF LOT 49

1

ある夏の日の午後、エディパ・マース夫人はタッパーウェア製品宣伝のためのホーム・パーティから帰って来たが、そのパーティのホステスがいささかフォンデュ料理にキルシュ酒を入れすぎたのではなかったかと思われた。家に帰ってみると自分——エディパ——が、カリフォルニア州不動産業界の大立者ピアス・インヴェラリティという男の遺産管理執行人に指名されたという通知が来ていた。死んだピアスは暇なときの道楽に二百万ドルをすってしまったこともあるような男だが、それでもなお遺産はおびただしい量で、錯綜しているものだから、そのすべてを整理するとなればとても名義だけの執行人というわけにはいくまい。エディパは居間に立ちつくした。スイッチの入っていないテレビの緑っぽいスクリーンの目にねめつけられて、エディパは神の加護をもとめる言葉を口にし、何とか酔っぱらっている気持になろうとした。しかし、これはうまくいかなかった。メキシコのマサトランのホテルの一室のことを思い出した。その部屋のドアがバタンと激しく閉まったところだ。永遠に閉まったのかと思われた。下のロビーの二百羽の鳥がそれで目を覚ました。また、コーネル大学の図書館がある斜面の、その向こう側の日の出を思い出した。その斜面が西向きなので、そこに立っているかぎりだれにも日の出が見えはしないのだ。また、バルトークの『管弦楽のための協奏曲』の第四楽章の乾いた、やるせない調べ。また、大富豪ジェイ・グールドの石膏の胸像。ピアスはそれをベッドの上のせますぎる棚の上に置いたので、エディパはそれがいつの日か二人のところに落ちてくるのではないかと、そこはかとない不安を抱いた。それで死んだのだろうか？　夢また夢を見ながら、あの屋敷のなかの唯一の聖像《イコン》に押しつぶされて？　そう思っても笑うばかりだった。声を出して笑い、当惑した――病的だわ、エディパ、と彼女は自分に言い聞かせた。それとも居間に言い聞かせたのだろうか。居間はエディパが病的になっていることを知っているにちがいない。

通知状はロサンジェルスの〈ウォープ・ウィストフル・キュービチェック・アンド・マクミンガス法律事務所〉からで、署名はメッガーというひとのものだ。ピアスはこの春死んだが、いま遺書が発見されたところだと書いてある。このメッガーが遺言の共同管理人で、こみいった訴訟問題が起きたときには特別顧問になるということだった。エディパはまた、一年まえの日付の遺言補足書にも遺言執行人として指名されているという。そのころ何か変わったことがあったろうかと思いかえしてみようとした。それ以来、午後はずっと、キナレット・アマング・ザ・パインズの下町のスーパーへ行って、リコッタ・チーズを買ってBGM（きょうはビーズのカーテンの入口の中へ入ると、フォート・ウェイン市十七世紀室内楽団の演奏する、集注版レコーディングによるヴィヴァルディ『カズー笛協奏曲』をボイド・ビーヴァのソロで、第四小節のあたり）を聞いているときも、それから家のハーブ・ガーデンで日に照らされてマジョラムとスイートバジルの葉を摘んだり、『サイエンティフィック・アメリカン』誌最近号の書評欄を読んだり、それから夕食のためにラザーニャの材料を重ね、パンにガーリックをまぶし、コスレタスの葉をちぎったりしているときも、最後には（オーブンを点火しておいて）夕暮れ時のためのウィスキー・サワー（それは夫のウェンデル〔通称「ムーチョ」〕・マース）が仕事から帰ってくるのに備えてのもの）を調合しながらも、ずっと考えに考えたのだ。厚い一組のトランプの札のような日々を過去に向かって切ってみるけれど（エディパがまっさきに自認することであろうが）どの日もどの日もまずは似たものばかり、と言おうか、あるいは手品師のトランプの札のように全部が巧みに同じ方向を指していて一枚でも違うのがあれば、くろうとの目には一目瞭然、と言おうか。とうとう七時の〈ハントリー・アンド・ブリンクリー〉ニュース・ショーの半ばになって思い出したのだ。あれは去年のある日の午前三時ごろ、あの長距離電話、どこからかけてきたものかわかりようもないが（彼の日記でもあれば別だけれど）、声は、はじめはひどいスラヴ訛りで、こちらはトランシルヴァニア領事館の二等書記官だが逃げた蝙蝠《こうもり》を探しているのだと言い、それがコミック調の黒人訛りに変化し、それから敵意をむき出しのメキシコ系愚連隊言葉になってオマンコだのオカマだのとわめいた。それからゲシュタポの将校に変わって、かんだかい声で、貴下はドイツに親族ありやなどと尋問し、最後はラジオのミステリー番組『ザ・シャドウ』の金持ち弁護士ラモント・クランストンの声に落ちついたが、それはかつてマサトランへ行く途中、ずっと彼が使った声色だった。「ピアスさん、ねえ」と何とか隙を見て口をはさんだ。「私たちの仲はもう――」

「しかしマーゴくん」と向こうは熱がこもって「いまウェストン総監のところへ行ってきたところなんだが、ビックリハウスのあの老人は、クワッケンブッシュ教授が殺されたのと同じ吹き矢でやられたんだ」などと話しつづける。

「いいかげんにしてよ」とエディパが言った。ムーチョはこちらのほうに寝返りを打って、じっと見ている。

「電話を切ってしまえばいいじゃないか」とムーチョはもっともな提案をする。

「聞こえたぞ、いまの声」とピアスが言った。「ウェンデル・マースくん。きみもそろそろ〈ザ・シャドウ〉の訪問をちょっと受けてもいいころだがな」。それから沈黙、決定的で完全な沈黙が襲った。そう、あれが彼の声を聞いた最後だった。ラモント・クランストン。あのときの電話線はどちらの方向を指していたものやら、どこまで延びていたものやら。あの、意味不明瞭な沈黙が、電話のあと数か月のうちに、蘇ってきたもの

——あの顔、体、贈りものの数々、ときどきは聞こえぬふりをしていたことども、そうしたものの思い出——に代わった。それが彼に取って代わり、ほとんど忘れかけていたのだ。影《シャドウ》は一年たってやってきた。しかし今度はメッガーの通知状だ。じゃ、ピアスは去年この遺言補足書のことを言おうとして電話してきたのかしら？　それとも、それはもっとあとで決めたことなのかしら？　私があんなに迷惑そうに扱い、ムーチョに冷たくあしらわれたのが、なぜか原因になったのかしら？　エディパは見すかされ、策を弄され、やりこめられたと感じた。生まれてから遺言の執行などしたことがない。何から手をつけていいのかわからない。何から手をつけていいかわからないとロサンジェルスの法律事務所に告げようと思っても、その方法がわからない。

「ねえ、ムーチョ」困り果てた彼女はそう叫んだ。

帰宅したムーチョ・マースは、網戸を勢いよくあけて入ってきた。「きょうもまたやられた」と話がはじまる。

「私の話を聞いてよ」とエディパもはじめた。が、ムーチョの話をまず聞こう。

彼はディスク・ジョッキー、ここよりもさらに半島の先のほうにある局で働き、自分の仕事について、毎度、良心の呵責にさいなまれる。「おれ、認めるわけにいかないんだ、あんなもの」ということに逃げるのがつねであった。「努力しても、ほんとに無理なんだ、おれ」と深いところからの声、とてもエディパの手のとどかないような深いところからの声だから、そんなとき、よく彼女はパニック状態に近くなった。彼女のほうが常態をうしないそうなのを見て、彼は冷静さを取り戻すようにもみえる。「あなた、感じすぎよ」。そう、ほかにも言うべきことはたくさんあるのに、こんな言葉が出てしまう。いずれにしても、これ、うそではない。二年間ムーチョは中古車のセールスマンをしたことがあって、その職業がもつようになった意味に対し過度の意識にとらわれたために勤務時間が言いようもない拷問となった。ムーチョは毎朝、鼻の下にひげのあとが少しも残らないように上から下へ向かって三回、下から上へ向かって三回剃り、毎朝カミソリの刃をつけかえるのでいつも血が出てしまうのだが、それでもかまわず剃りつづけるのである。買う背広はどれもナチュラル・ショルダー、それからテーラーへ行って、ただでさえ細い襟幅なのにさらに異常に細くしてもらう。髪には水をつけてとかすだけ、そのとかし方はジャック・レモンふうに後方にもっていく。おがくずは勿論、鉛筆の削り屑を見てもドキッとした。そのわけは、彼のような職業の人間が不良トランスミッションの音を消すためにおがくずを使うと言われているからだ。食餌療法で減量していたが、コーヒーを甘くするのにエディパのように蜂蜜を使うことができない。何によらず、ねばねばしたものはだめなのだ。ピストンとシリンダー壁のギャップに不正に滲みこませるための、モーター・オイルによく混ぜる物質をいやというほど思い出してしまう。ある夜などは、パーティの席でだれかが悪意をもって、聞こえよがしに（と彼には思えた）「シュークリーム」という言葉を使ったというので憤然と席を立ってしまった。「シュークリーム」と言った男はハンガリーからの難民のケーキ職人で、仕事の話をしていたのだが、ムーチョは新品同様にみせかけた中古車を意味するスラングだと思ってしまった。何とも神経過敏なムーチョである。

そんなムーチョだが、少なくとも自動車の意義だけは認めていた。それも度がすぎるほどに。むりもない、彼より貧しいひとびとがやってくるのだ、黒人、メキシコ人、貧農の白人、週七日、毎日毎日、列をなして何ともひどい下取り用ガタピシ車をもってくるのだ。そうした車は彼らじしん、彼らの家族、彼らの全人生と思われるものをモーター化し、金属化した外延なのである。それが、そこに、むきだしで、だれの目にも、彼のような他人の目にも、さらけ出されている。フレームはひん曲がり、ボディ下部は錆びつき、フェンダーは再塗装され、その色合いがわずかながらずっこけていてムーチョの気持を低下させないにしても下取り価格を低下させるには充分で、内部となれば、子どもたちの匂い、スーパーで買った安酒の匂い、二代、ときには三代にもわたる愛煙家の匂い、あるいは純一に埃の匂い、こうした匂いが堪まらないほど。車内の清掃のさいに、いやおうなく見てしまうのは、こうしたひとびとの人生のほんとうの残滓、どれがほんとうに捨てられてあるものか（手に入るものなど、ほんのわずかなのだろうから、恐ろしくて手に入ったものはたいていい取っておくのだろうとムーチョは思った）、どれが単に（あるいは悲劇的な事態なのだろう）紛失したものなのか、まったく見当もつかない――持っていけば五セントないし十セントの割引きを受けられるクーポン券の切り抜き、一定数集まれば景品と交換できるスタンプ、マーケット特売広告のピンクのちらし、煙草の吸いながら、歯の欠けた櫛、電話帳から破りとった職業別のページ、古い下着や、もう時代ものになったドレスなどの切れっぱし、これは、フロントガラスの内側に息をふきかけて拭き、前方にあるものをよく見ようというのだろう――ドライヴ・インの映画か、ものにしたい女か、自動車か、訓練のために道路わきに停車を命じるおまわりを見ようというのか。いずれにしても、断片、小片、ひとしなみに、絶望という名のサラダさながら、煙草の灰やら凝縮した排気ガス、埃、人体の排出物やらの灰色ドレッシングがまぶされてある。見ただけで胸が悪くなるのだが見ないわけにはいかない。これがアッケラカンの廃車処理場だったら我慢できたかもしれない。一生勤めあげることもできたかもしれない。残骸のそれぞれの原因となった暴力もしょっちゅうではなくて、身から離れたところで起きているから、奇跡みたいなものだ。ひとりひとりの死が、自分の番になるまでは奇跡のように見えるのと同じことだ。ところが果てしなくつづく下取りの儀式は毎週毎週、暴力や流血にいたることは絶対になくて、いかにもまことしやかにおこなわれ、感じやすいムーチョに長く耐えられるものではなかった。変わることのない、この灰色の病いに身をさらしていれば、やがてどうにか免疫になるにしても、なお彼に我慢できないのは、どの所有者も、どの影も、列をなして入ってきて、車体がへこみ、機能不全の分身を出し、代わりに別な、同じく未来のない、だれか他人の人生の投影物である自動車を引き取っていくというやり方だった。まるで当然至極というふうなのだ。ムーチョには身の毛もよだつことである。果てもない近親相姦の堂々めぐり。

エディパは彼がどうしていまもこんなに取り乱すのか、わからない。結婚したとき、彼はすでに二年間KCUF放送局に勤めていて、冴えない、騒々しい幹線道路に面した中古自動車売場はとうの昔のことになっていたから、もっと年配の夫たちなら、第二次大戦とか朝鮮動乱のようなものなのだ。ひょっとすると、とんでもない考えだが（神よ、お許しください）、彼も戦争に行ったほうがよかったのではないか、とエディパは思う。ジャングルに隠れた日本兵、タイガー戦車に乗ったドイツ兵、夜の闇にラッパを鳴らす朝鮮兵などに出くわせば、何よりもすみやかに、実体は何であれ、五年にもわたってこんなに不安を感じさせるほど残っている中古自動車売場のことも忘れさせたのではないか。五年間。汗びっしょりになったり悪夢の言葉を叫び出したりして目を覚ましたひとは慰めてやるもの。そう、抱いてあげれば、落ちついてきて、やがて、いつの日か、そんなことは忘れてしまう。それはエディパも知っている。けれど、いつになったらムーチョは忘れてくれるのかしら？ どうもこのディスク・ジョッキーの職というものが（それはKCUF局の広告担当マネージャーが彼の親友で、その中古自動車屋がスポンサーだったから、週一回売場へ来ていたのが世話してくれた職だった）〈ベスト二百曲〉を、それに機械からガチャガチャ音を立てて飛び出してくるニュース原稿をも——すべてティーンエージャーの食欲をだます夢みたいなもの——夫とあの中古車売場のあいだの緩衝装置にしているのだと、そんな気がエディパにはする。

夫はあまりに中古車売場を認めすぎ、放送局をまったく認めない。それなのに、いま、薄明の居間でムーチョを見れば、上昇気流に乗った大きな鳥のように、水滴をつけたカクテル・シェーカーの酒に向かって滑走し、膨れた煙の渦巻き模様の中心から微笑みかけているのだから、これを見た人は、まるで四海波しずか、金色に落ちついていると思ってしまうだろう。

それも口を開くまでのこと。「きょうファンクのやつ」とグラスに注《つ》ぎながら——「おれを呼んでさ、おれのイメージについて話したいって言うんだ。おれのイメージがよくないってんだ」。ファンクというのは番組のディレクターで、ムーチョとは犬猿の仲である。「このごろおれのしゃべることはエロっぽすぎるって、若い父親、お兄さんのイメージにならなければいけないってんだ。電話でリクエスト曲を申しこんでくる女の子たちときたら、ファンクの耳には、欲情まるだしで、おれの一言一言に高まっているっていうんだ。だからこれからおれは、電話のやり取り、みんなテープに入れろって。ファンクがみずから編集して公序良俗に反すると判断するところは残らずカットする、つまり電話の会話の、おれがしゃべっている分は全部カットするってんだ。おれ、それは検閲だって言ってやった、『検閲野郎《フィンク》』ってつぶやいて逃げてきた」。ムーチョとファンクは週に一度はこんなことをやっている。

　エディパはメッガーから来た手紙を見せた。ムーチョは妻とピアスの関係をすっかり知っている。ムーチョと結婚する一年まえに終わったことなのだ。彼は手紙を読んで、内気にまばたきを連発して身をひいた。

「どうすればいいのかしら?」

「おい、おい」とムーチョが言った――「おれにきくのは、おかど違いだぜ。おれはダメ。所得税の申告書だって作れないんだもの。遺言を執行するなんて、おれには何もわからない。ローズマンに相談しろよ」。これは二人が雇っている弁護士。

「ムーチョ。ウェンデル。ねえ、あれはもう終わったことなのよ。あのひとが私の名前を書類に書きこんだときには、もう二人の仲は終わっていたのよ」

「うん、うん。だから、おれ、そんな意味じゃないよ。能力がないってこと」

　というわけで翌日そうしたのだった。行ってローズマンに会ったのである。化粧台の鏡の前に三十分も坐って、瞼《まぶた》に濃いアイラインを引いては直し、引き終わらぬうちに線がギザギザになったり大きく乱れたりする。またもや午前三時の電話があって、そのあとほとんど眠っていないのだ。あの呼び出しのベルの、くっきりと、心臓を打つ恐怖感。

それほどふいに無から立ち現われた。一瞬まえまでは死んでいた器具が次の瞬間、わめきちらす。二人ともたちまち目を覚ましてしまい、関節がはずれてしまった思いで、お互いの顔を見合わす気もせず、二度三度鳴るのに、じっとしていた。とうとう、どう考えても失うものはないという思いでエディパが受話器を取ったのだ。ヒレリアス先生、彼女のかかりつけの精神分析医だった。が、ピアスの演ずるゲシュタポ将校のような声だ。

「寝ているところを起こしてしまったんではなかろうね」と冷静な話しぶり——「ひどくびっくりした声だが。薬はどう？　効いてないかね？」

「のんでません」

「薬がこわいのかね？」

「成分がわかりませんもの」

「ただの精神安定剤だってことを信じないのかね」

「先生を信じられるかしら？」答は否である。その理由は次の言葉で明らかだ。

「われわれはまだブリッジ計画に百四番目の実験台が必要なんだがね」。乾いた笑い声。

ザ・ブリッジ、ドイツ語の〈ディ・ブリュッケ〉——橋計画——というのが彼の作った愛称で、市の中央病院がＬＳＤ－25、メスカリン、サイロシビン、その他同種の幻覚剤を大々的に郊外住宅地の主婦に与えてその効能を調べる手伝いをしているのだが、その実験を指す。心の内側に向けて架ける橋。「きみをいつ、われわれの計画のなかに組み入れていいだろうね」

「だめよ。五十万人もほかにいるんじゃないの。いま午前三時よ」

「われわれは、きみが必要なんだ」。ベッドの上の空中に、おなじみの、合衆国政府を擬人化したサムおじさんの肖像が浮かんでくる。わが国の郵便局という郵便局の入口に貼り出してあるポスターのあれだ。目は不健康に輝き、こけた黄色の頰にひどく紅をさし、指をこちらの眉間《みけん》に向けて。きみが必要なんだ。ヒレリアス先生にその理由をきいたことはない。何と答えられても恐ろしい思いがしたからだ。

「こっちはいま幻覚の真最中よ、そのための薬なんかお断わり」

「どんな幻覚かは説明しないでいい」と彼は早口で——「さて。ほかに話しておきたかったことは？」

「私のほうから電話をかけたっていうの？」

「そうじゃなかったかね。そんな感じがしたんだ。テレパシーってわけじゃないが、患者と以心伝心がおこなわれること、ときには奇妙なほどでね」

「今回はお生憎さま」。電話を切った。それからが眠れなくなった。しかし彼のくれた薬など、のんだらおしまい。文字どおり、おしまい。どんな形にせよ麻薬のとりこになりたくない、それは彼に言ったことがある。

「そうかい」と彼は肩をすくめ、「私のとりこになっていないってわけだね。じゃ出て行きなさい。きみは治ったんだから」

彼女は出て行かなかった。医者の魔力のとりこになっているわけではない。が、このままでいるほうが楽なのだ。いつ治るかなんて、だれにわかるものか？　この医者にはわからない、本人も認めているとおりだ。「薬はだめ」と彼女は懇願した。ヒレリアスは彼女に向かって変な顔をしてみせただけで聞き流した。まえにもしてみせた顔だ。彼にはこんなふうに愉快に正道を逸脱した面が多々ある。彼の理論によると、顔というものはロールシャッハ・テストの模様のように左右対称で、TAT主題統覚検査の絵のようにストーリーを語るもの、暗示された言葉のように反応を引き出すものだから役に立つんだという。彼はかつてヒステリー性盲目症を第三十七番〈フー・マンチュー〉の顔（彼の百面相の多くはドイツの交響曲のように番号と通称がついている）をして治したことがあるという。それは両手の人差指で目尻を吊りあげ、中指で鼻孔を開き、小指で口を左右に大きく引っぱり、舌を突き出すという顔である。これをヒレリアスがやると、ほんとうにハッとしてしまう。じっさい、サムおじさんの幻覚が消えてしまうと、入れ代わりにフェイド・インして、夜明けまで何時間も去らなかったのがこの〈フー・マンチュー〉の顔だった。これではローズマンに会いに行ける状況とは、とても言えない。

ところが、このローズマンも眠れない一夜を過ごしていたのだ。昨晩テレビで見たペリー・メーソンの番組が頭にこびりついて眠れなかった。これは彼の妻のお気に入り番組なのだが、ローズマンは激烈に愛憎交錯していた。一方でペリー・メーソンのような、行くところ可ならざるなき法廷専門弁護士になりたいものの、それは不可能だから、中傷してペリー・メーソンを破滅させてやりたいと思っていた。エディパが不意打ちぎみに入っていくと、この信任厚いお抱え弁護士は、うしろめたそうにあわてて、さまざまな大きさ、さまざまな色の書類の束を机の引出しにつめこむところであった。それが『弁護士業対ペリー・メーソン、かならずしも仮説的でない告発』の草稿で、このテレビ番組が放映されて以来書きつづけられていることをエディパは知っていた。

「そんなうしろめたい顔をしたこと、まえにはなかったわね」とエディパが言った。二人はよく、同じグループ療法《セラピー》の集まりに、パロ・アルト市から来る、自分をバレーボールだと思いこんでいる写真家といっしょの車に乗って出かける仲だ。「それ、いい兆候じゃないこと？」

「ペリー・メーソン側のスパイがきたのかもしれないと思ったんだ」とローズマンは言った。一瞬考えこんだあげく「ハ、ハ」とつけ足した。

「ハ、ハ」とエディパも言って、お互いに顔を見合わせた。「私、遺言を執行しなければならないの」

「へえ、じゃ、ご遠慮なく」とローズマンが言った――「ぼくは邪魔しませんから」

「そうじゃないの」とエディパは仔細を説明した。

「なんで彼、こんなことをする気になったんだろう」。手紙を読み終えたローズマンが、わからないという顔をした。

「なんで死んだっていうの?」

「いや、あなたに執行の手伝いを指定したことさ」

「何をやるか、わからないひとなのよ」。二人は昼食に行った。ローズマンはテーブルの下のエディパの足に触ってたわむれようとした。彼女はブーツをはいていたので、ほとんど何も感じない。だから、絶縁体をまとっているようなもの、抗議も何もしないでおこうと決めた。

「ぼくと駈け落ちしようよ」。コーヒーが出て来たときにローズマンが言った。

「行く先を言って」と彼女がきいた。それで彼は黙ってしまった。

事務所に戻ると、彼は何をしなければならないかの概略を述べた——こまかく帳簿を調べ、事業の状況を知ること、遺言を検認し、貸付け金をすべて回収し、財産目録を作り、不動産の査定をし、清算すべきものと残すべきものを決め、賠償請求のあるものについてはすべて返済し、税金の決済をし、遺産を分配し……

「ねえ」とエディパが言った——「だれか私の代わりにやってくれないかしら?」

「ぼくが」とローズマン——「一部はやれるよ、そりゃ。だけどあなた、ちょっとは興味がないのかな?」

「何に対して?」

「何が飛び出してくるかってことに、さ」

事態が進行するにつれて、あらゆる種類の啓示が出てくることになった。ピアス・インヴェラリティにも、エディパ自身にも、ほとんどかかわらないことなのだが、これまで存在していながら、なぜか、いままで見えなかったものにかかわっていた。なにか干渉阻止的な、絶縁的な感じが立ちこめていて、ある種の強度というものが不在であることにエディパは気づいていた。まるで、わずかにそれと感じられるくらいに焦点がずれているのに、映写技師が直そうとしない映画を見ているようなのだ。同時に、そっと自分にグリム童話のラプンツェル姫的な、憂いに沈む女の子のような奇妙な役を演じさせてもいた。なぜか、魔法のように、キナレットの町の松林や海の塩分を含んだ霧のなかに囚われの身となり、だれかがやってきて、おい、きみの髪を解いておろしたまえ、と言うのを待っているようであった。そう言ったのがピアスだとわかると、嬉々としてピンやカーラーをはずし、髪はサラサラと優雅な雪崩《なだれ》となって落ちていったが、ピアスが半ばまで登ったかと思われるところで、その美しい髪が、何か不吉な妖術によって、頭に固定していない大きなかつらに変じ、どすんとピアスは落ちて尻もちをついた。だが、ひるむことなく、数あるクレジット・カードの一枚か何かを楔金《くさびがね》の代わりに使うかして、彼女の閉じこめられている塔の扉の錠をはずし、巻貝のような階段を登ってくる。彼が生まれつきほんとうにずるい男だったら、はじめからその手を使ったところだろう。しかしそのころ二人のあいだに起こったことは、じつはみな、その塔のなかから出ることがなかったのだろう。メキシコ・シティに行ったとき、二人はどうしたはずみか、スペインから亡命してきた美しいレメディオス・バロの絵画展にさまよいこんだ。ある三部作の中央の、「大地のマントを刺繡する」と題された画のなかにはハート形の顔、大きな目、キラキラした金糸の髪の、きゃしゃな乙女たちがたくさんいて、円塔の最上階の部屋に囚われ、一種のタペストリーを刺繡している。そのタペストリーは横に細長く切り開かれた窓から虚空にこぼれ出て、その虚空を満たそうと叶わぬ努力をしているのだ。それというのも、ほかのあらゆる建物、生きもの、あらゆる波、船、森など、地上のあらゆるものがこのタペストリーのなかに入っていて、このタペストリーが世界なのである。エディパは意固地になってこの画の前に立ち尽くして泣いた。だれもそれに気づかない。エディパはダーク・グリーンの球形サングラスをかけていた。一瞬、眼窩《がんか》のまわりがピッタリふさがっていて、涙はひたすらに流れ出し、レンズと眼のあいだの空間を満たし、乾くことがなくなるのではないかと思った。そんなふうにして、この瞬間の哀しみを永久に抱きつづけることができるのではないか、世界を、この涙をとおして屈折して見ることができるのではないか、この独自な涙が、まるで未発見の屈折率のように働いて、重要な面で、泣くときどきの場に応じて変化していくのではないか、と思った。足もとを見おろすと、そのとき、一つの画のせいでわかったのだ、いま立っているところは単に織り合わされたもの、自分の住んでいる塔から発して、二千マイルばかりつづいているものに過ぎない、まったく偶然にそれがメキシコというところで、つまりピアスは自分をどこからも連れ出してきているのではない、どこにも逃げ出せるところなどないのだ、と。そのような囚われの乙女は、考える時間がたっぷりあるから、まもなく、自分のいる塔が、その高さも、建築様式も、自分のエゴと同じく偶然のものに過ぎないと知る。自分を真にこの場所に引きとめておくものは魔法、無名の、悪意ある者の魔法で、外から何の理由もなく襲ってきたものだと悟る。臓腑《はら》に感じてしまう恐怖心と女性独自の狡猾さ以外に、この、形をなさない魔法を吟味し、その働きのぐあいを理解し、その磁場の強さを測定し、その力の方向を調べる、そんな装置をもっていないとすれば、エディパは迷信に頼るか、刺繡のような実用的な趣味を身につけるか、発狂するか、ディスク・ジョッキーと結婚するか、ということになる。塔がいたるところに延び、解放してくれるはずの騎士にその魔法を解いてくれるような証拠がない以上、ほかにどうしたらよいというのか？

2

それでキナレット市を出発したが、新しいものに向かって動いているなどという気は、まるでなかった。ムーチョ・マースは、謎めいた顔で〈シック・ディックとフォルクスワーゲンズ〉（当時彼が好きだったイギリスのロック・グループだが、認めているわけではない）の新曲「あなたの足にキスしたい」を口笛で吹きながら、両手をポケットにつっこんで、これからしばらくサン・ナルシソ市へ行ってピアスの帳簿や記録を調べ、共同遺言執行人メッツガーと相談することなど、妻の説明を聞いている。ムーチョはエディパがいなくなるのを悲しんでいるのだが、絶望的というほどでもないので、ヒレリアス先生から電話があったら切ってしまうこと、ハーブ・ガーデンのオレガノが妙なカビ病にかかっているので面倒をみることなどを頼むと、家を出た。

サン・ナルシソ市はキナレット市よりも南、ロサンジェルス市の近くにある。カリフォルニア州の、名前のついた多くの場所と同様に、それは、名前を言えばそれとわかる町というよりも、さまざまな概念を集めたものといったほうが当たっている――人口調査標準地域、特別目的による債券発行地区、ショッピング・センター、あらゆるものが、それへ通じる高速道路と幾層もの道でつながっている。しかし、この町がピアスの住居であり、司令部だったのである。十年まえに彼が土地投機をはじめた場所で、そこに資本を投下して土台まわりを築き、それをもとにして、いかにヤクザなものだろうとグロテスクなものだろうと、あらゆるものが空に向かって建てられた。それだから、この町には、ほかと違う、一種独特な霊気《オーラ》があるのだろうと彼女は思っていた。しかし、この町と南カリフォルニアのほかの場所と、重要な差異があるにしても、最初の一瞥では見えない。レンタカーの〈インパラ〉を運転して、ある日曜日にサン・ナルシソに乗りこんできたのだ。何も変わったことは起きていない。坂の上から見おろす。太陽光線がまぶしくて目をほそめずにいられない。巨大な場所に散開するビルが、手入れの行きとどいた農作物のように、鈍い褐色の地表からいっせいに伸びていた。そして電池を変えるためにトランジスター・ラジオを開け、印刷された回路をはじめて見たときのことを思い出した。ビルと街路の秩序ある渦が、この高い角度から見おろすと、あの回路板と同じように、ふいに、おどろくばかりの鮮明さで、いま、こちらに跳びかかってくる。ラジオについては、南カリフォルニア人たちについての知識ほどもなかったが、そのどちらについても、外面のパターンに一種神聖文字《ヒエログリフィック》的な感じがあって、意味を秘めているようう、何かを伝達しようとしているようだ。印刷された回路には（エディパさえ探り出そうという気になれば）語ることのできそうなことが限りなくあるように思われた。同様に、サン・ナルシソ市を見た最初の一分間、一つの啓示がやはりふるえていたのだ、きわどいところで彼女の理解の閾《いき》を越えていたが。スモッグがいたるところ、地の果てまでも立ちこめ、明るいベージュ色の田園都市を照らす太陽の光が目に沁みる。エディパも自動車も、奇妙な、宗教的な瞬間のまんなかにとまっているように思われた。まるで、何か別の周波数で、あるいは、自分のほてった肌ではその遠心的に拡がる冷気が感じられないほどゆっくり旋回している旋風の目から、何やら言葉が発せられたかのようなのだ。そこまでは感づいた。夫のムーチョが自分の仕事の意義を認めようと努力しているのを思い出した。彼が感じているのも、このようなものなのだろうか？　防音ガラスを通して、同僚の一人がイヤホンをかぶり、聖職者が聖油、香炉、聖杯をあつかうときのように様式化した身振りで次のレコードのキューを出すのを注視してはいるものの、じつは放送を聞いているあらゆる善男善女と同じように、声、いくつもの声、音楽、そのメッセージ、そちらのほうに波長を合わせ、それに囲まれ、それを捉えようとしているのだ。つまり、ムーチョはスタジオAの外に立って中を覗いているに等しく、それが聞こえているにもかかわらず、なおかつその意味が認められないと知っているのだろうか？

　やがて、一片の雲が太陽に近づいたかのように、あるいはスモッグが濃くなったかのように、エディパは考えるのをやめ、「宗教的瞬間」は、それが何であったにもせよ、千々《ちぢ》に砕けた。車をスタートさせ、時速七十マイルほどで黒い舗装道路にしゅうしゅう音を立てながら、ロサンジェルスに向かうと思われるハイウェイへと進み、それからハイウェイの下の狭い道に下りると、道にそって自動車売場や条件付捺印証書役場やドライヴ・インや小さな事務所のビルや工場などが立ちならび、その住所番号ときたら、いま七十番台だと思っていると、たちまち八万番台というぐあいである。住所番号がそんなに大きな数字になるものとは夢にも思わなかった。不自然な感じだ。左手に、ずっと先まで点々と、大きいピンク色のビルが見えてきた。ビルのまわりを何マイルにもわたって壁が囲み、その上に有刺鉄線が張られ、壁のところどころには監視塔が設けられている。やがて正門が風を切って飛び去って行った。正門の両側に二本ずつ高さ六十フィートのミサイルが立っていて、「ヨーヨーダイン」という名前が控え目にミサイルのそれぞれの先端に書いてある。これこそサン・ナルシソ市の一大雇用源、〈ヨーヨーダイン株式会社〉の〈宇宙工学部門〉、宇宙産業の巨大会社の一つである。ピアスがその大株主で、そもそもヨーヨーダインをここに誘致するに当たっては郡の税額査定担当官との協定交渉にも一役買っていたことを、たまたまエディパは知っていた。ぼくがこの町の生みの親なんだから仕方がないのさ、と彼は弁明した。

有刺鉄線が切れて、またベージュ色の、プレハブの、軽量コンクリート・ブロック建ての事務機器販売代理店、密封剤メーカー、プロパン工場、ファスナー製作所、倉庫、その他さまざまがつづく、どこにでもありそうな景色になった。日曜日なので、みな静まりかえって麻痺状態だが、ときに不動産事務所やトラック運転手用軽食堂が開いている。エディパは、こんどモーテルがあったら、どんなに醜悪なものでもそこに入ろうと決心した。少しまえから静けさと四方に壁のあるところが望ましくなっていた。こういう、スピード、自由、髪に吹きつける風、繰りひろげられる風景といったものの幻想——これはウソだ。この道路はほんとうは皮下注射の針なのだ。どこか先のほうでハイウェイという静脈に突き刺さっているのだ、それはロサンジェルスという麻薬患者を養っている血管なのだ、それでロサンジェルスはごきげんで、支離滅裂にならずにすみ、苦痛を、あるいは都会にとって苦痛に当たるようなものを、消しているのだと、そんなふうに彼女は空想した。しかしエディパが都会のヘロインの溶解した結晶の一粒か何かだったら、彼女がいなくたって、ほんとうは、ロサンジェルスが麻薬の快感に差を感じるようなことはないだろう。

それにもかかわらず、次のモーテルを見たとき、一瞬ためらった。彩色した薄い金属板製の、白い花を手にしたニンフ像が空中三十フィートにそびえ、日が照っているのにネオン・サインで〈エコー屋敷〉と書いてある。そのニンフの顔はエディパによく似ていたが、それよりもっと驚いたのは、送風装置が隠してあって、ニンフの着ているガーゼの下着をひっきりなしに吹きあげ、それがはためくたびに巨大な朱色の乳頭をした乳房と、長いピンクの腿を見せることであった。ニンフは口紅あでやかに外交的な微笑をしていて、売春婦の微笑には見えないものの、どう見てもナルシサスとの恋に悩むニンフとは思えない。エディパはモーテルのドアのそばの駐車場に車をつけ、外に出ると一瞬、暑い太陽と死のように風の絶えた空気の中にたたずみ、頭上の人工暴風がガーゼの布を五フィートほど吹きあげるのを見つめた。さっき、ゆっくり旋回する旋風のことや、聞こえぬ言葉などと考えたことを思い出していたのだ。

ここの部屋だって、こんどの滞在には充分だろう。部屋のドアはプールのある長い中庭に面している。プールの水面はこの日、波ひとつなく、きらきらと陽光に輝く。向こうの端に噴水があって、そこにもニンフ像がある。動くものは一つもない。ほかのドアの背後に人が住んでいるにしても、冷房装置が唸りをあげている窓から外を見ているひとがいるにしても、彼女のほうからは見えない。支配人というのがマイルズという名の、高校中退ふう、十六歳ぐらいで、ビートルズ・カットの髪、襟なしの上衣、折り返しなしのズボン、一つボタンのモヘアの背広で彼女の荷物を運びながら一人で歌っている。あるいは彼女に聞かせようというのだろうか。

〈マイルズの歌〉

肥りすぎてフルーグなんか踊れないくせにって

ほんとに怒ってぼくをやりこめたいとき
いつもきみの言うセリフだけれど
ぼくはクールさ
きみのでっかい口をふさいでくれよ
そうさ、ベイビー
ぼくは肥りすぎてフルーグを踊れないにしても
痩せすぎてスイムが踊れない心配はないんだぜ

「すごいじゃない」とエディパは言った——「でも、どうしてイギリス訛りで歌うの？しゃべるときにはそうじゃないのに」

「ぼくの入っているロック・グループのせいさ」とマイルズは弁明した——「〈ザ・パラノイド〉っていうんだけど。まだ結成したばかりなんだ。マネージャーがそういうふうに歌えって言うのさ。イギリス映画をうんと見て、訛りを仕入れるんだ」

「私の主人、ディスク・ジョッキーやってるの」と、エディパは好意を示すつもりで——「千ワットの小さい放送局なんだけど、テープか何かに吹きこんだのがあれば、宣伝するように渡してあげてもいいわよ」

マイルズは背後のドアを閉めて目つきあやしく行動開始。「代償は何さ？」と言い寄ってくる。「あんたがほしいものは、ぼくが考えているものだろ？　ぼくは、これでも〈ワイロ少年〉っていうんだぜ」。エディパは手近な武器を取りあげた。それは部屋の隅のテレビのウサギの耳の形をした室内アンテナだった。「わあ」と言ってマイルズはやめた。「あんたも、ぼくを嫌うのかあ」。垂れた前髪の中で目が光っている。

「あなた、ほんとうにパラノイドだわ」

「ぼくの体は若くてスベスベしているぜ」とマイルズは言った――「あんたみたいなオバンはそういうのが好きだと思ってた」。荷物を運んだチップに五十セント巻きあげて彼は出て行った。

その夜、弁護士メッガーが現われた。たいへんな美青年で、エディパははじめ〈彼ら〉――だれか天上にいるもの――が自分をからかっているんだと思った。こんなのは俳優にちがいない。彼はエディパの部屋のドアのところに立っていて、うしろには長方形のプールが静かに夜空を映し、やさしく光を拡散し、「ミセズ・マース」という声が叱責するように聞こえた。彼の大きな目は、優しい光を帯び、おびただしい睫毛で、邪悪に笑いかけてくる。エディパは彼のまわりを見まわして、反射板、マイク、カメラのケーブルなどがあるのではないかと思ったが、フランスのワイン〈ボジョレ〉の大瓶を手に彼が立っているだけだ。このワイン、国境の警備の目をかすめて去年カリフォルニアに密輸入したものだと、この陽気な無法者は言い張る。

「やれやれ」と彼はつぶやく――「一日中あなたを探してモーテルというモーテルを歩きまわったんだから、そこへ入ってもいいでしょうね」

エディパの今夜の計画はテレビで〈ボナンザ〉を見るくらいのものだった。ストレッチ・デニムのスラックスとシャギーな黒いセーターに着がえ、髪は下まで垂らしている。かなりイカシテイルことを意識していた。「お入りなさい。でも、グラスは一つしかないわ」

「ぼくなら」と伊達《だて》なメッツガーくん――「ボトルから飲むからいい」。入ってきて背広のまま床に腰をすえる。瓶をあけ、彼女に一杯ついで、しゃべりはじめた。まもなくわかったことは、エディパがさっきこんなのは俳優だと思ったのは当たらずといえども遠くはなかったという事実。二十数年まえメッツガーは映画の子役をしていて芸名は〈ベイビー・イゴール〉。「ぼくの母さんってのは」とニヒルな言い方で――「ほんとにぼくをユダヤふうに浄めようとしたんだ、まるで流しに置いた一きれの牛肉みたいに血を抜いて白くしたかったのさ。ときどき考えちゃう」と言って後頭部の髪をなでおろしながら――「母さんの思いどおりになってしまったんだろうかって。こわくなるよ。知ってるでしょう。そんな母親たちが男の子をどんなものに変えてしまうか」

「とてもゲイには見えないけど」とエディパは言いかけて、はたと思い当たってやめた。

メッツガーは大きく湾曲した二列の歯をひらめかせて「見える見えないなんてもう何の

意味もないんだ。ぼくが生きているのはこの容貌の内側さ、それが、とっても自信がない。ゲイの可能性を思うと、こわくなる」

「それでそういう口説き方」と、いま、これが言葉を弄しているだけだと気づいたエディパはきいた――「いままでに何回成功してるの、ベイビー・イゴールちゃん」

「きみ、知ってるかい」とメッガーは言った――「インヴェラリティがきみのことをぼくに言ったのは一度だけだってこと」

「あなた、親しかったの？」

「いや。彼の遺言状を作成したぐらいのもの。彼が何て言ったか知りたくない？」

「知りたくないわ」とエディパは言ってテレビをつけた。画面が明るくなって性別不明のひとりの子どもの姿が現われた。むき出しの足をぎごちなくそろえ、肩まで垂れている巻毛が、それよりも短い、セント・バーナード犬の毛とまじり合い、エディパが見つめていると、犬の長い舌が子どものバラ色の頰をペロペロなめはじめ、子どもは訴えるように鼻に皺を寄せて「ああん、マレー、よせったら。おい、びちょびちょになっちゃうよ」

「あれ、ぼくだ、あれぼくだ」と目をむいてメッガーが叫んだ――「おどろいたなあ」

「何ていう映画？」とエディパが訊いた。

「この映画の題名は」と言ってメッガーは指を鳴らし「『軍隊から追放されて』ってい

うんだ」

「あなたとお母さんの話？」

「この子と父親の話さ。父親は卑怯者ということで英国陸軍を追放されるんだけど、じつは友人をかばっているのさ、それで名誉挽回のために彼と息子は、まえにいた連隊のあとを追ってトルコのガリポリに行って、そこで父親は何とか小型潜水艦をつくるんだ。それから毎週二人でダーダネルス海峡を抜け出てマルマラ海に行き、トルコの商船に魚雷を発射する。父親と息子とセント・バーナード犬が協力してね。犬が潜望鏡の見張り番で、何か見えると、ほえるんだ」

エディパはワインをついでいる。「ほんとに？」

「ほら、ほら、ここでぼくが歌をうたう」。まったくそのとおり、子どもと犬と、どこからともなくチターを持って現われた陽気な、老いたギリシャ人漁夫と、みんな、にせのエーゲ海のドデカネス群島の合成フィルムの日没の海岸の前に立ち、子どもが歌うのだ――

〈ベイビー・イゴールの歌〉
ドイツ兵が何だ、トルコ兵が何だ、
ぼくたち恐れを知らないぞ
パパとワンちゃんとこのぼくと

危険な歳月《としつき》乗り越えて、ぼくらは無敵の三銃士
協力一致で戦うぞ
潜望鏡はコンスタンチノープルめざし
またもや海に出発だ
もう一度突破口をねらうんだ、海岸線の味方のために
パパとワンちゃんとぼくだけで

それから伴奏のつなぎ、漁夫とそのチターが大写しになる。それから幼いメッガーがまた最初から歌うと、その年取った分身のほうも、エディパの制止するのをきかず、ハーモニーをつけた。

これは全部、彼が仕組んだことか——と急にエディパは思った——さもなければ、この町のテレビ局にこの映画を流すよう技師を買収したか、で、すべて一つの陰謀の一端、手のこんだ、誘惑、陰謀。ああ、メッガー。

「きみ、いっしょに歌わなかったね」と彼が言った。

「私は知らないんですもの」とエディパは微笑する。騒々しいコマーシャルが入って、〈ファンゴーソ礁湖〉の宣伝だった。〈ファンゴーソ礁湖〉というのは、ここから西のほうにある新興住宅地である。

「これもインヴェラリティの事業の一つさ」とメッガーが説明した。そこに運河を通し、モーターボートの船着き場をメンバーの一人一人につくり、人造湖のまんなかには水上社交ホール、湖の底にはバハマ諸島から輸入した修復ガリオン船、カナリア諸島から輸入した円柱や装飾壁の大きな破片、イタリアから輸入したほんものの人骨、インドネシアからの巨大な貝殻など、すべてスキューバ・ダイヴィング愛好家のお慰みとなるようなものが沈めてある。現在の地図が画面に出た。エディパはハッと息をのむ。メッガーは自分のためのジェスチャーかと振り向いた。だがエディパは、きょうの昼、坂の上から見おろしたときのことを思い出しただけなのだ。何か、抜きさしならぬ直接さを、また感じた。何か聖体示現《ヒエロファニー》の予兆のようなものを——印刷回路、ゆるやかにカーブする街路、運河に通じる私道、〈死者の書〉……

心の準備ができないうちに『軍隊から追放されて』のつづきが始まった。その小型潜水艦は、死んだ母親の名を取って〈ジュスティーン〉号というのだが、用意万端ととのって、波止場にいる。少数のひとたちが見送りのために集まっていて、そのなかに、あの老漁夫も、その娘もいる。娘は足のすらっとした、巻毛のニンフェットで、ハッピー・エンドの映画だとすれば、最後にはメッガーと結ばれるのだろう。ほかにイギリス人の伝道派遣看護婦がいて、いい体をしているが、これはメッガーの父親と結ばれるのだろう。牝のコリー犬までいて、セント・バーナード犬のマレーに目をつけている。

「ああ、そうだ」とメツガーが言った——「ここのところで、ぼくたち、ダーダネルス海峡のいちばん狭いところへ行って、ひどい目に遭うんだ。ケペズ機雷原のためにてこずるんだけど、ドイツ軍はその上、網、この、でっかい網、二インチ半もある鋼索でつくった網を、張り巡らせているんだ」

エディパは自分のグラスにまたワインをついだ。二人はいま横になって画面を見つめ、脇腹と脇腹が微かに接している。テレビからすさまじい爆発音が出た。「機雷だ！」と叫んでメツガーは顔をかくし、エディパから離れたところへ転がって行った。「パパ」とテレビの中のメツガーが泣き声で「ぼく、こわい」。小型潜水艦のなかはめちゃめちゃになり、犬はあちこち涎をまきちらして走りまわり、その涎が隔壁を洩れて流れこむ水しぶきと混じり合う。その浸水箇所に父親はシャツを詰めこんでいる。「道は一つ」と父親が大声を出す——「海底まで行って網の下をくぐり抜けることだ」

「とんでもない」とメツガーが言った——「網には門が作ってあるんだ。ドイツのUボートがそこをくぐり抜けてイギリス艦隊を攻撃しに行くんだから。われわれのE級潜水艦もみんなその門を使わせてもらっていたんだ」

「どうしてそんなこと、知ってるの？」

「ぼくはそこへ行ってたんだぜ」

「でも」とエディパは言いかけて、それから急にワインがなくなっていることに気づいた。

「あ、そう」と言ってメッガーは上衣の内ポケットからテキーラの瓶を取り出した。

「レモンはないの？」と映画ふうなはしゃぎようでエディパ――「食塩は？」

「そんなのは観光客のやること。向こうへ行ったとき、インヴェラリティ、レモンを使った？」

「私たちがメキシコへ行ったなんて、どうして知ってるの？」。彼が彼女のグラスに注ぐのを見ていると、テキーラがいっぱいになってくるにつれて反メッガー気分が募る。

「旅費をあの年の必要経費として落としたのさ。ぼくは彼の税金関係をやっていたから」

「現金取引関係ってわけ」と、エディパは考えこむ――「あなたも、ペリー・メーソンも、同じ穴のムジナね。そういうことしか知らないの、悪徳弁護士だわ」

「しかしぼくらの取柄はね」とメッガーが弁明する――「ものごとを幾重にも複雑にできるという点なのさ。法廷弁護士は陪審のまえに立ったとき俳優になるわけだろう？　レイモンド・バーは俳優だよ、それがメーソンという弁護士の役を演じるわけだが、弁護士ってものは陪審の前で俳優になる。そういうぼくも、もと俳優、いま弁護士。じつは大まかなところはぼくの経歴にもとづいたものがテレビ・シリーズ映画のパイロット・フィルムになっているんだ。主演はぼくの友だちのマニー・ディ・プレッソ、むかし弁護士をしていたのが法律事務所をやめて俳優になったやつ。こいつがパイロット・フィルムの中でぼくを演じるんだから、俳優が弁護士になり、それが定期的に逆戻りするってわけさ。このフィルムはハリウッドのどこかのスタジオの空調つき保管庫にしまってあって、光でフィルムが疲労することもないから、何回でも無限に繰り返して上映できる」

「あなた、面倒なことになってきてるわよ」と、エディパはテレビを見すえ、彼の腿が彼の服と彼女のスラックスを通して暖かく感じられるのを意識しながら、そう言った。まもなく――

「トルコ兵たちは上で探照灯を使っている」と彼は言って、小さな潜水艦に浸水するのを見守りながらテキーラを注ぎ足す。「哨戒艇も機関銃も上にはある。どうなるか、賭けてみない？」

「いやなことよ。映画はもうできあがっているんだもの」。彼は黙って微笑をかえすばかり。「あなたの言う、無限に繰り返して上映できるってやつじゃないの」

「しかし、それでも、きみは知らないんだぜ」とメッガーが言う――「見たことがないんだから」。コマーシャルが入って、こんどは耳をつんざくばかりに〈ビーコンズフィールド煙草〉の宣伝だ。この煙草の特色はフィルターに最高種のボーン・チャコールを使っていることだという。

「ボーンって何の骨？」とエディパ。

「インヴェラリティなら知っていたね。フィルター製法工程の五十一パーセントは彼が所有していたんだから」

「教えて」

「いつか、ね。いまは、きみが賭ける最後のチャンス。彼らは助かるか、助からないか？」

エディパは酔いを感じた。ふと、なぜともなく、この勇敢なトリオは結局、助からないのかもしれないという気がした。あとどのくらいこの映画がつづくのか見当もつかない。腕時計を見たが、とまっていた。「そんなの、ばかげてるわ。もちろん助かるのよ」

「どうしてわかる？」

「こういう映画はみんなハッピー・エンドだったわ」

「みんな？」

「たいてい」

「その表現のほうが確率は少なくなるな」とメッガーは気取って言った。

エディパはグラスを透かし目を細くして彼を見た。「そんならハンディをちょうだい」

「ハンディをやったら答がわかっちゃう」

「そういうことなら」とエディパは大声を出した。少し頭が混乱してきたらしい。「一瓶、何か、賭ける。テキーラ、ね？　あなたが助からないほうに賭けるわ」。言葉が自分の気持とは裏腹に出てくる感じだ。

「ぼくが助からないほうにねえ」。彼は考えこんだ。「今夜、もう一本あけたら、きみは眠ってしまう」と結論して――「だめだよ」

「じゃ何を賭けるっていうの？」。彼女にはわかっている。二人は強情を張って五分間にもなるかと思われるほどのあいだ、互いの目を見守った。次から次とテレビのスピーカーからコマーシャルが出ては消える。彼女はだんだん怒りが増す。酔いがまわってきたのか、映画に戻るのが待ち切れないだけなのか。

「じゃいいわ」と、とうとう折れて、そっけない声を出そうと努めながら「賭けましょう。何でもあなたの好きなものを。あなたが助からないほうに。あなたたちみんなダーダネルス海峡の底ふかく沈んじゃって魚の餌食となってしまうほうにね。あなたのパパも、ワンちゃんも、あなたも」

「よかろう」と、メッガーは気取った言い方をして、エディパの手を取り、賭け成立の握手かと思いきや、てのひらにキス、ざらざらした舌の先がしばらくその運命線のあたり、彼女のアイデンティティの、変化することのない、塩を含んだ線影のあたりをかすめた。すると、これはほんとうに起こっていることなのだろうか、たとえばピアス、あの死んでしまった男とはじめて寝たときと同じように起こっていることなのだろうか、とふしぎな気がした。しかしそのとき、また映画が始まった。

父親がオーストラリア・ニュージーランド共同軍団上陸拠点の絶壁の砲弾穴の中に体をちぢめていて、トルコ軍の榴霰弾があたりいちめんに飛びかう。ベイビー・イゴールも愛犬マレーも姿が見えない。「これ、どうしたの」とエディパが言った。

「おどろいた」とメッツガー――「フィルムの順序を間違えているんだ」

「これ、前のフィルムの前なの、あとなの?」とききながらテキーラの瓶のほうに手を伸ばし、その動作で彼女の左の乳房がメッツガーの鼻先に行った。底抜けにひょうきんもののメッツガー、応答するまえに寄り目をしてみせた。

「それを言ったら答がばれちまう」

「さあ」。ブラジャーのカップの、パッドの先端で彼の鼻をつつきながらエディパは酒を注いだ。「言わなきゃ賭けは取り消し」

「だめだ」とメッツガー。

「せめて、あそこにいるあれ、彼がもといた連隊なのかどうか言って」

「よし、どんどん質問したまえ。しかし一つ答えるごとに何か一つ身につけているものを取ってもらう。〈ボッティチェリ式ストリップ〉と行こう」

エディパは名案を思いついて「いいわ、でもそのまえに、ちょっと化粧室へ行かせてね。目を閉じてむこうを向いてて、のぞきっこなしよ」。画面では石炭船へクライド河丸〉が二千人の兵隊を乗せて、この世のものとも思えぬ静けさのうちをセッデルバヒルの海岸に着く。「着いたぞ、諸君」と、にせの英国訛りでささやくのが聞こえる。とつじょ陸から無数のトルコ軍のライフル銃の一斉射撃、大量虐殺の始まり。「ここのところは憶えているぞ」と、目を固く閉じ、テレビから顔をそらせてメッガーは言った。「海岸線から五十ヤード沖まで海面は血で赤く染まった。それを画面には見せないけど」。エディパは化粧室にとびこんだ。化粧室には大きな押入れもあり、彼女はすばやく服をぬいで、もってきた衣類をできるかぎり身に着けはじめた。色とりどりのパンティ六着、ガードル、三足のナイロン靴下、ブラジャー三組、ストレッチ・スラックス二本、ハーフ・スリップ四枚、黒いシース・ドレス一着、サマー・ドレス二着、Aライン・スカート半ダース、セーター三着、ブラウス二着、キルトの部屋着、るり色のガウン、古いオーロン製のムームー。それからブレスレット、ブローチ、イヤリング、ペンダント。これだけ身につけるのに何時間もかかったような気がし、終わったときには歩くのもままならなかった。よせばいいのに全身用の鏡にうつった自分の姿を見てしまい、ビーチ・ボールに足が生えた恰好に笑いころげて倒れるときに洗面台のヘア・スプレーの缶を落としてしまった。缶は床にぶつかり、どこかが壊れ、猛烈な圧搾力で中身が霧になって吹き出し、その推進力で缶は猛スピードで化粧室を飛びまわった。メッガーがとびこんできたときには、エディパはころげまわり、何とか立ちあがろうとしていたが、あたりは芳香性ヘア・スプレーがひどく粘っこい毒気となって立ちこめている。「うわあ、おどろいちゃうよ」と彼はベイビー・イゴールの声で言った。缶は不吉にシュウシュウ言いながら便器にぶつかって、メッガーの右耳を、あわや四分の一インチほどのところでかすめて行った。メッガーは体を伏せ、エディパといっしょにちぢこまって、缶が猛スピードでぶつかって跳ねかえるのを避けた。向こうの部屋からは、軍艦砲撃、機関銃、曲射砲、携帯兵器などの砲火、死滅してゆく歩兵隊の絶叫、きれぎれの祈りの声などが、ゆっくり、深いクレッシェンドできこえてくる。エディパは彼の瞼《まぶた》のあたりからずっと視線をあげて、ぎらぎらする天井照明を見た。視線を横切る、狂った、きらめく缶の上空侵犯、缶の圧搾力は尽きることがないかのようだ。彼女はこわくなったが、酔いはさめそうもなかった。缶は自分の行き先を知っている、と彼女は感じた。あるいは何かすばやいもの、神か、デジタル・コンピューターかがあらかじめ、この複雑な飛行の網を算出してあるのか。しかし彼女のほうには、そんなすばやさがなくて、わかっているのは、いまにもそれがぶつかるかもしれないということ、しかも速度は時速百マイルあるかもしれないということだ。「メッガー」とうめいて彼女はシャークスキンの背広の上から彼の腕の上膊部に嚙みついた。何から何までヘア・スプレーの匂いだった。缶は鏡にぶつかって跳ねかえり、一瞬、鏡のガラスは銀色に網目模様の花を開いたかと思うと、ぜんたいがガタガタと洗面台の中に崩れ落ちた。ブーンとシャワー室のほうへ飛んで、曇りガラスの仕切りに衝突し、こっぱみじんに砕いた上で、三方のタイルの壁をめぐり、天井へあがって、照明の下を横切り、二人はその下に平伏し、そのシュウシュウいう音と、テレビから流れてくる、がやがやと歪んだ音響に浸されていた。いつになったら終わるものか、彼女は見当もつかなかったが、まもなく缶は中空にとまって床に落ちた。エディパの鼻先一フィートほどのところだ。彼女は横になったままそれを見ていた。

「うひゃあ」とだれか言った。「けっ」。エディパは噛んでいたメッガーの腕を離して見まわすと、ドアのところに、前髪垂らしてモヘアの背広を着た少年マイルズがいた。それも、同じようなのが四人になっている。マイルズの言っていたグループ〈ザ・パラノイド〉らしい。どれがだれだかわからないほど似ていて、そのうちの三人がエレキ・ギターをもっているが、みんなぽかんと口をあけていた。何人か女の子の顔も現われ、腋の下やら膝がしらの下からこちらを覗きこんでいる。「変わってるわあ」と女の子の一人が言った。

「ロンドンから来たんですか」ともう一人がきく――「そういうのロンドンの流行?」。ヘア・スプレーが霧のように立ちこめ、ガラスの破片が床いちめんに輝いている。

「おどろいた、おどろいた」とマスター・キーをもった少年がしめくくりの言葉を言い、エディパはこれがマイルズだと結論した。うやうやしく彼は一週間まえに行ったサーフィン仲間の乱交パーティの話を二人のために始めた。五ガロン入りの缶いっぱいの腎臓脂肪と、サン・ルーフつきの小型自動車と、芸を仕込んだアザラシ一頭を使ったというふうな話である。

「それにくらべたら、こっちは見劣りがするわね」と、ようやく寝がえりを打つことに成功したエディパが言った――「だから、みんな、さ、外へ行ってくれない？　そうして歌ってよ。こういうのって、ムード・ミュージックがなくちゃ、うまく行かないわ。私たちのためにセレナーデをやってよ」

「よかったらあとでプールに来てぼくたちの仲間に入りなよ」と〈ザ・パラノイド〉の別の一人がはずかしそうに言った。

「こっちが熱くなったらね」とエディパは陽気にウィンクしてみせた。少年たちは延長コードを何本も、部屋のあいてるコンセントぜんぶに差しこんで、束にして窓の外へ出すと、ぞろぞろ出て行った。

メッガーの手を借りてエディパはよろよろと立ちあがる。「さあ〈ボッティチェリ式ストリップ〉をやりたいひとは？」。部屋ではテレビがサン・ナルシソの繁華街の、と言って繁華街がどこにあるのやら見当もつかないのだが、〈ホーガン後宮〉というトルコ風呂のコマーシャルをがなっている。「これもインヴェラリティが所有していたんだ」とメッガーは言った。――「きみ、知ってた？」

「このサディスト」とエディパはわめいた。「もう一度言ったら、このテレビであなたの頭をぶち抜いてやるから」

「ほんとに怒ったね」と彼は微笑した。

ほんとは怒っていなかった。「あのひとが所有していなかったものって、あるの?」

メッガーはエディパに向かって片方の眉をつりあげ、「言ってごらんよ、何でも」

彼が所有していなさそうなものを言おうと思ったにしてもチャンスがなかった。外で重いギターの和音が身震いするように氾濫し〈ザ・パラノイド〉が歌をはじめたからだ。ドラマーは危なっかしく跳び込み台に構え、ほかのメンバーはここから見えない。メッガーは彼女の背後から近づいてきて、両手で彼女の乳房を押さえこもうという魂胆だが、重ね着が過ぎて、すぐには所在がわからない。二人は窓際に立って〈ザ・パラノイド〉が歌うのを聞いた。

〈セレナーデ〉

ぼくは横になって月を見る
人気《ひとけ》のない海べ
月は人気《ひとけ》のない潮《しお》を引っぱる
体にかける毛布を引っぱるように

しずかに顔のない月の光が
今夜の浜べを満たす
その光は昼間の幽霊ていど
すべての影は灰色、月の光は白
きみもひとりぼっち横たわる今夜
ぼくと同じ、ひとりぼっち
孤独な女の子、孤独なアパート、うん、そこへ行こう
だから孤独に泣くのをやめてくれ
どうやってきみのところへ行こう、月を消そう、潮を戻そう？
夜はこんなに灰色、ぼくは道に迷いそう、心の中がまっくら
そうだ、ぼくはひとり、ここにいよう
ぼくのために変わるのを待とう
空と砂と月と人気《ひとけ》のない海が消えてしまうまで待とう
そして人気のない海が……エトセトラ。〔フェード・アウト〕

「さあ、それじゃ」とエディパは明るく身ぶるいした。

「第一問」とメッツガーが念を押した。テレビからは、あのセント・バーナード犬がほえ

ている。見ると、ベイビー・イゴールがトルコ人の乞食の子に変装して、コンスタンチノープルとおぼしきセットを犬といっしょに忍び歩きしている。

「また初めのほうのフィルムね」と、あいづちを期待して彼女は言った。

「そんな質問はだめだよ」とメッツガーは言った。ドアのところに〈ザ・パラノイド〉が、アイルランドで主婦の手伝いをしてくれる妖精レプラコーンのご機嫌をとるために牛乳を置いておくように、五分の一ガロン瓶の〈ジャック・ダニエルズ〉のウィスキーを置いて行ってあった。

「しめた」とエディパは言って一杯注いだ。「ベイビー・イゴールは潜水艦の〈ジュスティーン〉に乗ってコンスタンチノープルに着いたの？」

「いや」とメッツガーは言った。エディパはイヤリングを一つはずした。

「ベイビー・イゴールは、あの、何て言ったかしら、E級潜水艦で行ったの？」

「いや」とメッツガーが言った。エディパはまた一つイヤリングをはずした。

「陸地づたいに行ったの、小アジアを通るかなんかして？」

「かもね」とメッツガー。エディパはイヤリングをはずす。

「また、イヤリングかい？」とメッツガーは言った。

「その質問に答えたら、あなたも何か取る？」

「答えてくれなくても取るよ」とメッツガーは大声で言って上衣をぬいだ。エディパはグラスにもう一杯注ぎ、メッガーはこんども瓶からぐい呑みだった。それから五分間、エディパはテレビの画面に見入って、質問することになっているのを忘れた。メッガーは熱をこめて、ズボンを取った。いま、父親は軍法会議に引っぱり出されているらしい。「そうか」と彼女――「初めのほうのフィルムね。ここで軍隊から追放されるわけ、ハ、ハ」

「ひょっとすると回想場面かもしれないよ」とメッガーは言った。「二度追放されるってこともあるしね」。エディパはブレスレットをはずした。そんなぐあいでゲームは進行した――テレビの画面には次々とフィルムの断片が現われ、いくら衣服をぬいで行ってもエディパの裸体には近づきそうもなく、外ではプールサイドで酒を飲んでは疲れを知らぬ、どんちゃんセレナーデの声とギター。ときどきコマーシャルが入って、毎回メッガーは「インヴェラリティのだ」とか「大株主なんだ」とか言っていたが、あとになると、ただうなずいて微笑するだけでおさまった。エディパは睨み返し、頭痛が両眼の奥で花開きはじめるのを感じながら、次第に確信したことは、恋に落ちた、どんな男女の組み合わせを考えてみても、時間そのものを遅らせる方法を発見したのは自分たち二人だけだという思いだった。ものがみな鮮明度を失って行った。ある時点で化粧室へ行って、鏡にうつった姿を見ようとしたが見つからなかった。一瞬、恐怖の極限と言ってよかった。それから鏡がこわれて洗面台に落ちたことを思い出した。「悪運は七年つづく、か」と声に出して言う――「そうしたら私、三十五になっちゃう」。背後のドアを閉めて、まごつきながら、ほとんど無意識のうちに、もう一枚スリップとスカートと、それに長い、太腿《ふともも》まで入るガードルと膝まで来るソックスを二足、身につけた。もしも日がのぼったらメッガーは姿を消してしまうんだと、ふと思った。それを望んでいるのかどうか、わからなかった。部屋に戻ると、メッガーはボクサー・ショーツ一枚だけになって熟睡中。勃起して、頭は長椅子の下に入れている。背広を着ているときには隠れていたが、腹の出ていることにも気づいた。テレビの画面ではニュージーランド軍とトルコ軍が銃剣で突き刺し合っている。叫び声をあげてエディパは彼に突進し、その上に倒れ、キスをして彼の目を覚まそうとかかった。メッガーの輝く目がぱっと開いて彼女を突き刺した。何となく乳房のあいだが、どこか、きりきり痛む思いだった。大きな溜息をついてくずおれると、ぎごちなく硬いものがみな神秘な液体か何かになって流れ去ったように、彼のわきに横たわった。まったく力が抜けてしまって、彼が服をぬがせようとするのに手を貸すこともできない。二十分かかった。彼女の体をころがし、あっちに向け、こっちに向けしている彼のようすは、まるで何か、大きな、髪を短くした、ポーカー・フェイスの少女が着せかえのバービー人形に集中しているようだとエディパは思った。そのあいだ一度か二度は眠ってしまったかもしれない。ようやく目が覚めるとセックスが始まっていた。性のクレッシェンドの進行中に目が覚めたのだから、すでにカメラが移動撮影をつづけているシーンに切りかわるようなものだ。外ではギターのフーガが始まっていて、聞こえてくる電子音声を一つ一つ数えてみると六つぐらいある。〈ザ・パラノイド〉は三人がギターを弾くだけだ。すると、ほかの仲間が加わってコードをつないでいるにちがいない。

そのとおりだった。彼女のクライマックスとメッツガーのクライマックスが来たときと、テレビをはじめこの場所のあらゆる電灯が急に消えて真の闇になったときと、いっしょだった。奇妙な体験だ。〈ザ・パラノイド〉がヒューズをとばしてしまったのである。電灯がふたたびついたとき、彼女とメッツガーは部屋じゅう衣服が散らばり、バーボンがこぼれている中に抱き合っていて、テレビは父親と犬とベイビー・イゴールが容赦なく水位のあがるにつれ暗くなって行く〈ジュスティーン〉号の中に閉じこめられたようすを示した。まず犬が泡の洪水の中で溺死した。カメラが移動し、片手を制御盤にのせて泣いているベイビー・イゴールをクローズ・アップする。そのとき何かがショートして、アースされた状態のベイビー・イゴールに電流が通り、のたうちまわって、ひどい金切り声を立てる。よくあるハリウッドふうな確率の歪曲のために父親は感電死をまぬがれ、おわかれの演説をぶって、ベイビー・イゴールと犬に、こんな目に遭わせたことを詫び、みんなと天国で会えないことを悲しむ——「おまえのかわいい瞳はパパの見おさめをして行ったのだ。おまえは天国へ行く。私は地獄へ墜ちる」。最後に彼の苦悩の目が画面いっぱいにひろがり、侵入する水の音が耳をつんざくばかり、例の奇妙な一九三〇年代ふうの映画音楽が大規模なサックス・セクションを使って高まり、**ジ・エンド**の文字がフェード・インする。

エディパは飛びあがって、向こう側の壁まで走って行き、振り向いてメッガーを睨みつけていた。「助からなかったじゃないの!」と彼女は叫んだ——「ひどいわ、私の勝ちよ」

「きみは、ぼくを勝ち取った」とメッガーが微笑した。

「インヴェラリティは私のことを何て言ったの」。とうとうきいてしまった。

「きみをものにするのは容易じゃないって」

彼女は声をあげて泣き出した。

「こっちへおいで」とメッガー——「さあ」

しばらくしてから彼女は「ええ」と言った。そして彼の言葉に従った。

3

それ以後、事態は遅滞なく奇妙な方向へと発展することになった。エディパが〈トライステロ・システム〉あるいは、しばしば単に〈ザ・トライステロ〉と（まるで何かの秘密の名称であるかのように）呼ぶようになるものを発見した背後に一つの目的があって、それが彼女の塔に幽閉されている状態に終止符を打つことであると想定するならば、あの夜のメッツガーとの不倫こそ論理的にはその出発点になると言えよう――論理的には。そのことが彼女の心にとりつく最大のものとなるとも言えよう。その、論理的につじつまの合うぐあいが、心にとりつくのだ。まるで（サン・ナルシソ市に到着した最初の一分間に推測したことだが）エディパのまわりのいたるところで啓示が進行中だという感じなのだ。

啓示の多くはピアスの残した切手のコレクションを通じてやってくることになるが、このコレクションはピアスがよく彼女の代用としたものである――何千という小さな色とりどりの窓、そこから奥深く空間と時間のひろがりが見えるのだ。大カモシカや小カモシカがいっぱいの草原《サバンナ》、西の虚空に向かって走るガリオン船、ヒットラーの頭部、日没、レバノンの杉の木、実在しない寓意的なものの顔、そうしたものの一枚一枚を覗きこんでいると、彼女のことなど忘れて何時間でも彼は過ごせるのだった。そんな恍惚状態を彼女は見たことがなかった。いま、そのコレクションぜんぶを目録に作って評価しなければならないという思いは、財産整理上の数ある悩みの一つというにすぎなかった。それが何かを語りかけることになるかもしれないなどとは夢にも思わなかったのである。しかし、まず、あの奇妙な情事によって、さらには、ほかの、ほとんど偶然の出来事によって、彼女の受け入れ態勢が整うというか、感度強化がおこなわれているというか、そういうことがなければ、何と言ったって物言わぬこの切手たちに何が語れたと言えるのだろう？　ただ以前の恋仇同士というだけの関係で、彼女と同じように彼の死に会い、いくつかの山《ロット》に分けられ、何人かの新しい所有者の手に渡って行こうとしているということなのだ。

こうした感度強化が本格的に進行したのは、ムーチョから手紙をもらって以来か、メツガーといっしょに〈ザ・スコープ〉という変なバーにまぎれこんで以来なのか。振り返ってみても、どちらが先だったのか忘れてしまった。ムーチョの手紙じたいには大したことが書いてなかった。エディパが義務感から週二回とりとめもないことを書き送る手紙の返信で、彼女の往信のほうにメツガーとの一件は告白していない——ムーチョのことだから、何となく、わかるだろうと思ったのだ。わかってからKCUF局主催のディスコティックに出て行って、例のとおりピカピカしている体育館のフロアを見渡せば、バスケット・ボール試合用にかいてある大きな鍵穴図形かなんかのあたりに、腕をまっすぐ振りおろす動きの少しぎごちない女の子が、どこかの男の子と向かい合って踊っていて、ハイヒールをはいているせいで身長が男の子より一インチばかり高かったりする、シャロンとか、リンダとか、ミッシェルとか、そんな名で、十七歳、すすんでると言われている子、その子のヴェルヴェットのようになめらかな目が終局的には、統計的には、ムーチョの目と出会い、反応し、ことはこの上なくめでたく運ぶのだが、遵法精神に富んだムーチョのことだ、どうも、未成年者強姦という違法行為を犯してしまった気持は拭えなくなる……エディパにはこのパターンがわかっている。過去にもすでに何回かあったことなのだ。ただしエディパは、それに関してしごく公正な態度で臨み、ことに触れたのは一度だけ、じつはこれも午前三時ごろのこと、青天の霹靂《へきれき》ならぬ、夜明けの暗い空からだしぬけに、あなた、刑法がこわくないの、ときいてしまった。「もちろん、こわいさ」と、ムーチョは間をおいてから言い、それだけだった。しかし彼の声の調子にはそれ以上のものが聞こえると思った——何か、いらだちと苦悶の中間にあるものが。エディパはそのとき、こういう心配が彼のジョッキーの仕事に影響するだろうかと思った。かつては自分も十七歳、木の葉が落ちても笑い出すときがあった。そう思うと胸がいっぱいになったが、いっぱいになったものは優しさとでも言おうか、その本質は何なのか、抜き差しならぬところに入りこむのが恐ろしいので、考えてみようという気にはならなかった。それで、それ以上ムーチョに質問できなくなった。二人のあいだにコミュニケーションが成り立たないすべての場合と同様、これにもまた道徳的動機が働いていた。

ムーチョの手紙が着いたとき、エディパが手紙の外側をていねいに眺めたのは、内容《なかみ》に変わったことはあるまいという直感のせいだったろうか。はじめは気がつかなかった。あたりまえのムーチョ的な封筒で、放送局からくすねたもの、あたりまえの航空便切手、消印の左側に政府の出した標語のスタンプが押してあって「わいせつな郵便物を受け取った場合にはすべて最寄りのポッツマスター（*Potsmaster*）に届け出るように」とある。ひまつぶしにムーチョの手紙をもう一度読み返して、わいせつ語があるかどうか調べた。

「メッガー」――ふと思いついて――「ポッツマスターって何のこと？」

「食器（ポッツ）の係のことさ」とメッガーは化粧室から権威をもって返答した――「いろんな重い食器の係だよ。缶詰づくり用の釜だとか、大鍋だとか、肉焼器だとか……」

エディパはブラジャーを彼のいる化粧室に投げつけると、「わいせつな郵便物はすべてポッツマスターに届け出るようにっていうのよ」

「なるほど政府も誤植をやるか」とメッガーが言った──「いいじゃないか。まちがえてボタンを押して戦争をやるなんてことだけ注意してくれれば」

その同じ日の晩だったかもしれない。二人は偶然に〈ザ・スコープ〉──ロサンジェルスに向かう途中の、ヨーヨーダイン工場の近くにあるバー──を見つけたのだ。ときどき、この晩もそうだったが、〈エコー屋敷〉が耐えがたくなる。プールが静まりかえっていて、そちらを向いている窓がうつろに見えるせいだったり、ティーン・エージャーがやたらに覗き見するせいだったりする。彼らはみなマイルズのマスター・キーの合鍵を作っていて、気の向いたときいつでも入って来ることができるので、どんな異様な性行為の最中に踏みこまれるか、わかったものではない。これがあまりにひどいので、エディパとメッガーはマットをウォークイン・クローゼットの中に引きずりこみ、メッガーがそのクローゼットのドアに内側から洋だんすを立て掛け、一番下の引出しをはずして洋だんすの上にのせ、引出しのあとの、からになった空間に足を突っこみ、これでようやくクローゼットの中に全身を伸ばして横たわることができるわけだが、ここまで用意するうちに通例彼はそれ以上何をするのもいやになってしまう。

〈ザ・スコープ〉はヨーヨーダイン工場の電子機器の組立て作業員の溜まり場だった。外側の緑色のネオン・サインは精巧にオシロスコープ管の画面をかたどったもので、そこには限りなく形を変えるリサジュー図形の踊りが流れている。この日は給料日らしく、バーの中は、だれもがもう酔っぱらっているようだった。みんなが注視する中をエディパとメツガーは、ずっと奥まで行って、ようやくテーブルを見つけた。サングラスをかけた、しなびたバーテンが現われ、メツガーはバーボンを注文した。エディパはバーの中をあらためると、落ちつかなくなった。〈ザ・スコープ〉に集まったひとびとには何だか、いわく言いがたい雰囲気があるのだ。みんな眼鏡をかけていて、こちらを黙ってじっと見つめていた。例外は入口の近くにいる二、三人で、鼻くそコンテストをやっている。バーの中のどこまで鼻くそを飛ばせるかというのだ。

とつぜんバーの向こうの端にあるジューク・ボックスのようなものから、ウーだの、イーだのという音のコーラスが響いてきた。だれもが話をやめた。バーテンが飲みものを持って、忍び足で戻ってきた。

「どうしたの?」とエディパは小声で言った。

「あれはシュトックハウゼンの作品」とクールな灰色の顎ひげが教えてくれた――「早いうちの客は、こういうケルン放送局ふうなサウンドを好きな傾向がある。遅くなってからだよ、ほんとにいかすのは。この近辺じゃこれが唯一の、厳密な意味で、電子音楽で通すバーなんだ。土曜日に来てみなよ。真夜中から〈正弦波《サインウェーヴ》セッション〉を始めるから。これはライヴでやる集まりさ、カリフォルニアのいたるところからやってきてジャム・セッションだよ――サン・ノゼ、サンタ・バーバラ、サン・ディエゴ――」

「ライヴ?」とメツガー——「電子音楽なのに、ライヴ?」

「この店でテープに入れるのさ、ライヴだよ。奥の部屋にいっぱい入ってるんだ、オーディオ・オシレーター、ガンショット・マシン、コンタクト・マイク、何でもあるよ。そういうのは自分の楽器をもってこなかったひとのために置いてあるのさ、だって、聞いているうちにフィーリングが乗っちゃってさ、いっしょにスイングしたくなっちゃうんだ、それでいつも何か使えるものが置いてあるんだ」

「悪気があって言ったんじゃないよ」とメツガーは愛嬌のあるベイビー・イゴール式の微笑をした。

　水洗いのきく化繊の背広を着た、きゃしゃな青年がそっと二人の向かい側に腰かけ、自分の名はマイク・ファローピアンだと自己紹介してから〈ピーター・ピングイッド協会〉という組織の宣伝を始めた。

「きみも例の右翼の偏執集団の仲間かい?」とは外交上手なメツガーの質問。

　ファローピアンはまばたきして「彼らはぼくらのほうがパラノイドだって非難するんだ」

「彼ら?」とメツガーもまばたきした。

「ぼくら?」とエディパがきいた。

〈ピーター・ピングイッド協会〉というのは南部軍の軍艦〈ディスグラントルド〉号の

指揮官の名を取ったもので、この男は一八六三年はじめ、機動部隊を率いてケープ・ホーンをまわりサン・フランシスコを攻撃して南北戦争に第二戦線を切り開こうという大胆不敵な計画を抱いて出港したのだという。嵐や壊血病のために艦隊の船はどれも壊滅したり戦意をなくしたりしたが、小型ながら闘志満々の〈ディスグラントルド〉号だけが一年ほどのちカリフォルニア沖に出現した。しかるに、ピングイッド提督の知らないうちに、ロシア皇帝ニコライ二世は極東艦隊――コルベット艦四隻とクリッパー艦二隻――を、すべてポポフ少将の指揮下にサン・フランシスコ湾に派遣していた。これはイギリスおよびフランスが（ほかにも理由はあるが）南部側に味方して介入するのを阻止しようとする作戦の一環であった。ピングイッドはサン・フランシスコ攻撃のためには最悪の時期を選んでしまったことになる。その冬、南部軍の巡洋艦〈アラバマ〉号と〈サムター〉号がサン・フランシスコを攻撃しようとしているという噂が流れていたので、ロシアの提督はみずからの責任において太平洋艦隊に対し、そんな攻撃がはじまりそうだと見たら全力を尽くして戦闘準備せよという永続命令を出してあった。しかし巡洋艦は巡洋するのみで、それ以上のことをするようには見えなかった。さりとてポポフは、定期的に偵察を出すことを怠りはしなかった。一八六四年三月九日、〈ピーター・ピングイッド協会〉の全会員によって聖なる日とされているこの日に何が起こったかは、あまり定かではない。ポポフがコルベット艦〈ボガティール〉号あるいはクリッパー艦

〈ガイダマク〉号のいずれかを偵察の目的で派遣したことは、まちがいない。現在カーメル・バイ・ザ・シーと呼ばれる住宅地、あるいはピズモ海岸と呼ばれる地域の沖合で、正午ごろ、あるいは夕暮れ近くかもしれないが、二隻の船が互いに相手を認めた。どちらか一方が発砲したかもしれない。発砲したとすれば他方も応戦した。しかし両者とも射程距離の外にいたから、後日証拠となるような損傷は受けなかった。夜になった。翌朝になるとロシアの船はいなくなっていた。しかし運動は相対的なものである。〈ボガティール〉号ないし〈ガイダマク〉号の航海日誌抜萃が四月にサンクト・ペテルブルクの軍務局長に転送され、いまはクラスニー記録保管所のどこかに保存されているのを信じるとすれば、夜のうちに姿を消したのは〈ディスグラントルド〉号であった。

「どっちでもいいことですよ」とファローピアンは肩をすくめてみせた——「ぼくたちは、そんなことを聖典につくりあげようとはしないんです。もちろん、それでは南部の聖書地帯《バイブル・ベルト》の支持をずいぶん犠牲にしてしまうわけです。ぼくたちの一大地盤になってもいいところですけどね。昔の南部地方ですね。

　しかし、これこそロシアとアメリカの全く最初の軍事的対決だったのです。攻撃、報復、両軍の砲弾は永久に海に沈み、太平洋はきょうも渦巻く。けれども、この二隻の船の飛沫《はね》から生じた波紋はひろがり、大きくなり、今日ぼくたちぜんぶを巻きこんでいるのです。

ピーター・ピングイッドこそ、ほんとうは、わが国最初の犠牲者なんです。ぼくらより左がかっている〈ジョン・バーチ・ソサエティ〉の仲間が殉教者に仕立てあげようとしている狂信者とは、わけがちがいます」

「それじゃ、提督は殺されたの？」とエディパは訊いた。

ファローピアンに言わせると、殺されるよりもっとひどいことになった。ロシアの船と対決ののち、奴隷廃止論のロシア（ニコライは一八六一年に農奴を解放した）と、工場労働者を一種の賃金奴隷の地位に縛りつけておきながら口先だけは奴隷廃止を唱えていた北部が、どう見ても軍事同盟を結んでいたとしか考えられないのに愕然としたピーター・ピングイッドは、何週間も艦長室にこもりきりで黙想していたという。

「しかし、それでは」とメッツガーが抗議した――「彼は産業資本主義に反対していたように聞こえるなあ。それだったら反共的人物とするには向かないんじゃないか？」

「あなたの考え方は〈バーチ・ソサエティ〉のメンバーみたいだ」とファローピアンは言った――「いいやつと悪いやつ。それじゃ根元的な真実はつかまえられない。確かに彼は産業資本主義に反対だった。ぼくたちも反対なんです。産業資本主義は、どうしても、マルクス主義に進まざるを得なかったでしょう？　深いところでは、どちらも同じ、ぞっとするようなおぞましさを共有しているんです」

「産業的な何だって、みんなそうさ」とメッツガーは言ってみた。

「そのとおり」とファローピアンはうなずいた。

「ピーター・ピングイッドはどうなったの？」とエディパはそれを知りたかった。

「彼はとうとう将校をやめました。それは彼の教育と道徳規範に反するものでした。リンカーンとロシア皇帝にやめさせられたわけです。犠牲者と言ったのは、そのこと。彼と乗組員の大部分はロサンジェルスの近くに住みつきました。余生は金儲け以外のことをほとんどやりませんでした」

「何て辛辣な話」とエディパ——「何をして儲けたの？」

「カリフォルニアの土地の思惑です」とファローピアンが言った。エディパは、ウィスキーを飲みこもうとしていて、吹き出し、少くとも十フィートにわたって円錐形に霧が吐き出されてきらめき、笑いくずれた。

「どうしました」とファローピアン——「その年は旱魃《かんばつ》で、ロサンジェルスの繁華街のまんなかの土地が一区画六十三セントで買えたんです」

入口の近くで大歓声があがり、肩に革の郵便袋をさげて登場した肥りぎみの青白い顔の青年のほうに人波が動いて行った。

「郵便召集」とひとびとは叫んでいた。確かにそのとおり、軍隊そっくりだ。肥った青年は、うるさそうにしながらカウンターの上に登り、名前を呼んでは封筒を群衆に投げ渡しはじめた。ファローピアンも失礼しますと言って仲間に加わった。

メッガーは眼鏡を取り出し、眼鏡を通してカウンター上の青年を観察している。「ヨーヨーダインの社章をつけている。これはどういうことなんだ？」

「社内便か何かでしょ」とエディパが言った。

「夜の、こんな時間にか？」

「遅番かしら？」しかしメッガーは顔をしかめるだけだ。「すぐ戻るわ」とエディパは肩をすくめ、婦人用化粧室に向かった。

そのトイレの壁に口紅でかかれた猥褻な落書きの中に、次のメッセージが目にとまった。達者な文字できちんと書かれている――

「洗練されたお遊びはいかが？　あなたも、ご主人も、ガールフレンドも。人数が多ければ、それだけ楽しくなります。カービーにご連絡を。ただしＷＡＳＴＥを通じて。ロサンジェルス私書箱七三九一」

ＷＡＳＴＥ？　ウェイスト？　エディパは不思議に思った。この告示の下に鉛筆で薄く、いままで見たこともない印があった。輪と三角形と台形がこんなふうになっている

――

性的なかかわりがあるのかもしれないが、なぜか彼女にはそう思えない。ハンドバッグにペンがあったので、宛名と印をメモ帳に書き写しながら思ったこと――まあ、神聖文字《ヒエログリフィックス》。出て行くとファローピアンが戻っていて、顔に何だか、おかしな表情を浮かべている。
「まずいところを見られてしまったなあ」と彼は二人に言った。封筒を手にしている。郵便切手の代わりに手押しスタンプでＰＰＳという頭文字がエディパに見えた。
「そりゃそうだ」とメッガー。「郵便の配達は政府の独占事業だもの。きみたちは、それに反対することになる」
ファローピアンは二人に向かって苦笑した。「見かけほど反抗的なものじゃないんです。ヨーヨーダインの社内便を利用しているんですよ。こっそりとね。でも、配達人を見つけるのが一苦労なんです。しょっちゅう人が替わるものですから。配達のスケジュールがきついので、神経がまいってしまう。工場の秘密監視関係のひとたちは何か変だと感づいている。監視は厳しくやってますからね。あのデ・ウィット」と肥った配達人を指差したが、いまカウンターから引きおろされ、顔をひきつらせて、いらないという酒をすすめられている――「彼がこの一年間の配達人でいちばん神経質なんです」

「どのくらいの範囲にわたっているの、これ」とメッガーはきいた。

「協会のサン・ナルシソ支部の中だけですよ。これと似た実験はワシントンと、それからたぶんダラスの支部でやってます。が、カリフォルニアでは、いまのところ、ぼくらだけ。裕福なタイプの会員の中には、少数ですが、手紙を煉瓦に巻きつけて、そのぜんたいを茶色の包装紙につつんで、それを郵便とちがって国営でない、鉄道の便で送る者もいますが……」

「何だか少し安直だな」とメッガーが同情した。

「主義なんで」とファローピアンは同意したが、受け身の響きがある。「主義を何とか、まずまずの存在にしておくために、会員は少なくとも週一回、ヨーヨーダインの組織を通じて手紙を送らなければならないことになっています。そうしないと罰金を取られるんです」。彼は自分のもらった手紙を開いてエディパとメッガーに見せた。


マイク君、こんにちは。ちょっと一筆、思い立ったので。本の進みぐあいはどうですか。きょうはこのへんで。〈ザ・スコープ〉で会おう。

「こんななんですよ、たいがい、いつも」とファローピアンは言いづらそうに告白した。

「本って、何のこと?」とエディパがきいた。

ファローピアンは合衆国の私設郵便配達の歴史を書いているのだった。南北戦争と、一八四五年ごろに始まった郵便制度改革運動とを関係づけようとしているのだ。一八四五年、四七年、五一年、五五年に制定された諸法令はすべて私設郵便の競争相手を財政的破綻に追いこもうとする目的であったにもかかわらず、なお存続していた独立郵便ルートを、北部連邦政府が、よりによって一八六一年という年に、猛烈に抑圧しはじめたということは、単なる偶然ではないというのだ。それはすべて権力の譬えばなしなのだ、権力が授乳期、成長期を経て組織的濫用にいたるという譬えばなしだと。もっとも、この夜は、そこまで彼女に対して押し進めたことは言わなかったが。じつは、はじめて会ったとき、エディパの記憶に残ったのは、彼の体つきがほっそりしていて、整ったアルメニア人ふうの鼻をしていて、瞳が緑色のネオンとある種の類似を見せているということだけであった。

このようにして、エディパにとって、〈ザ・トライステロ〉はゆっくりと不吉に花ひらきはじめた。いや、むしろ、エディパがどこかのユニークな演芸を見に行って、それがその夜の最終公演かと思われるほどに長引き、そんな遅い時間まで残っている客のために、ちょっとばかり特別サービスをしてくれたようなものだと言おう。まるで紐を一つ引っぱれば分解して落ちるガウン、網目のブラジャー、宝石をちりばめたガーター、バタフライなど、人間の形をした「歴史」が身につけた、たちまち落ちるような品々は厚く層をなしていて、あの、ベイビー・イゴール映画の前でメッガーとやったゲームの、エディパが着ていた数々の衣裳のようなのだ。まるで暁をめがけて飛びこむようなもの、〈ザ・トライステロ〉がその凄まじい裸身となって正体を示すまでには、いつ明けるとも知れぬ暗闇の時間が実に必要だというふうである。正体をあらわしたとき、害をなすことなく、たわむれながら舞台裏へ引っこんで行き、ニュー・オーリンズのフレンチ・クォーター、バーボン通りふうのお辞儀をして「おやすみなさい」と、エディパをそっと、そのままにして消えるだろうか？　それとも、そうならないで、踊りが終わると、花道を戻ってきて、ぎらぎらした目をエディパに据え、微笑は悪意に満ちた、非情なものとなり、人のいなくなった席の列に一人坐っている彼女に向かって、およそ聞きたいと思わないような言葉を発しはじめるのだろうか？

その演芸のはじまりは歴然としていた。それは彼女とメッガーが、アリゾナ、テキサス、ニューヨーク、フロリダなどインヴェラリティが土地の開発を行なったところ、および彼の会社を組織したデラウェアにおける代理人に与えられるべき付随書類を待っているあいだのことであった。二人はその日、インヴェラリティ最後の大プロジェクトの一つである〈ファンゴーソ礁湖〉造成地域で過ごすことにした。二人のあとからコンバーチブルの車いっぱい〈ザ・パラノイド〉のマイルズ、ディーン、サージ、レナードの面々、それに彼らのガールフレンドたちが乗りこんで追う。道中に事件はなかったが、〈ザ・パラノイド〉は、運転しているサージが、髪の毛が邪魔になって先が見えず、二、三度衝突事故を起こしそうになった。彼は説得されてハンドルを女の子の一人にゆずった。どこか、帯材を張って急いでつくった、ベッドルーム三室の家々が建ちならび、いちめん濃いベージュ色の丘をよぎって、何千戸となく車が擦過して行く先のほうに、どういうわけか、サン・ナルシソ市の内陸地域の睡たさには欠けている、スモッグの傲慢さというか、激しさというか、その中に、海が——思いもおよばない太平洋が——潜んでいるようだ。サーファーや海浜アパートや下水処理計画や観光客の侵入やゲイの日光浴や貸切りボートの釣などとは関係のない海。それは月が地球から飛び離れて行ったために生じた穴、月の流刑の記念碑。この海は聞こえるわけでもない、匂うわけでもないのに、そこにある。何か潮《うしお》のようなものが目や鼓膜を超えたところに触手を伸ばして来て、今日もっとも鋭敏な顕微電極を使っても精度が荒過ぎて感知できないほどの微量の脳電流を刺戟するのだ。エディパは、キナレット市を出てくるずっとまえから、海が南カリフォルニア（もちろん彼女が住んでいる地域は別で、そんな必要はなさそうだ）に対して救済となるという原理のようなものを信じていた。海の縁《へり》に対してどんなことをやったとしても、真の太平洋は汚《けが》れることなく完全無欠なものとしてあり、どこの縁《へり》の醜悪さをも引き受けて、何か、もっと一般的な真実の中に包みこんでしまうのだという、声なき思いのようなものだった。その考え、不毛な望みに過ぎなかったのだろうか、この日の午前、海のほうへ（もっとも海までは行かないのだが）、海に向かって突入して行ったとき、彼女が感づいたものは。

一行は掘削機械のあいだを通り抜け、完全に樹木のない場所、おきまりの古代エジプト的神聖幾何学模様を経て、最後には砂道に揺られ、螺旋を描きながら〈インヴェラリティ湖〉と名づけられている人工湖へ下りて行った。湖の沖のほうには青いさざなみに囲まれて、地盛りした円形の島があり、そこに社交ホールがうずくまっている。ずんぐりした、丸天井の屋根に緑青《ろくしょう》の出た、ヨーロッパの娯楽堂《カジノ》か何かをアール・ヌーヴォーふうに復元した建物だ。エディパはそれが気に入った。〈ザ・パラノイド〉分隊はぞろぞろ自分たちの車を出ると、楽器をもってあたりを見まわし、トラックで運びこまれた白砂の下にコンセントがないかと探しているようだ。エディパはインパラ車のトランクから、イタリア料理のドライヴ・インで買ってきた、冷たい茄子のパルメザン・チーズ・サンドイッチが入ったバスケットを取り出し、メツガーはテキーラ・サワーの入った巨大な魔法瓶を持ち出してきた。みんな三々五々、砂浜をぶらつきながら、湖にじかに置き場がないボート所有者のための小マリーナに向かった。

「おい、みんな」と叫んだのはディーンか、サージか――「ボートをパクろうよ」「賛成、賛成」と女の子たち。メッガーは目を閉じていて古い錨《いかり》につまずいた。「なんで目を閉じて歩きまわるのよ、メッガー」とエディパが訊いた。

「窃盗罪だ。やつら、弁護士が必要になるかもしれない」。桟橋にそって子豚のようにつながったレジャー用ボートのあいだから煙があがったかと思うと唸り声のような音がした。〈ザ・パラノイド〉がほんとうにだれかの船外モーターをスタートさせたのだ。「さあ、来いよ」と呼んでいる。とつぜんボート十数隻ほど離れたところに人影、青いポリエチレンの防水着をつけたのが立ちあがり「ベイビー・イゴール、助けてくれ」と言った。

「その声には聞き憶えがある」とメッガー。

「早く」と青い防水着――「きみたちといっしょに乗せてくれ」

「急げ、急げよ」と〈ザ・パラノイド〉の呼び声。

「マニー・ディ・プレッソじゃないか」と言うメッガーの顔は嬉しそうには見えない。

「あなたの俳優兼弁護士のお友達ね」とエディパは思い出して言う。

「おい、そんな大声出さないで」とディ・プレッソは円錐形のポリエチレンの袋の中で何とか歩きながら船着き場を二人のほうにやってくる。「やつら見張ってるんだ。双眼鏡で」。メッガーは手を貸して、エディパをいまハイジャックしようという全長十七フイートのアルミ製トライマラン〈ゴジラ二世〉号に乗せ、ついでディ・プレッソにも手を貸したつもりだったが、つかんだのは中身なしのプラスチックだけだったらしく、引っぱると覆いがすっぽり取れて、その下にディ・プレッソがスキンダイヴィング・スーツを着、水中眼鏡をかけて立っている。

「これにはわけがあるんだ」と彼は言った。

「おい」と、微かに聞こえる声で、砂浜の遠くから二人の男がほとんどいっしょに叫んだ。クルー・カットの髪、ひどく日焼けしてサングラスをかけた、ずんぐりした男が開けた場所へ走り出た。片腕を「く」の字に曲げて、上着の内側の胸のところに何かを隠し、まるで翼が生えているようだ。

「映画の撮影かい？」メッガーは冷淡だ。

「これ、ほんとうなんだ」とディ・プレッソは早口に――「さあ急いでくれ」。〈ザ・パラノイド〉は綱を解き、桟橋から〈ゴジラ二世〉号をバックで出して向きを変え、いっせいにワアッと言ったかと思うと、地獄を飛び立つ蝙蝠《こうもり》さながら走り出し、ディ・プレッソを船尾からはねとばさんばかりだった。エディパが振り返って見ると、さっきの追跡者のあとから、もう一人、同じような体つきのが出てきて、いっしょになった。いずれも灰色の背広だ。銃のようなものをもっているかどうかは、わからなかった。

「車は湖の反対側に置いてきたんだが」とディ・プレッソは言った――「あいつ、だれかを見張りに立てているんだ」

「あいつって、だれ」とメッツガーが質問する。

「アントニー・ジューンジエラーチェさ」とディ・プレッソは不吉な顔で――「別名トニー・ジャガー」

「というのはだれさ？」

「えい、くそ」とディ・プレッソは肩をすくめて船尾から唾を吐いた。〈ザ・パラノイド〉はクリスマスの「信仰あるものよ、来たれ」の節にあわせて――

よう、穏健な市民さん、あんたのボートいただいたあ
よう、穏健な市民さん、あんたのボートはいただいた……

と歌いながら、ふざけあって互いに相手を船腹から落とそうとしている。エディパは恐れをなして避難し、ディ・プレッソを観察した。この男がメッツガーの言うとおり、テレビのパイロット・フィルムでメッツガーの役をほんとうに演じたとすれば、そのキャスティングはまさに典型的ハリウッドだ――二人の風貌も身のこなしも、まるで違っている。

「ふん」とディ・プレッソ――「だれがトニー・ジャガーだって。〈コーザ・ノストラ〉の大物だよ」

「きみは俳優だぜ」とメッガー。「それがなぜマフィアの連中といっしょになるんだ？」

「おれはまた弁護士に戻ったのさ」とディ・プレッソが言った。「あのパイロット・フィルムには絶対に買い手がつかないぜ、メッガー。おまえが乗り出して、それこそ昔のダロウ弁護士みたいな華々しいことでもやらないことには。大衆の関心をあおりたてるんだな、センセーショナルな弁護でもやって」

「たとえば、どんな」

「たとえば、ピアス・インヴェラリティの土地に対して、おれがいま起こそうとしている訴訟に勝つとかさ」。メッガーは、冷静なるメッガーくんに可能な範囲で目を白黒させた。ディ・プレッソは大笑いして、メッガーの肩をつつき――「そうなんだよ、おまえさん」

「何がどうなっているんだ？　きみ、もう一人の遺言執行人にも話しておいたほうがいい」と言ってエディパを紹介し、ディ・プレッソは挨拶がわりに水中眼鏡を押しあげた。空気が急に冷えた。太陽が隠れたのだ。三人は息をのんで見あげると、頭上に突き出て、いまにも衝突しかねないところに、淡緑色の社交ホール、高い、頂点の尖った窓、鉄の鋳物の花飾り――まったくの沈黙、なぜか彼らを待っている雰囲気。〈ザ・パラノイド〉のディーンが舵を取ってボートを旋回させ、見事に小さな木造の桟橋に着け、みな降りて、ディ・プレッソが落ちつかないようすで先頭に立ち、ホールの外側の階段に向かう。

「おれの車があるか、確認しておきたいんだ」と彼は言った。エディパとメッガーはピクニック用品をかかえて階段に続き、バルコニーを伝って建物の影から出ると、金属性のはしごを昇って、やっと屋根に出た。まるでドラムの張り皮の上を歩いているようなものだった。三人の足音が下の、うつろな建物の内部に反響し、〈ザ・パラノイド〉はご機嫌で声を立てた。ディ・プレッソがスキンダイヴィング・スーツを光らせて丸屋根の側面を這いのぼる。エディパは毛布をひろげ、白い圧縮発泡スチロール製のコップに酒を注いだ。「まだあそこにある」とディ・プレッソが言って、下りはじめる。「あの車のところまで決死で走らなくちゃ」

「だれに頼まれた仕事なんだ?」とメッガーはテキーラ・サワーを差し出しながらきいた。

「いま、おれを追いかけてくるやつさ」とディ・プレッソはコップを上下の歯で押さえ鼻が隠れるようにして、いたずらっぽく二人を見ながら言った。

「依頼人から逃げるの?」とエディパ。「弁護士は救急車が走ればそのあとを追いかけて行くというくらいなのに、あなたは逃げるの?」

「あいつ、金を借りようっていうんだ。おれがこの訴訟じゃ、どんな結果が出るにしても、それを当てにして立て替えはできないと言ったもんだから」

「じゃあ、負けるつもりなのね」とエディパが言った。

「いっしょうけんめいになれないのさ」とディ・プレッソは認め——「それに一時的発狂状態のとき買っちまったスポーツカー〈XKE〉の分割払いも遅れているっていうのに、金なんか貸せるもんか」

「三十数年だな」とメッガーは鼻を鳴らして——「きみの『一時的』っていうのは」

「どんなに狂っているにしても、ピンチはわかるんだ」とディ・プレッソ——「トニー・ジャガーがからんでるんだよ、諸君。主に賭博をやっているんだけれど、おまけに、やつが組織の支部委員会に対して、自分は懲罰を受けるべきではない理由を申し立てているという噂もある。そんなのにかかわりあいたくないからな」

エディパは目を怒らせて——「あなたって自分勝手な低能《シュマック》ね」

「いつなんどきでも〈コーザ・ノストラ〉は見張っている」とメッガーはなだめる——「見張っているぞ。組織が手助けしてほしくないと思っているものを手助けしたら、よくないぞ」

「ワタシ、シチリア島ニ親戚アルヨ」とディ・プレッソは滑稽な片言英語で言った。〈ザ・パラノイド〉とそのガールフレンドたちが明るい空を背景に、小塔、切妻、換気用ダクトなどのうしろから姿を現わし、バスケットの中の茄子のサンドイッチを襲う。メッガーは酒を入れた魔法瓶の上に腰をおろし、彼らに手が出せないようにしている。風が出てきた。

「訴訟のことを話してくれ」とメッガーは言って両手で髪の乱れるのを防ぐ。「おまえはインヴェラリティの帳簿を調べているんだろう」とディ・プレッソ。「〈ビーコンズフィールド煙草〉のフィルターのこと、知ってるだろ」。メッガーは、どっちつかずの苦笑をしてみせた。

「骨炭ね」とエディパは、いつかのテレビを思い出した。

「うん、それが、依頼人のトニー・ジャガーが骨を提供したと言うんだ。インヴェラリティはその代金を払っていない。それで訴訟さ」

「いま聞いたかぎりで言えば」とメッガーが言った――「インヴェラリティらしくないやり方だな。その種の支払いについてはきちょうめんな男だったからな。それが賄賂だったら話は別だ。ぼくは法律的な税の控除しか担当してないから、賄賂だったとすれば、目に入らないわけだ。きみの依頼人はどこの建設会社に勤めていたの?」

「建設会社か」と、ディ・プレッソは目を細めた。

メッガーはあたりを見まわす。〈ザ・パラノイド〉とそのガールフレンドたちは声の届きそうなところにいなかったようだ。「人間の骨、だろ?」ディ・プレッソが、うん、とうなずく。「とすると、そういうふうにして手に入れたんだ。この地域の、別のハイウェイ関連会社で、インヴェラリティが株主になっていた会社が契約を結んだ。書類的にはまったく合法だぜ、マンフレッド。賄賂の金が介在していたとしても、記録されてはいないと思うね」

「ねえ」とエディパが訊いた――「どうして道路建設が骨を売るってことになるものなの？」

「古い墓地を取り壊さなければならないのさ」とメッガーが説明した。「たとえば東サン・ナルシソ高速道路を通すときだってそうだ。墓地があんなところにそのまま存在する権利はない。それで道路を通しちゃったのさ、あっさりとね」

「賄賂でもない、高速道路でもない」とディ・プレッソは首を振った。「問題の骨はイタリアから来たんだ。公正な売買だ。この」と湖のほうに手を振りながら「湖に入っているのもある。スキューバマニアのために湖の底を飾っている。おれはそれをやっていたんだ、きょう。問題の物件の調査さ。そのうちに、何だか知らんが、トニーが追っかけて来たんで中止した。残りの骨はフィルター計画の研究開発の段階で使われた。一九五〇年代初期の話さ。まだ肺癌さわぎの起きるずっとまえだ。トニー・ジャガーに言わせると、その骨はぜんぶ彼が〈憐れみの湖《ラーゴ・ディ・ピエタ》〉の底から引き揚げたものだとさ」

「ほんとかあ」と、湖の名前でピンと来たメッガーは言った。「GIの骨か？」

「一中隊ぐらいだよ」とマニー・ディ・プレッソが言った。〈憐れみの湖〉というのはティレニア海岸に近く、ナポリとローマのあいだにあり、ローマに進軍する際に生じた、小さな孤立地帯で、いまは忘れられた（一九四三年には悲劇的な）激戦地であった。何週間ものあいだアメリカ軍は孤立し、連絡も取れずに、澄んだ静かな湖の細長い岸辺に身を寄せ合うように集まり、湖岸にせり出す、目もくらむような絶壁の上から、ドイツ軍に日夜、瞰射《かんしゃ》、縦射を浴びせかけられた。湖水は泳ぐには冷た過ぎた。安全な岸に泳ぎつくまえに凍え死んでしまう。筏を組もうにも樹木がない。飛行機といえば、たまにドイツの急降下爆撃機スツーカが地上掃射を意図して来るだけ。これほど少数の兵士がこれほど長期間もちこたえたというのは珍しい。岩だらけの岸辺に掘れるだけの塹壕は掘った。小規模の奇襲部隊を絶壁の上に送ったが、ほとんど帰ってくる者はなく、しかし一度、機関銃一梃を奪い取ることには成功した。偵察隊は脱出路を探したが、帰って来た少数は何もないことを報告した。脱出するためにできるかぎりのことはした。それが叶わず、できるだけの期間を生きることに執着した。しかし彼らは死んでしまった。一人のこらず、みすぼらしく、何の跡もなく、何の言葉も残さずに。ある日ドイツ軍が絶壁からおりてきて、その下士官兵たちが岸辺にあった死体をぜんぶ、もはやどちらの軍にとっても使いものにならない武器やその他の用具もろとも、湖に投げこんだ。やがて死体は沈み、五〇年代の初期までそのままになっていたが、トニー・ジャガーは、〈憐れみの湖〉のドイツ軍に配属されたイタリア部隊の伍長だったので、湖底に何があるかを知っていた。何人かの仲間とはからって湖底から引き揚げられるものを引き揚げようと決心した。何とか回収できたのは骨だけだった。何やら漠とした推論のつながりがあって、その推論の中には、アメリカ人観光客がそのころから多くなってきたのだが、どんなおみやげ品にもドルをふんだんに使うという観察にもとづいた事実が入っていたかもしれない。ロサンジェルスのフォレスト・ローン墓地とアメリカ人の死者崇拝熱についての噂が入っていたかもしれない、ひょっとするとマッカーシー上院議員やその同調者が当時海外からやってくる金持ちのバカどもに対し、ある種の支配権を掌握していたが、彼らが第二次大戦の戦死者たち、特に死体が回収されることのなかった者に、なんとかもう一度注意を集中してくれるのではないかという淡い希望のようなものもあったかもしれない。そんなふうに迷路じみて動機が入り混じったところから、トニー・ジャガーは収集した骨を当時〈コーザ・ノストラ〉という名で知られた「ファミリー」内のコネを通じてアメリカのどこかに売りさばけると踏んだ。彼の思惑は当たった。ある輸出入会社がその骨を買い、それを肥料会社に売った。この肥料会社、大腿骨を一、二本、実験用に使ったかもしれないが、結局はぜんぶ肥料にしてしまおうと決定、残った数トンを持株会社に移し、持株会社はインディアナ州フォート・ウェイン市郊外の倉庫に一年ほども貯蔵していたろうか、そのうちにビーコンズフィールド社が興味を示したというわけだ。

「それみろ」とメッガーは跳びあがった——「やはりビーコンズフィールドが買ったんじゃないか。インヴェラリティじゃない。彼がもっていたのはオステオリシス社の株だけなんだ、フィルター開発のために彼が設立した会社だ。ビーコンズフィールド社の株はもっていなかった」

「ねえ、きみたち」と女の子の一人、胴の長い、褐色の髪の、黒いニットのレオタードに、先の尖ったスニーカーの美女が発言した――「いまの話、先週見に行った、あの、十七世紀はじめの、ビョーキのビョーキの復讐劇に気味の悪いほど似ていない？」

「『急使の悲劇』か」とマイルズが言った――「そのとおり。同じように異常だよな。消えた軍隊の骨が湖に沈んでいるのを引き揚げて、炭にして――」

「聴いてたな」とディ・プレッソは声を張りあげて「あいつらと来たら。いつでも、だれかが聴き耳は立てている、覗き見はしている。部屋に盗聴器を仕掛ける、電話を盗聴する――」

「でも聴いたことをひとにしゃべったりしないわ」ともう一人の女の子が言った――「それに、あたしたち、だれもビーコンズフィールドなんか吸わないもん、みんなマリファアナよ」。笑い声。しかしほんとうだ。ドラマーのレナードがビーチ・ローブのポケットに手を入れて一つかみのマリファアナ煙草を取り出し、仲間に配っている。メッガーは目を閉じ、顔をそらしてつぶやいた――「不法所持」

「助けてくれ」とディ・プレッソが湖の向こう岸を振り返って目を見張り、口をあんぐり開けて言った。もう一隻、小型モーターボートが現われ、こちらに向かって来る。ボートの風防ガラスのうしろには灰色の背広を着た二人の人影。「メッガー、おれは逃げる。ここへ立ち寄っても、いじめるなよ、おれの依頼人なんだから」

そう言うと、はしごをおりて消えた。エディパは溜息をついて仰向けになり、風の吹く、うつろな青空を見つめた。まもなく〈ゴジラ二世〉号のスタートする音が聞こえた。「メッガー」と、エディパはふと思いついて——「あのひと、ボートに乗って行っちゃうの？　私たち、島流しだわ」

そのとおりだった。すっかり日が暮れて、マイルズ、ディーン、サージ、レナードとガールフレンドたちが、火のついたマリファアナ煙草を高く挙げ、アメリカン・フットボールの試合で応援団がカードを裏表にひるがえすように、SとOの字を交互に書いて見せ、それが〈ファンゴーソ礁湖警備隊〉つまり、もとカウボーイ俳優だの、もとロサンジェルス白バイ警官だので構成される夜警団の注意をひいた。救出されるまでの時間つぶしに〈ザ・パラノイド〉の歌を聞いたり、酒を飲んだり、〈ファンゴーソ礁湖〉と太平洋をまちがえて飛んできた、あまり頭のよくない鷗の一群に茄子サンドイッチの切れはしをやったり、『急使の悲劇』の筋を聞いたりしていた。それはリチャード・ウォーフィンガーの作品なのだが、八人の記憶によって語られるうちに、次第に記憶の輪がほどけてしまい、彼らが吸っているマリファアナの煙の、立ちのぼって行く輪や靄《もや》と同じように、とらえどころのないものになり、意味不明に近いものになってしまった。その筋があまりに混乱してきたので、次の日エディパはその芝居をじかに見に行くことにし、メッツガーをうまく説き伏せて、連れて行ってもらう手はずをととのえた。

『急使の悲劇』は〈タンク劇団〉という、サン・ナルシソの劇団によって上演されていた。〈タンク〉というのは小さな円形劇場のことで、交通調査会社と、もぐりのトランジスター販売店のあいだにあったが、この販売店、去年はなかったし、来年もないだろうというふうな構え、いまのところ日本製のものさえ安売りで、蒸気シャベルで掻きこむほどの大儲けだ。エディパと、気の進まないメッツガーが入ってみると劇場は閑散としていた。開幕になっても観客の数は大して増えなかった。しかし衣裳は豪奢で、照明は想像力に富み、言葉はすべて〈移植された、アメリカ中西部ふうの舞台用イギリス英語〉で語られたものの、エディパは開演五分後には、邪悪なリチャード・ウォーフィンガーが十七世紀の観客のために作りあげた風景の中に完全に吸いこまれていた。当時の観客はひたすら終末直前ふう、死滅願望的で、官能的に疲弊していて、少しばかり痛ましいのは、わずか数年先に、冷たく、深く待っている内乱の深淵を知らぬげであることだ。

さて、芝居だが、スカムリアの悪人公爵アンジェロは、芝居の始まる十年ほどまえに、隣国ファッジオの善人公爵を、宮廷の礼拝堂にあるエルサレムの司祭聖ナルシソスの像の足に毒を塗ることによって、殺している。その足に、毎日曜日のミサのとき、公爵は口づけするならいであった。その結果、悪人の私生児パスカーレが、正統な嫡子であり劇中の善玉である異母弟ニコロの摂政として、ニコロが成人になるまで政権を担当することになる。もちろんパスカーレはニコロを成人になるまで生かしておく気なぞない。スカムリアの公爵と組んで幼いニコロを始末してしまおうと計画する。かくれんぼをしようと言って、うまくだまして巨大な大砲の中に彼が隠れるようにし、その大砲を腹心の配下に発砲させ、あわよくば少年を吹き飛ばしてしまおうという算段。のちにパスカーレが第三幕でうらみがましく回想する台詞を引用すれば、

われらが田畑を肥やす血の雨にして
バッカスの巫女《みこ》メナードの叫びさながら
硝石の歌と硫黄の定旋律のなかで

吹き飛ばそうというのだ。うらみがましく、と言うのは、この男の腹心の配下はエルコーレという名の好ましき陰謀家で、ひそかに、ニコロを生かしておきたいと願うファッジオ宮廷の反体制分子と通じていて、うまく身代わりの子山羊を大砲の中につめ、ニコロを遣手婆《やりてばばあ》に変装させて連れ出すからだ。

この間の事情は第一場、ニコロが自分の履歴を友人ドメニコに明かすところで出てく

る。このときには、ニコロは成人していて、父を殺したアンジェロ公爵の宮廷に出入りし、テュールン、タクシス家の特別急使になりすましている。テュールン、タクシス家は当時、神聖ローマ帝国のほぼ全土にわたり郵便事業を独占していた。ニコロがしようとしていることは、表向き、新しい市場の開拓である。というのは、スカムリアの悪公爵は、テュールン、タクシス組織のほうが料金が安いし、サービスが迅速なのに、頑強に断わりつづけ、隣国ファッジオに住む幇間《たいこもち》パスカーレと通信するにも自分の使者しか使わない。ニコロがこのあたりにいる真の理由は言うまでもなく公爵を急襲しようというのである。

いっぽう、悪公爵アンジェロは利用できる唯一の公爵家の女性、妹のフランチェスカをファッジオの王位略奪者パスカーレに嫁がせることによって、スカムリアとファッジオの両公爵領を合併しようとたくらんでいる。この合併に対する唯一の障害は、フランチェスカがパスカーレの母親だという点にある。そもそも彼女が善良なファッジオの前公爵と道ならぬ関係をもっていたればこそアンジェロは彼を毒殺させることができたわけなのだ。フランチェスカがそれとなく兄に、近親相姦は社会的タブーであることを気づかせようとする滑稽な場面がある。そのタブーは、十年間私とそなたが関係をつづけているそのあいだ、そなたの頭にはなかったようだな、とアンジェロは応じる。近親相姦であろうとなかろうと、この結婚は執りおこなわれなければならぬ、この結婚は長期政治計画に不可欠なのだ、と。教会が絶対に認めませんよ、とフランチェスカが言う。ならば、枢機卿を買収する、とアンジェロ公爵。すでに彼の手は妹の体を下から上へとまさぐり、彼女のうなじを嚙んでいる。二人の対話は一転して、不謹慎な欲望を熱っぽく表現するものとなり、二人が長椅子にくずおれるところでこの場は終わる。

この幕ぜんたいは、うぶなニコロが自分の秘密を洩らした相手ドメニコが、宮廷に行ってアンジェロ公爵に会見し、親友を裏切ろうとするところで閉じる。もちろん公爵は自室で情交に忙しい最中、ドメニコはようやく行政補佐官に会えるぐらいのところだが、この補佐官がかつて幼き日のニコロの命を救い、ファッジオからの逃亡を助けてやったエルコーレそのひと。このことを彼はやがてドメニコに告白するのであるが、それまでに、この密告者をだまし、この箱を覗くとポルノの透視画《ジオラマ》が見えるぞと言われたドメニコは、愚かにも腰をかがめ、奇妙な黒い箱の中に頭を入れてしまう。たちまち鋼鉄の万力が裏切り者ドメニコの頭を締めつけ、助けてくれという叫びも箱の中にこもって外には聞こえない。エルコーレは彼の手足を深紅の絹の紐で縛り、自分が何者であるかを教え、ペンチを箱の中に入れてドメニコの舌を抜き取り、二、三度その体を剣で刺し、ビーカー一杯の王水を箱に注ぎ、死ぬことを許されるまでのあいだに彼の体に加えられる数々のお楽しみを一つ一つ挙げてゆくが、去勢もお楽しみの一つである。そのあいだじゅう犠牲者は悲鳴をあげ、舌をなくしたまま祈ろうと試み、もがき苦しむ。ドメニコの舌を細身の刀に串刺しにしてエルコーレは壁に据えてある炬火《たいまつ》のところへ走って行き、舌に火をつけ、狂人のようにそれを振りまわしながら、つぎのように絶叫してこの幕を結ぶ——

おまえを情け容赦もなく去勢することこそ当然のきわみと
主役をまねる聖霊《パラクレート》のエルコーレは思う
このようにして悪意の、聖ならざる聖霊は降りた
さあ、おまえの恐ろしの聖霊降臨節《ペンテコステ》をはじめよう

照明が消え、静まりかえった中で、円形劇場の向こう側からだれか、はっきり「けっ」と言うのがエディパに聞こえた。メッガーは「出ようか」と言った。

「骨のところを見たいの」とエディパは言った。

それには第四幕まで待たなければならなかった。第二幕は主にフランチェスカとその息子の結婚を認めるぐらいなら殉教のほうがましだと思っている枢機卿をながながと拷問し、結局殺してしまうことについやされる。そうでない場面は、エルコーレが枢機卿の苦悶を密かに探り出して、パスカーレに恨みをもつファッジオの善良分子に急使を送り、パスカーレが母親と結婚しようと企らんでいる噂をひろめるように言う。これは、

いささか輿論を沸き立たせずにおくまいという計算。もう一つの場面では、ニコロがアンジェロ公爵の急使の一人と雑談していると〈消えた近衛兵〉の話を聞く。この近衛兵というのは約五十人の選りすぐった騎士の一隊で、ファッジオの若者の華、かつて善良なる公爵を守るための騎兵であった。ある日スカムリアの国境近くで演習中に全員が跡かたもなく消えてしまい、その後まもなく善人公爵は毒殺された。正直者のニコロは自分の感情を隠しておくのが苦手で、もしこの二つの事件に少しでも関連があり、アンジェロ公爵の息がかかっているとなったら、ちきしょう、公爵のやつめ、気をつけるがいい、と口に出してしまう。相手の急使はヴィットリオというのだが、これを聞いて腹を立て、傍白で、この反逆的言動をすみやかにアンジェロに報告しようと誓う。いっぽう拷問室では枢機卿が聖杯の中に血を流しこみ、みずからの血を神にではなく、サタンに捧げることを強いられている最中。それだけではない、足の親指も切り取られ、それを聖餅《せいへい》のようにかざして「これ、わが体なり」と言わされ、機知の鋭いアンジェロは、五十年来組織的な嘘ばかり聞かされてきたけれども、いまはじめて真実のようなものを耳にした、などと言っている。ぜんたいとして、はなはだ反教会的な場で、あるいは当時のピューリタンに対してご機嫌を取り結ぼうという意図か（無益なジェスチャーである。一人として芝居見物などに行くピューリタンはいないのだから——芝居などというものは何らかの理由で不道徳と考えたのだから）。

第三幕はファッジオの宮廷で、エルコーレの手先によって策動されたクーデターの頂点、パスカーレの殺害についやされる。宮殿の外では街頭で戦闘が荒れ狂っているのに、パスカーレは貴族の館に閉じこもって酒宴を開いている。この浮かれ騒ぎには、最近インド諸国への船旅から連れて帰ったという獰猛《どうもう》な、黒い、芸を仕込まれた類人猿がいる。もちろん、だれかが猿のぬいぐるみの中に入っているわけで、合図ひとつでシャンデリアからパスカーレに飛びかかり、同時に五、六人、女装して踊り子のふりをしながら、それまでぶらついていた者たちも舞台のいたるところから爵位略奪者に迫って行く。約十分間にわたり、復讐の鬼と化した一団が手足の切断、首締め、毒攻め、火攻め、足踏み、目つぶしその他をやり、パスカーレは、ことこまかにさまざまな感覚を描写して観客を楽しませる。パスカーレが苦悶の絶頂でとうとう死ぬと、ジェンナーロという、これまでまるで表面に出なかった人物が現われ、正当なる公爵ニコロの所在が明らかになるまで自分が暫時、国の政治をつかさどると布告する。

休憩になった。メツガーはよろよろと小さいロビーに喫煙のため出て行き、エディパは婦人用化粧室へ向かった。彼女はぼんやりあたりを見まわして、先夜〈ザ・スコープ〉で見た印はないかと思ったが、驚いたことに、どの壁もブランクだった。なぜだか正確にはわからなかったが、便所はコミュニケーションの場として知られるのに、コミュニケーションの周縁的な試みさえ不在だということに威嚇を感じた。

『急使の悲劇』の第四幕は邪悪なアンジェロ公爵が逆上して落ちつかないでいるところを示す。彼はファッジオのクーデターのことを知り、死んだとのみ思っていたニコロがどこかに生きているかもしれないという可能性を知る。ジェンナーロが兵を徴集してスカムリアに侵入しようとしているというニュースが入る。同時に、法王が枢機卿殺害を理由に介入しようとしているという噂も入る。四面を裏切りに囲まれた公爵はエルコーレに（この男の真の役割にまだ感づかずに）とうとうテュールン、タクシスの急使を呼ぶように言う。もはや自分の部下を頼みにはできないと考えているのだ。エルコーレはニコロを呼び入れ、公爵の命《めい》を待てと言う。アンジェロは鵞ペンと羊皮紙とインクを取り出して説明する。この説明は観客に向けたもので、最近の状況の進展を知らぬ二人の善玉に向けたものではない。ファッジオ侵入の機先を制して、大至急ジェンナーロにこちらの善意を確約しなければならないという説明だ。手紙をしたためる途中で、二、三、脈絡のない、謎めいたことを自分の使っているインクについて言う。それがじつに特殊な液体であるという含みである。たとえば――

この漆黒の液体はフランスで「アンカー」〔インク〕と呼ばれる
その点では、この恐るべきスカムリアもフランス人にならい
「アンカー」〔錨〕となったものを無限の淵から引き揚げた

とか、また——

白鳥はただ一本の中空の羽根を提供し
不運な羊は皮だけを提供した
が、変容して、黒々と滑らかに両者の
あいだを流れるものは抜き取ったものでも、剝ぎ取ったものでもない
まったく異なる獣から寄せ集めたものだ

そんなことを言ってアンジェロは大いに楽しんでいる。ジェンナーロ宛ての手紙を書き終え、封印をし、ニコロはそれを上衣の中に入れ、ファッジオに向かう。エルコーレ同様、まだクーデターのあったことを知らず、自分が正当なファッジオの公爵として復帰しようとしていることも知らない。場面はジェンナーロに変わり、小さな軍勢の先頭に立って、スカムリア侵入の歩を進めている。アンジェロが和平を望むなら、われわれが国境に着くまえに使者を送ってきてその旨を伝えるべきで、さもなければ不本意ながらやっつけなければならぬ、といった趣旨の話がいろいろ交わされる。場面はスカムリアに戻って、公爵の急使ヴィットリオが、ニコロは反逆的な話をしていたと報告する。ほ

かの者も飛びこんで来て、ニコロの不実の友ドメニコのバラバラ死体が発見されたと伝える。しかしドメニコの靴の片方に何とか血で書いたメモが入っていて、ニコロの正体をあばいているという。アンジェロは癲癇《てんかん》の発作を起こしたように怒り、ニコロを追って殺せと命じる。ただし彼の部下が手を下すのではない。

じっさい、芝居のここらからなのだ、何もかもほんとうに特異な色を帯びはじめ、そこはかとない冷気のようなもの、ある種の曖昧さが台詞の中に忍びこんでくるのは。これまで、名前を名づけるのは文字どおりか、隠喩としておこなわれていた。しかし、いま、公爵が殺害の命令を下すに当たって、新しい表現形態が取って代わる。一種の儀式化された躊躇とでも呼ぶしかない表現形態である。ある種のことどもは声に出して語られないことが明示される。ある種の事件は舞台で上演されない。もっとも、これまでの幕では過度な描写がつづいたので、いったいそんな部分が残っているのかと、想像するのがむずかしい。公爵はわれわれに何も教えてくれない、あるいは教えてはいけないことになっているのだろう。ヴィットリオにどなり散らす言葉は、だれがニコロの跡を追って行かないかについては明白だ。自分の用心棒たちのことを面と向かって、くず、のろま、卑怯者とこきおろすのだから。しかし、それではだれが追って行くのか？　ヴィットリオにはわかっている。宮廷の使用人たちはみなスカムリアの制服を着て歩きまわりながら〈意味をこめたまなざし〉を交わし、わかっているのだ。まったく大仕掛けの、内輪の冗談のようなもの。この時代の観客にはわかっていたのだ。アンジェロは知っている。が、言わない。近いところまでは言っても、明らかにはならない——

あの覆面をつけたまま彼を墓に送ろう
名誉ある名を簒奪しようとして果たせなかった者
われらは彼の仮面劇を踊ろう、それが真実であるかのように
遅滞なき復讐を誓って眠ることなき者どもの
すばやい短剣をあつめよう
心やさしきニコロが盗んだ名前のかすかなささやきを耳にして
一瞬たりともひるむことのないように、恐ろしい、卑劣な
言語に絶する破滅をもたらすために……

場面はジェンナーロとその軍隊に戻る。スカムリアからスパイが到着し、ニコロがこちらに向かっていると言う。大歓声が湧き起こるが、そのただなかで、演説する以外はめったに口を開くことのないジェンナーロが、ニコロはいまもテュールン、タクシス家の旗のもとに駆けているのを忘れないようにと懇願する。歓声がやむ。ふたたびアンジェロの宮廷シーンのように奇妙な冷気が忍びこんでくる。舞台の全員が（あきらかにそ

のむね監督の指示を受けて）ある可能性を意識しはじめている。ジェンナーロはアンジェロに輪をかけたほど手掛かりになることを言わずに、神と聖ナルシソスがニコロをお護りくださるようにと祈り、全軍が馬を進める。ジェンナーロは副官にここはどこかと尋ねる。ファッジオの〈消えた近衛兵〉が謎の失踪を遂げるまえに、最後に姿が見えたと言われる湖からわずか一リーグかそこらの地点だと知れる。

いっぽうアンジェロの宮殿では策略家エルコーレの策略の糸も、ついに尽きてしまう。ヴィットリオほか五、六人に呼びとめられ、ドメニコ殺害を告発される。証人が続々登場し、猿芝居のような裁判があって、エルコーレの最期は、すがすがしいばかりに簡単な、集団による刺し殺しである。

次の場でニコロも最期を迎える。ファッジオの近衛兵が消えてしまった場所と伝え聞く湖のほとりに馬をとめて休む。木の下に坐り、アンジェロの手紙を開き、いまようやくクーデターとパスカーレの死んだことを知る。いま自分は復位、全公爵領民への愛情、あらゆる高邁な望みの実現、そういう目的に向かって進んでいるのだと実感する。木にもたれて手紙の一部を声に出して読む。アンジェロがファッジオに攻め入るためスカムリアの軍隊を集めるまでの時間かせぎにジェンナーロを慰撫しておこうと考え出した、見えすいた嘘ばかりなので、皮肉たっぷりに自分の意見を入れながら読むのだ。舞台裏で賊のやってくる物音がする。ニコロは跳びあがって、放射状の通路の一つを凝視、手は剣の柄《つか》にかけたまま凍りついたようだ。体は震え、口がきけず、どもるだけだが、洩れ出てくる音は、恐らくこれまでに書かれた無韻詩《ブランク・ヴァース》のうちでもっとも短い行であろう——「T・t・t・t・t……」というのだ。まるで夢か何かで体が痺れてしまったかのように、一歩また一歩と、ようやくのことで退きはじめる。ふいに、しなやかな恐るべき静けさで、ダンサーのように優雅に、三人の人影が長い手足で、女性的に、黒いタイツ、レオタード、手袋に黒い絹のストッキングを頭からかぶって、はねまわりながら登場し、動きをとめ、ニコロを凝視する。ストッキングに隠された顔は影に埋もれて歪んでいる。三人は待つ。照明がすべて消える。

舞台がスカムリアに戻って、アンジェロは兵を集めようとしているが成功しない。絶望して、彼は残っているだけの使用人や美女を集め、儀式を執り行なうようにしてすべての出口に鍵をかけ、酒を運びこませて酒宴を始める。

この幕はジェンナーロの軍勢が湖畔に集結するところで終わる。一人の下士官が登場して、こういう話にはつきものの、子どものころから首に掛けていたお守りからニコロであると確認された死体が、語るも恐ろしい状態で発見されたと報告する。ふたたび沈黙があり、だれもが互いの顔を見つめる。下士官は死体が身につけていた、血まみれの羊皮紙一巻きをジェンナーロに手渡す。その封印から、それがニコロのもっていたアンジェロの手紙だとわかる。ジェンナーロはそれを一瞥し、はじめはさりげなく、次にぎょっとした表情を示し、読みあげる。それはもはやニコロが一部を観客に読んで聞かせた嘘のかたまりではなく、いまや奇跡によって、アンジェロが自分の犯したあらゆる罪を長々と告白する文面になっている。結びは、ファッジオの〈消えた近衛兵〉にほんとうは何が起こったのかを明らかにする。近衛兵たちは——意外や意外——一人残らずアンジェロに虐殺され、湖に捨てられたのだ。のちにその骨は回収されて炭にされ、その炭をインクにし、それをブラック・ユーモア精神の持主であるアンジェロは以後ファッジオとの文通のすべてに用い、現在の手紙も例外ではない。

しかし、いまや汚れなきものたちの骨は
ニコロの血と混じり合って
無垢と無垢が結ばれたのだ
この結婚から生まれたひとり子は「奇跡」——
人生の卑劣な嘘がいま真実に書きなおされた
これはその真実なのだとわれらみな誓う
ああ、ファッジオの近衛兵よ、ファッジオの気高き死者よ
この奇跡を目《ま》のあたりにして全員がひざまずき、神の御名《みな》を賛美し、ニコロを哀悼し、

スカムリアを滅ぼさんことを誓う。ところがジェンナーロの最後の言葉の響きはひどく絶望的で、もともとの観客にとって真に衝撃的だったのではなかろうか。なぜならアンジェロが言わず、ニコロが言おうとして死んだ、その名をとうとう口にするのだから。

われらが最後にテュールンとタクシスとして知っていた者は
いまや短剣の尖端のほかに主を知らず
黄金のひとつ輪の喇叭《らっぱ》はただ沈黙《しじま》
いかに聖なる星の枷《かせ》といえども護れない――
ひとたびトライステロとの出会《トライスト》いを定められた者の運命《さだめ》は

トライステロ。その言葉は第四幕が終わり、すべての照明が一瞬消えたそのとき、宙に漂った。暗闇に漂ってエディパ・マースを当惑させたが、まだ後日にいたって発揮するほどの力をふるいはしなかった。

第五幕は完全にアンチ・クライマックスで、ジェンナーロがスカムリア宮廷に報いる血の海で始まる。ルネッサンス人が考えつくかぎりの、あらゆる様態の非業な殺人――アルカリ泥の落し穴、地雷、その爪に毒を塗って訓練した鷹など――を利用する。あとでメッツガーが評した言葉を借りれば、これは〈ロードランナー〉のマンガ映画を無韻詩にしたみたいに演じられる。最後に死体だらけの舞台に生き残った唯一といってもいい人物は、精彩を欠く行政官ジェンナーロである。プログラムによると『急使の悲劇』はランドルフ・ドリブレットという男の演出によるものだった。この男が勝利者ジェンナーロの役も演じていた。「ねえ、メッガー」とエディパが言った——「いっしょに舞台裏まで来て」

「知ってるひとでもいるの？」と、メッガーは帰りたそうなそぶりだ。

「知っておきたいことがあるの。ドリブレットと話してみたいわ」

「ああ、あの骨のことか」。嬉しくなさそうな顔だ。

「さあね。気になるのよ。二つがずいぶん似てるんだもの」

「なるほど」とメッガーは言った——「お次は何をやるつもり？　在郷軍人局にピケを張るかい？　ワシントン市へデモ行進かい？　ごめんこうむりたいね、神さま」と、この小劇場の天井に向かって言い出したものだから、出口に向かっている数人がこちらを振り返った——「ウーマン・リブの、教育され過ぎた女どもは。脳はお弱くて、心臓が血を流してる。ぼくは三十五歳にもなるんだ、そんなことに構っちゃいられない」

「メッガー」ときまりの悪くなったエディパは小声で「私、共和党青年部の人間よ」

「ハップ・ハリガンのマンガだね」と、メッガーのほうは、かえって大声になって「まだそれを読めるほどの歳にもなっていない。土曜日の午後のテレビ映画でジョン・ウェインが歯をむいて一万人の日本人を虐殺する、それがエディパ・マースの第二次世界大戦体験ってわけなんだなあ。このごろじゃ平気でフォルクスワーゲンを運転し、ワイシャツのポケットにソニーのラジオを入れているひともいるというのに。みなさん、このひとは違います。このひとは誤りをただそうというんです。万事が終わってから二十年も経っているのにねえ。亡霊を呼び出そうってわけ。原因はすべて酔っぱらってマニー・ディ・プレッソと口論したため。法律的にも倫理的にも、まず第一の義務は、自分が代理人になっている遺産に対してだということを忘れてますよ。どんなに勇敢だったにせよ、いつ死んだにせよ、軍人に対してではありません」

「そんなんじゃないの」と彼女は抗議した。「ビーコンズフィールドが何をフィルターに使ったっていいの。ピアスが〈コーザ・ノストラ〉から何を買ったっていいの。そんなこと、考えたくもないわ。〈憐れみの湖〉で何が起こったか、だの、肺癌だのと……」

彼女はあたりを見まわして言葉を探すが言葉は見つからない。

「じゃ何だい？」とメッガーは挑戦しながら立ちあがり、暗がりにぼおっと姿が浮かぶ。

「何だよ？」

「わかんない」と、やけ気味になって、「メッガー、苦しめないでよ。私の味方になってよ」

「敵はだれさ？」とメッガーはきいてサングラスをかける。

「関連があるかどうか見たいの。好奇心よ」

「そう、好奇心の強い女」とメッガーは言った。「ぼくは車の中で待ってるよ」

エディパは彼の姿が見えなくなるまで見守り、それから楽屋を探しに出かけた。外側の円環状になっている廊下を二度まわってから、ようやく頭上の照明と照明のあいだの影になったところにあるドアに気がついた。入ると、柔らかい、エレガントな混沌だった。そこにいる一人一人の末端神経が剥き出しになっていて、その末端神経の小アンテナから放射《エマナチオ》されるものがあり、それが相互に干渉しているという印象だ。

顔から血糊をおとしている女の子がエディパに手振りで明るい照明のついた鏡の並んでいるほうへ行くよう合図した。人込みのなかに割り込み、汗ばんでいる腕や、一瞬長く垂れて振り動かされた髪のカーテンなどのあいだを縫って進んで行くと、ようやくドリブレットの前に出た。まだ灰色のジェンナーロの装束のままだ。

「すばらしかったわ」とエディパが言った。

「触ってごらん」とドリブレットは腕を伸ばしてみせる。彼女は触ってみた。ジェンナーロのコスチュームは灰色のフランネルだ。「ひどい汗なんだ、でも汗以外にほんとの彼はいないだろう?」

エディパはうなずいた。彼の目から視線をそらすことができない。きらきらと黒く、そのまわりは信じられないほどの皺の網目だ。まるで涙の中に入っている情報を研究するための実験室の紛糾した装置の迷路のようだ。彼女は知らなくとも、彼女が知りたいと思っていることを知っているような目であった。

「いまの芝居のことを話しに来たんだね」と彼は言った。「まず水をさしておこう。あれは人を楽しませるために書かれたものだ。恐怖映画なんかと同じこと。文学なんてもんじゃない。意味はないのだ。ウォーフィンガーはシェイクスピアなんかじゃない」

「どういうひとだったの?」と彼女は言った。

「シェイクスピアはどういうひとだったかねえ。大昔のことだものね」

「台本を見せていただけるかしら?」自分が何を探しているのか、正確にはわからない。ドリブレットは手招きして、一つしかないシャワー室の隣にある書類キャビネットのところへ行った。

「いまのうちにシャワーを浴びとかなくちゃ」と彼は言った――「たくさん入ってきて石鹸の奪い合いが始まらないうちに。台本はそのいちばん上の引出しに入ってる」

しかし、そこに入っていたのは紫色の複写ばかりで、擦り切れたり、破れたり、コーヒーのしみがついていたりする。引出しにはほかに何もない。「ねえ」とシャワーに向かって大声で――「原本はどこにあるの? このコピーを取ったもとのものは?」

「ペーパーバックの本だよ」とドリブレットがどなり返す。「出版社は知らない。ハイウェイのそばのザップフの古本屋で見つけたんだ。戯曲集だよ、『ジェイムズ朝復讐劇集』っていうんだ。表紙に頭蓋骨の画がある」

「お借りしていいですか、それ」

「だれかがもって行ってしまったよ。初日の夜のパーティだ。公演初日のパーティでは、いつも五、六冊はなくなってしまう」。彼はシャワー室から首を出した。頭以外、彼の体は蒸気に包まれていて、頭だけが不気味に、風船のように、浮いている。注意深い顔つきで、ふしぎな楽しみ方でエディパを見つめながら「あそこにはもう一冊あった。ザップフにまだあるかもしれないよ。場所を知ってる？」

何か腹にこたえる感じがあって、ちょっともやもやしてから消えた。「私をかついでいるんじゃない？」しばらくのあいだ皺に囲まれた目は、じっと見返すだけであった。

「どうしてみんな」と、やがてドリブレットは言う――「こんなにテクストに興味を持つんだろう？」

「私のほかにも？」もう少し間を置くべきだった。彼は一般論を話しているだけなのかもしれないのに。

ドリブレットの頭が前後に揺れた。「きみたちの学問的な論争には巻きこまれたくないよ」と言ってから「きみたちがどういうひとなのかは知らないけど」とつけ加え、見憶えのある微笑をした。それからエディパはハッと悟った。ぞっとする、冷たい死人の指が肌に触れた思いだった。この微笑こそ、〈ザ・トライステロ〉の刺客のことが話題になるたび出演者がお互いを見るときに見せるよう彼が指導した、あの表情ではなかったか。夢の中で不快な人物が見せる意味ありげな表情。エディパはこの表情のことを尋ねることにした。

「ト書きにそう書き込まれてあったのかしら？　あのひとたちみんな、露骨に秘密に関与しているふうじゃないの。それともあれ、あなたの演出スタイルの一部？」

「あれはぼくの演出さ」とドリブレットはエディパに言った――「あれと、それから、四幕で実際に三人の刺客を舞台に出すことと。ウォーフィンガーは、ぜんぜん刺客の姿は見せないんだけどね」

「どうして変えたの？　どこか別なところで、ああいうひとたちのことを聞いたの？」

「わかっちゃいないんだなあ」と語気を荒くして「きみたちときたら、まるでピューリタンが聖書について言ったのと同じようなことを言う。とりつかれているんだよ、言葉、言葉に。あの芝居はどこに存在するのか、あの書類キャビネットの中じゃない、あんたが探そうとしているペーパーバック本の中でもなくて――」、片手がシャワーの湯気のヴェールの中から出てきて空中に浮かんでいる彼の頭を指し――「ここにあるのさ。だからぼくの存在の意味があるんだ。精神に肉体を与えること。言葉なんてどうでもいい。言葉ってのは俳優の記憶を取り囲んでいる骨の障壁を突破するための、ゴール・ラインの小ぜりあいを押さえておくための、機械的な音だろ？　だけど、現実はこの頭の中にあるんだ。このぼくの頭の中。ぼくはプラネタリウムの映写機だ。あの舞台の円形の中に見える閉ざされた小宇宙はぜんぶ、ぼくの口から、目から、ときにはそのほかの穴からも、出てきたものさ」

しかしエディパは、ハイそうですかと言うわけにもいかない。「どうしてウォーフィンガーと違う見方をするようになったの、この、この〈トライステロ〉に関して」。このの言葉を聞くとドリブレットの顔は急に消えた、湯気の中に引っこんだ。まるでスイッチを切ったみたいだ。エディパはその言葉を口にしたくはなかった。ドリブレットはその言葉のまわりに巧みに儀式的抵抗といった霊気《オーラ》を創り出していた——ここ、舞台裏でも、舞台と同じように。

「もしぼくがこの中で溶けてしまったら」と、漂う湯気の中から声が思いを述べる——「溶けて流れて下水道を通って太平洋へ出てしまうとしたら、きみが今夜見たものも消えてしまうだろう。きみも、なぜか知らないが、あの小さな世界にこれほどこだわっているきみの一部も、やがて消えてしまうだろう。じっさいあとに残るのはウォーフィンガーが偽っていないものだけだろう。スカムリアとファッジオがもし実在していたとすれば、残るかもしれない。テュールン、タクシス郵便組織は残るかもしれない。切手収集家は実在した組織だと言っている。あるいは反対の組織、〈敵〉も残るかもしれない。けれども、そういうのは痕跡、化石だろう。死んじまって、無機物化して、価値もなければ可能性もない。

　きみがぼくの恋人になってくれれば、ぼくのかかりつけの精神分析医と話もできるし、ぼくの寝室にテープレコーダーを仕掛けて、ぼくが眠っているときどこの国へ行っているにせよ、ぼくのしゃべることを調べることができる。どう、そういうのは？　手掛かりをつなぎ合わせて論文が一つ、いや、いくつも書ける——なぜ登場人物がトライステロの可能性に対してあんなふうに反応したのか、なぜ刺客が登場したのか、なぜ黒いコスチュームか。そういうことを書いて一生をむだにして、真実に触れることもない、というふうにもなれるわけだ。ウォーフィンガーは言葉と話を提供した。ぼくがそれに命を吹きこんだ。そういうことさ」。それきり黙ってしまった。シャワーの水のはねる音がする。

「ドリブレットさん？」。エディパは、しばらくしてから呼びかけた。

　彼はちょっと顔を出して「ぼくたち、そういうふうにもなれる」。彼の顔は笑っていない。その目は待っている——蜘蛛の巣のような皺の中央にある目。

「あとで電話するわ」とエディパは言った。その場を去り、ずっと外へ出てしまってから、私は骨のことをききに行ったのに、その代わりにトライステロのことを話していたと思った。ほとんど車のなくなった近くの駐車場に立って、メッガーの車のヘッドライトが近づいてくるのを見守りながら、あれはどの程度まで偶然だったのだろうと考えた。

メッガーはカー・ラジオを聴いていた。エディパは車に乗りこみ、彼といっしょに二マイルほど走ったところで、夜間の受信状態の気まぐれからキナレットのＫＣＵＦ放送が入っていて、いましゃべっているディスク・ジョッキーは夫のムーチョだと気づいた。

4

マイク・ファローピアンにはまた会ったし、『急使の悲劇』のテクストをある程度までたどりもしたが、こういう追跡調査が胸騒ぎさせるのは、ほかの啓示と同程度で、数々の啓示がいまや幾何級数的に殺到し、集めれば集めるほど多くのものがやってくるという感じで、ついには見るもの、嗅ぐもの、夢みるもの、思い出すもの、一つとしてどこかで〈ザ・トライステロ〉に織りこまれないものはなくなってしまった。

とりあえずエディパは遺言状をもっと綿密に読み返してみた。みずからが消滅したのち何か組織化されたものを残すというのがほんとうにピアスの意図したことだとすれば、残存しているものに命を与えること、ドリブレットと同じようなものになろうとすること、プラネタリウムのまんなかの黒い機械になって、ピカピカと脈動する星座のような〈意味〉に遺産を変えてしまうこと、自分を包んでそびえるドームの中のあらゆるものを扱うことこそ自分の義務の一部ではないか。とは言っても障害が多過ぎる。法律、投資、不動産、つまるところは死んだ男じたいについて、まったく知らないのだ。遺言検認裁判所に供託させられた保証金が行く手に立ちはだかる障害の大きさをドルで評価したことになるのかもしれぬ。〈ザ・スコープ〉の便所の壁からメモ帳に書き写した印の下にエディパは「私は一つの世界を投射すべきか?」と書いた。投射とまでは行かなくとも、少なくとも、星座のあちこち、ドームに何か矢印のようなものを点滅させて、あれがあなたの竜座、鯨座、南十字星というくらいのことは示すべきでないか。どんなことでも助けにはなるだろう。

そんな感情のせいで、ある朝、早起きしてエディパはヨーヨーダインの株主総会に出かけた。総会に出席して何ができるというわけでもないが、無気力からは少し解放されるのではないかと感じた。門の一つから入るとき、丸い、外来者用の白バッジをもらい、とてつもなく広い駐車場に駐車した。駐車場の隣にはピンク色に塗った、長さ百ヤードほどの、かまぼこ形の建物がある。これがヨーヨーダインのカフェテリアで、総会会場になっていた。二時間というものエディパは長いベンチに坐らされ、両隣は双子《ふたご》と言ってもいいような老人たちで、その二人の手が交互に(まるでその手の所有者が眠りこけているあいだに、ほくろとそばかすだらけの手が一人歩きして夢の風景をさまよっているというふうに)エディパの太腿《ふともも》に落ちてきつづける。出席者のまわりでは黒人たちが金属製の大皿に盛ったマッシュ・ポテト、ほうれんそう、小えび、ズッキーニ、ポット・ローストなどを長大な、ぴかぴかのスチーム・テーブルのほうに運び、正午にどっと押し寄せるヨーヨーダイン従業員の食事の準備をしている。定例議題は一時間で終わり、あとの一時間は株主と代理人と会社の役員がヨーヨーダイン合唱会を催した。コーネル大学の校歌の節で彼らは歌った——

〈賛歌〉

ロサンジェルス高速道路
行きかう車のうなり見おろし
その名も高きヨーヨーダイン
宇宙工学部門
永遠《とわ》に誓わん、われら
不滅の忠誠心をそなたに
ピンクの館《やかた》はなやかに輝き
椰子の木高くまことあり

これにつづいて社長のクレイトン（通称「ブラディ」）・チクリッツ氏みずからの指揮、「オーラ・リー」の節で——

〈グリー合唱曲〉

ベンディックス社は弾頭を誘導し
アヴァコ社きれいな弾頭づくり
ダグラスもノース・アメリカンも
グラマンもそれなりの注文だ
マーチンは陸からロケット発射
ロッキード社は潜水艦から
わが社だけは豆飛行機の
研究開発費ももらえない

コンヴェア社は人工衛星を
丸い軌道に乗せるブースター
ボーイング社はミサイルだ
わが社は地面を離れない
ヨーヨーダイン、ヨーヨーダイン
まだ注文は逃げて行く
国防省には騙された

悪意の仕わざにちがいない

そのほか何十という愛唱歌、ただしエディパは歌詞を憶えられなかった。歌が終わると出席者は一個小隊ぐらいずつに編成されて工場の駈けあし見学ということになった。どういうわけかエディパは迷い子になった。さっきまで宇宙カプセルの実物大模型に見入り、無事に睡たそうな老人に囲まれていたというのに、気がつくと一人ぼっち、たくさんの事務員たちが蛍光灯に照らされて仕事をしているざわめきが聞こえるばかり。どちらを向いても、見渡すかぎり白かパステル・カラー――ワイシャツ、書類、製図板。迷い子になって思いつくことと言えば、このまぶしさに対してサングラスをかけ、だれかが来て助けてくれるのを待つだけ。しかしだれも気づいてくれない。淡青色のデスクの並んでいるあいだの通路を当てもなく歩き出し、ときどき角をまがった。ハイヒールの音に頭をあげるものの、技師たちは彼女が通り過ぎるまでじっと見つめるだけで、だれも話しかけはしない。そんなふうにして五分か十分が過ぎ、彼女の頭の中には恐慌状態がひろがる――この区域を脱出する方法がなさそうなのだ。すると、偶然か（ヒレリアス先生のご意見を伺うならば、さしずめ周囲の状況に潜在する手掛かりを利用して特定の人物のところに導かれたんだと言うだろう）偶然でないのか、スタンレー・コーテックスという男に行き当たった。メタル・フレームの二重焦点レンズの眼鏡、サンダルばき、菱形模様のソックスという恰好、一見したところ、こんなところで働く年齢にはなっていないように思われた。見ると彼は、働いてはいなかった。太いフェルト・ペンでこんな印を落書きしているだけだった――

「こんにちは」とエディパは言った。この偶然に足をとめたのだ。ふと思いついて「カービーに言われて来たの」とつけ足した。カービーというのは便所の壁にあった名前だ。陰謀的に聞こえるはずなのに、口に出してみると間が抜けている。

「やあ」とスタンレー・コーテックスは言って、手ぎわよく、いままで落書きしていた大きい封筒をあけっぱなしの引出しに滑りこませてから引出しを閉じた。エディパのバッジに目をとめて「迷い子になったんだね?」

さっきの印は何の意味？　などとあからさまにきいてもだめに決まっている。エディパは「見学なのよ、じつは。株主の」と言った。

「株主か」。ざっと彼女の様子をあらためてから、隣のデスクの回転椅子に足を掛け、彼女のほうに滑走させた。「坐りなよ。あんた、ほんとうに会社の方針を動かしたり、くずといっしょに捨てられちまわないような提案を出したりできるの？」

「ええ」とエディパは嘘をついた。反応を見たかったのだ。

「やってみてくれないかな」とコーテックスは言った――「特許に関する条項を廃止させるように。こいつが奥さん、頼みたいことなんだ」

「特許ねえ」とエディパ。コーテックスの説明によれば、技術者はヨーヨーダイン社と雇用契約を結ぶに当り、同時に、どんな発明をしてもその特許権は会社に譲渡するという署名をしているのだという。

「これではほんとうに独創的な技術者を殺しちまうんだよ」とコーテックスは言って、辛辣なことをつけ足した――「どこかにそういうやつがいるにしても、ね」

「個人が発見するなんて、もうなくなっていることだと思ってたわ」とエディパは言った。こう言ったら相手を刺戟するだろうという気がした。「というのが、ほんとのはなし、トマス・エジソン以来、だれがいたっていうの？　いまは何から何までチーム・ワークの時代じゃない？」。ブラディ・チクリッツが今朝の歓迎演説の中でチーム・ワークを強調していた。

「チーム・ワーク」とコーテックスはうなるように言った――「そう呼ぶひともいるよ、うん。ほんとうは何かと言えば責任逃れさ。社会ぜんたいが根性をなくしていることの兆候だ」

「まあ」とエディパ――「そんな言い方をしていいの?」

コーテックスは左右を確かめた上で、自分の椅子を近くへ滑らせて来た。「〈ネファスティス・マシン〉って、知ってる?」。エディパは目を丸くするだけだった。「さ、これを発明したのはジョン・ネファスティスで、いまバークレーに住んでる。ジョンはいまでも発明するやつなのさ。ほら。その特許の写しだぜ」。引出しからゼロックスで複写した書類の束を出したが、図面には、外側に、顎ひげを生やしたヴィクトリア朝の人物のスケッチのついた箱があり、箱の上部には二つのピストンがクランク軸とはずみ車につながっている。

「その顎ひげを生やしたの、だれ?」とエディパがきいた。「ジェイムズ・クラーク・マックスウェルさ、有名なスコットランド人の科学者で、〈マックスウェルの悪魔〉というごく小さな霊の存在を仮定したことがあるんだ」とコーテックスは説明した。この悪魔は箱の中に坐って、さまざまに、でたらめな速度で運動している空気の分子について、速い分子と遅い分子を選り分けることができる。速い分子は遅いのよりもエネルギーの量が多い。この速度の速い分子を一つの場所に充分な量集めると高温の区域ができる。そうしておくと、箱の、この高温区域と低温区域の温度差を利用して熱機関を動かすことができる。悪魔は坐って選り分けるだけだから、この系に真の仕事を何も加えたことにはならない。ということは、熱力学の第二法則を破って、無から有を生じさせ、永久運動をひきおこしていることになる。

「選り分けるのは仕事じゃないの?」とエディパは言った。「そんなことを郵便局で言ってごらんなさい。郵便袋に詰めこまれてアラスカのフェアバンクス行きよ、〈こわれもの注意〉の貼り紙もつけてはくれないわ」

「それは頭脳労働だけれど」とコーテックスー——「熱力学的な意味での仕事じゃないんだ」。彼は話をつづけて〈ネファスティス・マシン〉には正真正銘の〈マックスウェルの悪魔〉が入っていることを説明した。ただクラーク・マックスウェルの写真を睨んで、左か右か、悪魔に温度をあげさせたいほうのシリンダーに精神を集中するだけでいい。シリンダーの空気が膨張してピストンを押す。おなじみの、キリスト教義普及協会の写真、あのマックスウェルの右横顔を写したものが一番うまく行くようだという。

エディパはサングラスのかげに隠れて注意深く、頭を動かさないように、あたりを見まわした。だれも二人を見ている者はいない。空調装置は低い音を立てつづけ、IBMタイプライターはパチパチ言い、回転椅子はきしみ、ぶあつい参考書籍がパタンと閉じ、カサカサと青写真が幾重にもたたまれ、頭上高いところでは、細長い、無音の蛍光灯が派手に輝いている。ヨーヨーダイン社は万事が正常である。正常でないのはここ、エディパ・マースが千人もいる中から選りに選って、強制されたわけでもないのに辿りついて狂気と向かい合っているこの場所だけである。

「もちろん、だれにでも動かせるってものじゃないんだ」。話に熱の入ってきたコーテックスがエディパに告げていた。「資質のあるひとだけさ。『霊能者』ってジョンは呼んでるけど」

エディパはサングラスを下のほうにずらして睫毛《まつげ》をぱちぱちさせた。色じかけでこの会話の罠から脱出する道を考えている。「私、りっぱな霊能者になれるかしら？」

「ほんとに試してみたい？　手紙を書いたらいい。彼の見つけた霊能者も多くはないんだ。試させてくれるよ」

エディパは小さなメモ帳を取り出して、例の印を書き写し「私は一つの世界を投射すべきか？」という言葉を書きつけたページを開いた。「私書箱五七三」とコーテックスは言った。

「バークレー市の私書箱ね」

「いや」という彼の声が変なのでエディパは顔をあげたが、その反応は目立ち過ぎた。そのときには、彼も一種の、思考のはずみがついていて「サン・フランシスコ市の私書箱だ。ないんだよ、その――」と、そこまで言ってから間違いを犯していたことに思い当たる。「テレグラフ通りのどこかに住んでいるんだ」と彼はつぶやく。「さっきの宛名は違っていた」

エディパは思い切って言う――「じゃWASTEの宛名ではもう、だめなのね」。しかし彼女はそれを一語のように「ウェイスト」と発音してしまった。彼の顔がこわばり、不信の表情だ。「ダブルユー・エー・エス・ティー・イーだよ、奥さん」と彼は言った――「頭文字の組み合わせだよ、『ウェイスト』じゃないよ、こんな話はこれ以上深入りしないでおこう」

「じつは、それ、婦人用トイレで見たのよ」と彼女は告白した。しかしスタンレー・コーテックスはもう甘い言葉に乗ってきそうもない。

「そのことは忘れなよ」と彼は忠告し、本を開いて彼女を無視する態度に出た。

しかし彼女のほうは、もちろん忘れる気なぞない。彼女が「WASTE印《じるし》」と思うようになった例のものをコーテックスが落書きしていた封筒は、きっとジョン・ネファスティスから来たものに違いないと彼女は思う。ネファスティスでなくとも似たような人物から来たのだろう。彼女が疑惑を濃くしたのは、何と、ピーター・ピングイッド協会のマイク・ファローピアンのせいであった。

「そのコーテックスってのは何かの地下組織に入ってるんだ」と彼は二、三日あと、彼女に言った――「ひょっとすると、精神不安定な人間の地下組織かもしれません。だからと言って、彼らが少しばかり邪険でも文句は言えません。彼らがどんな目に会っているか、考えてみてください。小学校で洗脳されます。ぼくたちみんなそうですが、ヘアメリカ人発明家の神話〉ってやつを信じこまされるんです。モールスと電信、ベルと電話、エジソンと電灯、トム・スイフトと何とかって調子ですよ。一つの発明につき一人の人間だけ。それなのに大人になってみると、彼らはヨーヨーダインのような怪物にあらゆる権利を譲渡しなければならなくなります。何かの『プロジェクト』とか『特別班』とか『チーム』とかに入れられて、すりつぶされて、無名の人間になっていきます。だれも彼らに発明してもらいたいなんて思ってやしません——ただ企画という儀式の中でちょっとした役割を演じてもらえばいい。その企画も手順の便覧か何かを見ればすでに設定されていることなんです。どんな気がすると思います、そんな悪夢の世界にひとりぽっちでいたら？　もちろん団結するんです、連絡を取り合うんです。いつだって自分と同じ仲間に出会えば、わかりますよ。そんなことは五年に一回しか起こらないにしても、それでも、たちどころにわかります」

メッガーはその晩〈ザ・スコープ〉について来ていたが、議論を吹っかけたいムードだった。「きみは右翼過ぎて左翼になっている」と彼は異論を唱えた。「従業員に特許権を放棄しろという会社に反対するっていうのはどういうことなんだ。会社の考え方は剰余価値理論みたいに思うけどね、きみの言い方はマルクス主義者みたいだ」。二人の酔いがまわるにつれて、こういう典型的な南カリフォルニア式の問答がひどくなって行った。エディパは一人ぽつねんと陰気に坐っていた。エディパが今夜〈ザ・スコープ〉へ来ることにしたのは、スタンレー・コーテックスに会ったからというだけではなく、ほかにもいくつかの啓示があったからだ。つまり一つのパターンが出現しはじめ、それが郵便物と、その配達方法にかかわっているらしいのである。
〈ファンゴーソ礁湖〉の湖の向こう側に青銅の史碑が立っていた。「この地に於いて一八五三年ウェルズ、ファーゴ社の郵便配達人十二名は謎の黒衣の制服の覆面強盗団と勇敢に闘へり。斯く言ふはこの虐殺事件の唯一の目撃者たりし騎馬郵便配達人の言に依りてなれど、此の配達人、時を経ずして死せり。他に手掛かりとては、被害者の一人が地面に残せし十字の印のみ。今日に至るも虐殺人らが正体は杳《よう》として不明なり」と書いてある。

十字の印？　頭文字のTではないのか？　『急使の悲劇』でニコロがどもって言ったのと同じ文字。エディパはこのことをあれこれ考えてみた。公衆電話からランドルフ・ドリブレットに電話して、このウェルズ、ファーゴ事件を知っていたのかどうか、知っていたから劇の刺客全員に黒装束を着せることにしたのかと確かめようとした。電話は呼び出し音が鳴りつづける――いつまでも虚空に向かって。彼女は受話器を戻してザップフ古書店へ向かった。ザップフみずから、十五ワットの照明の投げかける暗い円錐光の中から店頭に出てきて、ドリブレットの言ったペーパーバック『ジェイムズ朝復讐劇集』を探してくれた。

「ずいぶんと需要がありましてね」とザップフは彼女に言った。表紙に印刷された頭蓋骨が、薄暗い光のなかで彼らを見つめていた。

このひとはドリブレットのことだけを言っているのかしら？　口を開いて、そう訊こうとして、やめた。それは、これから経験することになる、数多くのためらいの最初のものであった。

〈エコー屋敷〉に戻り、メツガーはその日、ほかの仕事でロサンジェルスに出かけていたので、ただちにトライステロという言葉が一回だけ出てくるページを開いた。その行の欄外に鉛筆で「一六八七年版の異文参照」とある。どこかの学生か何かが書きこんだものだろう。それを見てエディパの気持はいくらか明るくなった。その行の異文を読んだら、この単語の不可解な表情に光を当てる助けとなるかもしれないからだ。短い序文によれば、このテクストは出版年代不明の二つ折判からとられたものである。奇妙なことに、序文を書いたひとの名前が書いてない。版権ページを調べると、もとのハードカバー本は『フォード、ウェブスター、ターナー、ウォーフィンガー戯曲集』という大学教科書で、カリフォルニア州バークレー市のレクターン出版社から一九五七年に出版されたものである。彼女はコップに半分ジャック・ダニエルズを注いで（前夜〈ザ・パラノイド〉が口を切ってない瓶を置いて行ったのだ）、ロサンジェルス図書館に電話した。調べてもらったが、ハードカバー版はない。図書館相互貸し出し制を使って探しましょうと言う。「いえ」とエディパは言った。思いついたことがあった――「出版社はバークレーにあるんだわ。直接連絡をとってみます」。同時にジョン・ネファスティスにも会ってやろうと思っていた。

彼女が史碑を見つけたのは、思案のあげく、ある日インヴェラリティ湖にもう一度行ったからで、それは、何と言うか、妄想とでもいうべきもの――インヴェラリティの死後に残った、あちこちに散らばっている事業に対して「彼女自身の一部を差し出す」（たとえその一部というのが、ただそこへ行ってみるだけのことであるにしても）という肥大する妄想――のせいであった。残った事業に秩序を与えよう、いくつかの星座を創ってみよう、と思ったのだ。次の日〈ヴェスパーヘイヴン養老院〉へ車で出かけた。この老人ホームはヨーヨーダイン社がサン・ナルシソ市に進出してきたころ、インヴェラリティが建てたものである。建物正面の娯楽室に入ると、窓という窓から日の光が射しこんでいるように思われた。一人の老人が不鮮明なレオン・シュレシンジャー漫画を放映しているテレビの前で居眠りしている。黒い蠅が一匹、きれいに分けてある老人の頭髪の、ピンク色した、ふけだらけの分け目にそって散策していた。肥った看護婦が殺虫剤の缶を手に駈けこんできて、そこから飛び立ってくれないと殺せないじゃないの、とわめく。抜けめのない蠅はその場を離れない。「トートさんのお邪魔よ」と、そのちっぽけな相手に向かって大声をあげた。トート氏はハッとして目を覚まし、その振動で蝿は足場をうしない、必死でドアに向かう。そのあとを看護婦が、毒を撒き散らしながら追いかけた。

「こんにちは」とエディパは言った。

「夢をみていたのかいな」とトート氏はエディパに言った——「わしの爺さんの夢じゃ。えらく年を取った爺さんでのう、少なく見積ってもいまのわしくらい、九十一じゃが、そのくらいにはなっておった。わしは子どものころ、爺さんは生まれたときから九十一歳だったんやと思っとった。このごろは、わしが」と笑い声を出して「生まれたときからずっと九十一歳だったような気がしとるよ。いやあ、この爺さんが聞かせてくれる話ときたら。爺さんは小馬速達便《ポニー・エクスプレス》の配達夫じゃった。ゴールド・ラッシュのころのことじゃよ。爺さんの乗っておった馬の名前はアドルフというた。いまでもその名前は覚えておるんじゃ」

エディパは感度が強化された状態で、青銅の記念碑のことを思い出しながら、できるかぎり孫娘ふうにほほえみかけ、「命知らずの悪者を退治するなんてことはなかったの？」

「むごい爺さんでのう」とトート氏は言った——「インディアン殺しじゃった。いやあ、インディアンたちを殺した話になると決まって口からよだれを流しおってのう。そこのところを話すのが、こたえられんかったんじゃ」

「そのお爺さんの、どんな夢を見ていらしたの？」

「ああ、それかい」と、話しにくそうでもある。「〈ポーキー・ピッグ〉の漫画とすっかりごっちゃになってしもうてのう」とテレビのほうに手を振って「夢の中にまで入ってくるんじゃよ。けがらわしい機械じゃ。ポーキー・ピッグとアナーキストの漫画を見たことがあるかね？」

じつは見たことがあったのだが、ないと答えた。

「アナーキストは真っ黒なものを着ておってな。暗闇の中ではアナーキストの目ばかりしか見えんのじゃよ。一九三〇年代にできた漫画でのう。ポーキー・ピッグというのは小さな男の子じゃ。子どもたちが教えてくれたが、このごろでは、その甥のシセロというのがおるそうでのう。覚えていなさるかい、戦争中は、ポーキー、軍需工場で働いておった。ポーキーもバッグズ・バニーもな。あれも面白かったのう」

「真っ黒なものを着ていたんですね」とエディパが誘導する。

「それがインディアンの話とこんがらがってしもうてのう」と、思い出そうとしながら「夢の話じゃが。黒い羽根をつけたインディアン、インディアンではないインディアンなんだのう。爺さんが話してくれたもんじゃ。頭につける羽根は白いんじゃが、にせのインディアンたちは骨を焼いてのう、その骨炭を羽根でかきまわして黒くするんじゃ。そうすると夜目には見えなくなる、彼らは夜に襲撃してくるんじゃから。それで彼らがインディアンではないことがわかるんじゃと、むむ、死んだ爺さん言うとった。ほんとのインディアンならば夜は攻撃して来やせん。夜殺されたら魂が永久に暗闇の中をさまよっていなければならんと思っとったんじゃ。野蛮人じゃからのう」

「彼らがインディアンでなかったというと」とエディパはたずねた——「何だったの?」

「スペインふうの名前」とトート氏は顔をしかめながら「メキシコ人の名前。いやあ、思い出せんのう。彼ら、指輪に彫っといたかいな?」。彼は坐っている椅子のそばの編みもの袋に手を伸ばして、青い毛糸だの、編み棒だの、型紙だのを取り出し、最後に鈍い金色の認印指輪を出した。「爺さんがこいつを、殺した彼らの中の一人の指から切り取ったんじゃ。九十一歳の爺さんにそんなむごいことができると思いなさらんじゃろ?」。エディパは凝視した。指輪の模様はまたしてもWASTE印であった。

エディパはあたりを見まわした。窓という窓から射しこんでくる陽の光におびえた。まるで自分が入りくんだ形の水晶か何かのまんなかに閉じ込められている虫のような気がしたのである。「神さま」と言ってしまった。

「そうじゃ、感じるんじゃよ、一定の日になると、一定の温度の日」とトート氏は言った——「一定の気圧の日になると、のう。あんたにゃわかったかのう? 身近に感じるんじゃよ」

「お爺さんを？」

「いや、神さまじゃよ」

　ということでエディパはファローピアンを探しに行った。彼なら、本を書こうとしているくらいだから、小馬速達便やウェルズ、ファーゴ会社のことをいろいろと知っているはずだ。思ったとおりだったが、黒ずくめの敵のことについてはあまり知らなかった。

「いくつか手掛かりは」と彼は彼女に語った――「つかんでいるんです。あの史碑のことではサクラメント市に手紙も出しましたが、ぼくの手紙はお役所の泥沼の中で何か月間もタライまわしです。そのうちに言ってくるんでしょう、この史料を読んでくださいとか何とか。何がじっさいに起こったかは別として、『古老たちの聞いた話によれば』というふうなことが史料に出てくるんでしょう。古老たち、か。まったくすばらしい資料ですよ、くそみたいなカリフォルニア雑録。たぶん、その史料の著者も死んでいるでしょう。追跡する方法なんて、ないんです、あなたが爺さんからお聞きになった話のように、偶然の相関関係を追跡するしかありません」

「ほんとうに相関関係があるとお思い？」相関関係と言っても何とかぼそいものだろうか。一本の長い白髪《しらが》のようなものではないか、一世紀以上にわたる長さの白髪一本。二人の非常な老人。自分と真実のあいだの数知れぬ疲弊した脳細胞。

「強盗団か。名前もない、顔もない、黒装束の。たぶん北部連邦政府に雇われたのでしょう。当時の抑制は激しいものでした」

「商売仇の郵便配達業者だったということもありうるんじゃない？」

ファローピアンは肩をすくめてみせた。エディパはWASTEの印を彼に見せたが、彼は、これにも肩をすくめてみせた。

「婦人用トイレに書いてあったのよ、この〈ザ・スコープ〉のトイレよ、マイク」

「女たち」と彼は言っただけであった——「女たちってのは何を考えているものやら」

ウォーフィンガーのあの劇の中の二行を調べる気になっていたら、エディパは次の結びつきをひとりで見つけたかもしれない。が、実状はジンギス・コーエンという、ロサンジェルス地区では最高の切手収集家の援助を受けたのだった。メッガーが遺言状の指示に従って、この愛想のいい、アデノイド気味の専門家を雇っていたのである。インヴェラリティの切手コレクションの目録作成と時価の査定を評価額の一パーセントで頼んであった。

ある雨の朝、プールから靄が立ちのぼり、メッガーはこの日も出かけ、〈ザ・パラノイド〉はどこかでレコーディング中というとき、このジンギス・コーエンからの電話に呼び出された。電話で聞いていても、彼の当惑ぶりがわかる。

「いくつか変わった点がありましてな、マーズさん」と言うのだ。「こちらへ来ていただけませんか？」

エディパは滑らかな高速道路を疾走しながらも、なぜか「変わった点」というのがトライステロという単語に結びつくのだろうと思っていた。メッガーは一週間まえに切手アルバムを貸金庫から出してエディパの〈インパラ〉に乗せてコーエンのところへ持って行ったのだが、そのときはアルバムの中を覗いてみる興味もなかった。けれども、いまは、ファローピアンが民間郵便配達組織について知らなかったことを、コーエンが知っているかもしれないという気持になっていた。まるで雨がそのことをそっと囁いてくれたかのようだ。

コーエンがアパートの自宅／事務所のドアを開いたとき、彼はいくつものドアが長く連続しているというか、長く行列になっているというか、ドアがいっぱい開いている、そのドア口の枠に囲まれて立っているのだった。部屋また部屋がほぼサンタ・モニカの方向につぎつぎ後退してつながっていて、すべてが雨の光に浸されている。ジンギス・コーエンは夏風邪気味で、ズボンの前が半分開いていて、おまけにバリー・ゴールドウォーター大統領候補支援のためのトレーニング・シャツを着ていた。エディパはたちまち母性本能に駆られた。いくつも続いている部屋を、全体の三分の一ほど進んだところで、彼はエディパをロッキング・チェアに坐らせ、ほんものの手造りタンポポ酒を小さな上品なグラスに入れて持ってきた。

「このタンポポは墓地で摘んだものです、二年まえですが。もうその墓地はなくなりました。東サン・ナルシソ高速道路を作るために取り壊されてしまいましたよ」

事態がここまで進展して来ると、この種の信号を識別することができるようになっていた。癲癇《てんかん》患者に識別できると言われているのと同じだ——発作を予告する、ある種の匂い、色、澄んだ、突き刺すような装飾音などを。あとになってから憶えているのは、この信号だけ。信号とは、じつは無価値なかす、世俗的な予告であって、発作中に啓示されたものとは無関係である。エディパは、これが終わったとき(終わるものだとしてだ)、自分にもまた、残っているものは手掛かり、予告、暗示などの記憶の寄せ集めだけで、中心にある真実そのものが残ることはないのではないかと思った。中心にある真実は、なぜか、いつ出現しても明る過ぎて記憶に堪えない。いつだってパッと燃えあがって、そのメッセージを復元できないように破壊してしまい、日常的な世界が戻ってきたときに残っているのは露出過度のための空白だけ、ということになるのではないか。タンポポ酒を一口するだけの時間にエディパが思ったことは、すでにいままでに何回そのような発作に見舞われているのか、次に見舞われたら、どのようにして摑まえたらよいのか、まるっきりわからないだろうということだった。ひょっとしたら、いま、この一秒間にも——だが、わかりようもない。エディパは雨の日のコーエンのアパートの続き部屋の通路を見はるかしながら、いまはじめて、このようにして果てもなく迷うことがありうることを知った。

「勝手ではございましたが」とジンギス・コーエンがしゃべっている――「専門家委員会と連絡をとらせていただきました。問題の切手はまだ委員会に送っていません。あなたさまのご承認、それからもちろんメッガーさまのご承認を得てからのことになりますので。しかしながら、費用はすべて遺産から支払ってよろしいと存じております」

「私にはどうもわからないのですが」とエディパ。

「失礼します」。彼は小さなテーブルを彼女のところへ滑らせてきて、プラスチックの切手ばさみからピンセットで、そっと、一枚の米国記念切手をつまみあげた。一九四〇年発行の〈小馬速達便〉記念、三セント、赤味がかった茶色の切手である。使用済みだ。「ごらんください」と言って小型の強力ランプをつけ、彼女に楕円形の拡大鏡を手渡した。「これじゃ裏側だわ」。彼がベンジンで切手を軽く濡らして黒い皿の上に置いたときに、彼女はそう言った。

「その透かしです」

エディパは凝視した。今度も、だ。例のWASTE印が中央より少し右寄りに黒く浮いている。

「これは何なの？」と訊きながら、どれくらいの時間がいま経過したのだろうかと思った。

「よくわからないのです」とコーエンが言った。「ですから、この切手、またほかの切手も、委員会に問い合わせているのです。友人も何人か見にきてくれましたが、みなはっきりしたことは申しません。しかし、これをどうお考えになりますか」。同じプラスチックの切手ばさみから、こんどは古いドイツの切手らしいものをつまみあげた。¼という数字がまんなかにあって、上部には「フライマルケ」(切手)とあり、右手の余白に「テューールン・ウント・タクシス」と銘が入っている。

「これは」とウォーフィンガーの劇を思い出して「私設の郵便組織みたいなものだったんでしょ?」

「一三〇〇年ごろから、ビスマルクが一八六七年に買い取るまでは、これだけがヨーロッパの郵便事業をやっていたと言っていいのですよ、マーズさん、この切手はテューールン、タクシス家が発行した稀少な糊つき切手の一枚です。ですが、四隅を見てください」。切手の四隅を飾っているのは、ひとつ輪の喇叭《らっぱ》である。ほとんどWASTE印に近い。「郵便喇叭です」とコーエン——「テューールン、タクシス家の印です。彼らの家紋です」

黄金のひとつ輪の喇叭はただ沈黙《しじま》、という台詞をエディパは思い出した。やっぱり。

「すると、さっきの透かしは」とエディパは言った——「ほとんど同じものだけど、鐘《ベル》形のところから出かかっているような感じの、ちょっとしたものが余計ね」

「ばかげていると思われるかもしれませんが」とコーエン——「私の推測では、それは消音器《ミュート》です」

　エディパはうなずいた。黒装束、沈黙、秘密主義。彼らが何者であったにせよ、目的はテュールン、タクシスの郵便喇叭を消音することであった。

「ふつう、この切手も、ほかの切手も、透かしはありません」とコーエンが言った――「それに、ほかの細かい点を考えますと――線影のぐあい、目打ちの数、用紙の古くなり加減など――明らかに偽造です。単なるエラーじゃありません」

「じゃ、何の価値もないものね」

　コーエンはにっこり笑って鼻をかんだ。「正真正銘の偽造切手一枚がどんなに高く売れるものか、あきれるばかりですよ。偽造切手を専門に集めるひともいます。問題は、だれがこんなことをしたのか、です。じつに法外です」。彼は最初の切手をひっくり返してピンセットの先でつまんで見せた。図案は、小馬速達便の騎手が西部の交易場から馬を飛ばして出て行くところだ。右側の茂みから、騎手が向かって行くと思われる方向に一枚、丹念に彫った黒い羽根が突き出ている。「なぜ、わざとこんな間違いを？」と彼は質問した。エディパの顔の表情を――見たとしても――無視していた。「これまでのところ、ぜんぶで八枚出てきました。どれにも、この手のエラーが入念に図案に入れてあります。嘲笑しているみたいです。文字の入れ換えもあるんです――合衆国ポッツエージ Potsage なんて」

「最近の切手に?」とエディパは思わず口を滑らせたが、必要以上の大声だった。

「どうかしましたか、マーズさま」

彼女はまずムーチョから来た手紙の消印に、わいせつ郵便物はすべて最寄りのポッツマスター Potsmaster に届けること、とあったのを話した。

「変ですね」とコーエンも同意した。「文字の入れ換えがあったのは」とノートを調べながら「一九五四年発行のリンカーン像四セント通常切手だけです。ほかの偽造は一八九三年にさかのぼります」

「七十年まえね」と彼女は言った。「偽造したひとは相当な老人ね」

「同じひとが偽造しているとすればですね」とコーエン。「それに、テュールン、タクシスと同じくらいの歴史を持っているとしたら、どうです? 先祖のオメディオ・タシスがミラノから追放されて、ベルガモ地方で最初の郵便配達人を組織したのは一二九〇年ごろです」

二人は沈黙して、雨が窓や天窓をものうく嬲《なぶ》っているのに耳を傾けていた。とつぜん奇怪な可能性に直面しているのだ。

「こんなこと、まえにもあったの?」とエディパは訊かずにいられない。

「切手偽造は八百年の伝統です。私の知る範囲にはありませんでしたが」。それを聞くとエディパは、トート老人の認印指輪のこと、スタンレー・コーテックスが落書きしていた印のこと、〈ザ・スコープ〉の婦人用便所にかいてあった消音器つきの喇叭のことなど、あらいざらい彼に話した。

「その印が何であれ」と彼は言わずもがなのことを言った――「彼らはどうやらまだ活動しているのでしょう」

「政府に報告するほうがいいのかしら?」

「政府はきっと私たちよりも知っているでしょう」。その声は不安気というか、急に退却開始という調子だった。「いや、私なら報告しません。そんなことは私たちの知ったことじゃないわけですからねえ」

それからエディパはW・A・S・T・Eの頭文字のことをたずねてみたが、どうやら時機を失していた。もう彼は手の届かないところへ行ってしまった。彼は、知りませんと言ったが、彼女じしんが考えていることとは、にわかに位相を異にしていたから、嘘をついているとも思われた。彼はさらにタンポポ酒をエディパに注いだ。

「透明度が増してまいりました」と彼は少し改まって言った。「二、三か月まえは相当に濁っていたんです。この酒はね、春がめぐってきて、またタンポポの花が咲く季節になりますと、発酵するのです。まるでタンポポに記憶があるみたいなんですよ」

ちがうわ、とエディパは思った。悲しかった。まるでタンポポのふるさとの墓地が何らかの形でいまも存在しているみたい、と言うべきだわ。どこか、ひとが、ともかく歩ける国、そうして東サン・ナルシソ高速道路などを必要としないところ、そうしてお骨《こつ》がいまも安らかに眠っていて、タンポポの霊魂に養分を与え、お骨を掘り起こす者などいない国で……まるで死者がほんとうに生きつづけている、酒瓶の中にさえ生きつづけているみたいに、と。

5

エディパが次に打つ手はランドルフ・ドリブレットにもう一度連絡を取ることであったろうが、その代わりに車でバークレーまで行こうと決心した。リチャード・ウォーフィンガーがトライステロに関する情報をどこで手に入れたものか、知りたいと思った。ついでに発明家ジョン・ネファスティスがどんなふうにして郵便物を受け取るのか、それも見たいものだと思った。

キナレット市を出たときのムーチョの態度と同様、メッガーもエディパが出て行くに際し、絶望的なようすは見せなかった。車を北に向かって走らせながら、バークレーへ行く途中で家に寄るべきか、帰り道にすべきか、思案した。ところが、気がつかないうちにキナレットへ行く出口を通り越してしまったので、その件は片がついた。低いエンジンの音を立ててサン・フランシスコ湾の東側を海岸ぞいに走って、まもなくバークレー丘陵地帯に入り、真夜中近くに、幾層にもなって不規則にひろがるドイツ・バロックふうのホテルに到着した。なかは深緑色のカーペット、曲がりくねった廊下、装飾的シャンデリアというスタイルのホテルだ。ロビーの標示には〈歓迎　アメリカ聾唖者カリフォルニア支部集会〉とあった。この場所の照明はどれも胸騒ぎを覚えるほど明るく輝いている。まことに重い沈黙が建物を占拠していた。フロント・デスクのうしろで眠っていた受付係が起きあがり、身振りで話しかけてきた。エディパは手話で応じてようすを見ようかと考えてみた。しかしここまでノン・ストップで車を飛ばして来たので、どっと疲れが追いついてきた。受付係がサン・ナルシソの道路のようにゆるやかな曲線を描く廊下を通って、彼女を部屋に案内した。部屋にはレメディオス・バロの画の複製が掛かっている。全くの沈黙である。たちまちのうちに寝ついたが、何回も悪夢にうなされて目を覚ました。ベッドの向かいにある、鏡の中の映像に関係のある夢だった。特にこれという映像ではない。単に漠然としたもの、目に見えるようなものではなかった。ようやく熟睡に入ったと思ったら、夫のムーチョが、カリフォルニアにそんなところがあるとは思えない、柔らかな、白い浜辺でエディパとセックスしている夢をみた。朝になって目を覚ますと、エディパは上半身をまっすぐ起こして、鏡の中のやつれた自分の顔を凝視していた。

レクターン出版社はシャタック通りの小さなオフィス・ビルの中にあった。店内に『フォード、ウェブスター、ターナー、ウォーフィンガー劇作集』は置いてなかったが、エディパから十二ドル五十セントの小切手を受け取り、オークランドにある倉庫の住所を書いてくれ、倉庫の係員に見せるようにと領収書をくれた。本を受け取ったときにはお昼が過ぎていた。ぱらぱらとページを繰って、わざわざこんなところまで足をのばしてくる原因となった例の台詞《せりふ》を探した。見つけたとたん、木洩《こも》れ陽《び》の中で、体の凍りつく思いであった。

「いかに聖なる星の枷《かせ》といえども護れない」とその二行連句は始まる――「ひとたびアンジェロの欲望に逆らった者の運命《さだめ》は」

「違うわ」と彼女は声に出して異議をとなえた。「『ひとたびトライステロとの出会《トライスト》いを定められた者の運命《さだめ》は』だわ」。ペーパーバック版にあった鉛筆の書きこみには異文のことが書いてあった。しかしペーパーバック版は、いま彼女が手にしている本そのままの復刻のはずではないか。けげんに思ってみると、この版には脚注もついている――


　四つ折判（一六八七年）のみに従う。古い二つ折判では、結びの行のあるべき部分に詰物《インテル》を入れて削除がおこなわれている。ウォーフィンガーがここで、宮廷の人物に関し中傷になるような喩《たとえ》を用いていたのではないかということ、さらに、その後の「復元」なるものが実は印刷工イニゴー・バーフスタブルの手によるものであることをダミーコは示唆している。信頼性に欠ける「ホワイトチャペル版」（一六七〇年頃）は「この出会《トライスト》いをか、憎らしき歪みの、おお、ニコロ」としているが、これでは、かなり見苦しいアレクサンドル格の詩行になってしまうばかりでなく、統語法的に意味を取りにくい。ただしJ＝K・セイルのかなり非正統的ながら説得力ある論を受け入れるならば話は別で、セイルの説によれば、この行は実は「このトライステロ、神くらき怒りの日……」に引っかけた語呂合わせになっているという。しかし、ここで指摘しておかねばならぬことは、この解釈では、やはり行が不完全のままだということで、「トライステロ」という単語の意味は、「トリステ」（＝みじめな、堕落した）の変形した擬似イタリア語とでも考えないかぎり、不明なのである。いずれにしても「ホワイトチャペル版」は欠本である上に、このような不完全な、おそらくは偽造された詩行が多いことは前述したとおりで、ほとんど信頼できない。

そんなら私がザップフで買ったペーパーバック版の、あの「トライステロ」の行は、どこから出てきたものなのかしら、とエディパは思った。四つ折判、二つ折判、欠本の「ホワイトチャペル」版のほかにも、まだ版があるのだろうか？　編者の序は、こんどは署名があって、エモリー・ボーツというカリフォルニア大学英文科教授が書いたものだが、別の版のことなどに触れてない。それから一時間近くもかかって、脚注ぜんぶに当たってみたが、何の収穫もなかった。

「頭に来た」と叫んで車を発進し、バークレーのキャンパスに向かった。ボーツ教授に会おうというのである。

エディパは本の出版された日付を思い出すべきであった——一九五七年。別世界ではないか。英文科研究室の女の子はエディパにボーツ教授がもうこの大学で教えていないことを告げた。いまはカリフォルニア州サン・ナルシソ市のサン・ナルシソ大学で教えていらっしゃいます。

当然だわ、とエディパは思って顔を歪めた。あそこに決まってるわよ。住所を書き写して、そこを出てからずっとペーパーバック版がどこから出版されていたのか、思い出そうとした。思い出せなかった。

夏である。平日の昼さがりである。エディパが知っているかぎりのキャンパスなら、活気にあふれている時節ではないのに、このキャンパスは違った。〈ホイーラー・ホール〉から斜面をくだって〈セイザー・ゲイト〉をくぐり広場に出ると、いるわ、いるわ、コーデュロイ、デニム、むき出しの脚、ブロンドの髪、ロイド眼鏡、日光にきらめく自転車のスポーク、本を入れた鞄、トランプに熱中して揺れるカード・テーブル、地面までぶらさがっている長い紙に書かれた陳情書、FSM（言論の自由運動）だの、YAF（自由アメリカ青年会）だの、VDC（ベトナム終戦委員会）だのと、何の略字だかわからない団体のポスター、噴水盤には抗議のためにぶちこんだ洗剤が泡を立て、学生たちは鼻を突き合わせて語っている。エディパはその中を歩いた。厚い本をかかえて、興味を惹かれながら、不安な気持で。異邦人。自分もかかわりをもちたいのだが、そのためには代わるがわるに、いくつもの宇宙をどれほど探求しなければならないのか、わかっている。なぜならエディパが教育を受けたのは臆病、退屈、後退の時代であったからだ。それは同僚の学生たちのあいだだけのことではなかった。彼らのまわりにも、彼らの前方にも、目に見える機構の大部分がそうなのだった。それは権力の上部に蔓延するある種の病状に対する全米的な反応だったのだ。それなのに、このバークレー校はエディパじしんの過去から思い出される退屈な大学とは似ても似つかず、むしろ報道に出てくる、あの極東やラテン・アメリカの大学に近い。それは自律的な文化機関で、どんなに身近な民間伝承も価値を疑われ、大変革を起こしそうな反体制意見が表明され、自殺的な行為が選択される——政府を倒すといった種類の——そういうことがありうる場なのだ。だが、ブロンドの学生たちや低い音を立てているホンダやスズキのモーターバイクにまじってバンクロフト通路を横切りながらも、耳に入ってくるのは英語である。国務長官のジェイムズだの、フォスターだの、上院議員のジョーゼフなどは、いまいずこ？　みんな、エディパのいとも穏健な青春をはぐくんでくれた、なつかしくも愚かな守護神《ヌミナ》たちであった。別世界の話。別な軌道のパターンへと一連の別な決断が下され、転轍機《てんてつき》のスイッチは切られ、かつてスイッチを入れた、顔なき転轍手たちが、いまはみなあわてふためいて転職し、脱走し、捜索を逃れ、発狂し、ヘロインに手を出し、アルコール中毒になり、狂信者になり、偽名を使い、死に、二度と見つけられなくなっている。そのようなひとびとの中にいたために、若いエディパはまことに類《たぐい》まれなる人間にならされてしまった。デモ行進や坐りこみには不向きかもしれないが、ジェイムズ朝の戯曲の中の変わった言葉を追跡することにかけては名人というほかない人間に。

テレグラフ通りが灰色に伸びているのに沿って走り、とあるガソリン・スタンドに〈インパラ〉を入れ、電話帳を調べてジョン・ネファスティスの住所を見つけた。それからメキシコ建築ふうのアパートに着いて、並んでいる郵便受けに彼の名前を探し、外の階段をのぼってカーテンのかかった窓の列に沿って歩き、ついに彼の部屋のドアを見つけた。彼は髪がクルーカットで、コーテックスと同じように未成年ふうだったが、さまざまなポリネシア的モチーフが模様になったシャツを着ていて、これはトルーマン大統領時代の流行だ。

自己紹介してから、エディパはスタンレー・コーテックスの名前を出した。「あなたなら私が『霊能者』かどうか教えてくださるだろうって言われたんです」

ネファスティスはテレビで若者たちが集まってワツージめいたダンスを踊っているのを見ていたのだ。「ぼく、若者的なのを見るのが好きなんだ」と彼は説明した。「あの年ごろの女の子って、何かあるんだね」

「うちのひとも、そう」と彼女は言った。「わかるわ」

ジョン・ネファスティスは気ごころの通じ合う者の顔でほほえみかえし、奥の仕事部屋から彼の〈マシン〉を出してきた。だいたいのところ、特許書類に表示してあったのと同じようだ。「これがどんなふうに動くか知ってるね？」

「スタンレーからひととおりは聞いてますけど」

すると、彼がエントロピーということについて話し出したので困ってしまった。エディパが〈トライステロ〉という言葉にこだわっているのと同じくらいに彼はエントロピーという言葉にこだわっていた。しかし、エディパには、話があまりに専門的だった。確かにわかったのは、このエントロピーというものに、はっきり二種類あるということである。一つは熱機関と関係があり、もう一つはコミュニケーションと関係がある。一方の方程式は一九三〇年代にできたものだが、他方の方程式とじつに似ていた。偶然である。この二つの領域はまったく無関係であるが、一点において関係がある――〈マックスウェルの悪魔〉だ。〈悪魔〉が坐っていて、分子を熱いのと冷たいのに選り分けると、その系はエントロピーが低くなると言われる。しかし、なぜか、低くなった分は、どの分子がどこにいるかについて悪魔が得た情報によって相殺される。

「コミュニケーションが鍵になるんだよ」とネファスティスは叫んだ。「悪魔が自分のデータを霊能者に伝える、すると霊能者も同種のもので応じなければならない。その箱には何十億という分子が入っている。〈悪魔〉はその分子の一つ一つぜんぶについてデータを収集する。深い霊的な次元のようなところで〈悪魔〉は通達しなければならないんだ。霊能者はこの膨大な諸エネルギーの集合を受け取って、それとほぼ同量の情報をフィードバックしてやらなければならない。すべてを循環させるためにね。俗な次元で見えるものと言えばピストン一つだけさ、それが動いてくれればいいわけだ。その巨大な情報の複合体に対して、ちょっとした動きが一つ、ピストンが一回動くごとに、その複合体が次から次へと崩されて行くのさ」

「お手あげよ」とエディパ――「意味が私にとどかないわ」

「そんなら、エントロピーというのは一種の比喩だと言おう」とネファスティスは溜息をついて「一種の隠喩だ。それが熱力学の世界を情報の流れの世界と結びつける。〈マシン〉は両方の世界を利用する。〈悪魔〉は、この隠喩を言葉として美しいものにするだけでなく客観的真実にするのさ」

「しかし、どうなの？」と言いながら彼女は自分が異教徒か何かであるかのように感じた――「もしも〈悪魔〉が存在するのは単にその二つの方程式が似ているからだけだとしたら。その隠喩のせいだとしたら」

ネファスティスは微笑した。不可解で、平静で、信じる者の顔だ。「〈悪魔〉は隠喩が騒がれているきょうこのごろよりずっとまえ、クラーク・マックスウェルには存在したんだよ」

だけどクラーク・マックスウェルって、この〈悪魔〉の実在をそんなに狂信していたのかしら？　エディパは箱の外側に貼ってある写真を見た。クラーク・マックスウェルは横を向いているので彼女と視線が合わない。額が丸くて滑らかで、後頭部に奇妙な突起があり、それを巻毛が覆っている。写真にうつっているほうの目は穏やかで、どうということもないが、たっぷりはやした顎ひげの下に隠れた、微妙な影となったその口から、真夜中になると、どんな執念、発作、恐怖が出てくるものだろうかとエディパは思った。

「この写真をじっと見るんだ」とネファスティスが言った――「そしてどちらかのシリンダーに精神を集中する。気にすることはない。きみが霊能者なら、どちらのシリンダーか、わかってくる。心を開いた状態にして、〈悪魔〉のメッセージが入るようにしておくんだ。またあとでね」。彼はテレビのほうへ戻った。いま漫画を放映している。漫画の「ヨギ・ベア」が二本、「マジラ・ゴリラ」と「ピーター・ポタマス」が一本ずつ放映されているあいだ、エディパは坐ってクラーク・マックスウェルの謎めいた横顔を凝視し、〈悪魔〉がコミュニケーションしてくるのを待った。

そこにいるの、おちびさん、とエディパは〈悪魔〉に向かって問いかけた――それともネファスティスが私をかついでいるのかしら。ピストンが動かないかぎり、ほんとうのところはわからない。クラーク・マックスウェルの両手は写真の外へ出ているが、本を開いているのかもしれない。彼の目は遠くのほう、ヴィクトリア朝イギリスの風景を展望しているのだが、時代の光は二度と帰ってこない。エディパの不安がつのる。どうやら、あの顎ひげの下、いとも微かに口もとをほころばせてきたのではないか。目つきも確かに変わってきた……

あ、ほら。目に入ってくるものの上限のところ。右手のピストンが動かなかった？　ほんのちょっとだけど。ピストンを直接に見るわけにはいかない。クラーク・マックスウェルから目を離してはいけないと言われている。何分間か経過した。ピストンはもとの位置に釘づけのままだ。かん高い、マンガの声がテレビから聞こえてくる。彼女が見たのは網膜の痙攣、点火に失敗した神経細胞というに過ぎなかった。真の霊能者にはそれ以上のものが見えるの？　腹の底に不安が生まれ、大きくなって行く——何も起こらないのではないか。気にすることはない、と、彼女は気にする。ネファスティスなんていかれてるんだ、もういい、誠実だけど、いかれてる、真の霊能者っていうのは人間の幻覚を共有できる者のこと、それだけの話。

幻覚を共有できたら何てすばらしいことかしら。さらに十五分間エディパはやってみた。繰り返し、繰り返し、あなたがそこにいるんなら、あなたがだれにせよ、私に姿を見せて、あなたが必要なのよ。姿を見せて、と。しかし何も起こらなかった。

「すみません」と呼んだが、驚いたことに失望で泣き出さんばかりなのだ。声がうわずっている。「だめだわ」。ネファスティスが近づいてきて、腕を彼女の両肩にまわした。「だいじょうぶだよ」と彼は言った。「泣かないでくれよ。長椅子のほうに行こう。ニュースがもうすぐ始まる。そこであれしよう」

「あれ？」とエディパ。「あれしよう？　何のこと？」

「性交をしようってこと」とネファスティス。「今夜のニュースには中国のことが出るかもしれない。ベトナムを論じているのを聞きながらあれするのもいいけど、中国が最高だ。ねえ、あの中国人の姿。あの横溢感。あの生命力拡散。あれで高まっちまうよね」

「げっ」とエディパは悲鳴をあげて逃げ出し、ネファスティスは指を鳴らしながら暗い部屋から部屋へと追いかけてくるが、そのようすはヒッピーふう、ねえちゃんが嫌なら仕方がねえやといったふうで、これもテレビを見て仕入れたものにちがいない。

「スタンレーによろしくな」と言う彼の声を聞きながら彼女は階段を小走りに降りて通りに出、スカーフを自分の車のナンバー・プレートの上に飛ばしながら、タイヤの音をきしませてテレグラフ通りを抜けて行った。半ば無意識で車を運転していたが、〈ムスタング〉に乗ったスピードマニアの少年が、おそらくは車の与える、いままで感じたことのないような精力感を抑え切れずに、もう少しでエディパを殺しかねないことをやり、はっと我に返ってみれば、ベイ・ブリッジに向かって走っていて、引き返すわけにいかない。ラッシュ・アワーの最中だ。エディパはその光景にぞっとした。こんな自動車の通行量はロサンジェルスかどこかのような場所にしかないと思っていたのである。数分後に、弧を描く橋の頂点からサン・フランシスコを見おろせばスモッグが見えた。いや、あれは靄《もや》だわ、と彼女は思いなおした。靄よ。サン・フランシスコにスモッグが出るはずがないじゃない？　スモッグとは、この土地の民間伝承によれば、もっと南に下らないと出てこないものである。太陽の角度と関係があるにちがいない。

排気ガス、汗、夏の夕暮れどきのアメリカの高速道路に特有なギラギラする陽ざしと不機嫌さの中で、エディパ・マースはトライステロ問題を思案した。サン・ナルシソ市はあんなに静かなのに――モーテルのプールの水面は波一つなく、住宅地域の道路の配置は日本庭園の砂の帚《ほうき》の跡のように瞑想を誘う――この錯乱した高速道路ほど余裕を持ってものを考えさせてくれないのだ。

ジョン・ネファスティスにとって（近いところの例だが）二種類のエントロピー、熱力学的なものと情報工学的なものが、いわば偶然に、方程式として書きつけてみると似ている。しかし彼は単なる偶然を、〈マックスウェルの悪魔〉の助けを借りて、立派なものに仕立てた。

さてエディパのほうは、というのに、何とも多数の部分から成り立つ〈神〉の隠喩に直面している。少なくとも、二つ以上の部分から成り立っている。このごろはどちらを向いても偶然ばかりが花ざかり、その偶然を結びつけるものは、ただ一つの音、一つの単語、〈トライステロ〉。

それについて多少の知識はある。それはヨーロッパにおいてテュールン・ウント・タクシス家の郵便制度に反抗したことだ。その印《しるし》は消音器つきの喇叭《らっぱ》である。一八五三年以前のある時期にそれはアメリカに出現し、小馬速達便の会社やウェルズ、ファーゴ社を相手に、黒装束の無法者として、あるいはインディアンに変装して、戦った。それは今日も残存し、カリフォルニアにおいては、コミュニケーションのルートとして使われ、それを使うのは非正統的なセックスをよしとする者たち、〈マックスウェルの悪魔〉が実在すると信じている発明家たち、ひょっとするとエディパじしんの夫ムーチョ・マース（けれどもムーチョの手紙はずっとまえに捨ててしまったから、ジンギス・コーエンに切手を調べてもらうわけにいかず、確認するとなればムーチョに直接訊くしかない）など。

トライステロはそれなりに実在するか、さもなければ仮定されたものだ。死んだ男の遺産のことに気を取られ、心を浸されているために、エディパが空想したものかもしれない。いまサン・フランシスコに来て、あの遺産の有形の部分からこんなに離れているとなれば、これからだって、一切がっさいが遠ざかり、音もなく崩れてしまう、という可能性はあるだろう。今夜はただでたらめにさまよい歩いてみよう。そして何も起こってこないことをこの目で見れば、これが純粋に神経のなせるわざで、かかりつけの精神分析医にちょっと治してもらえばいいことなのだと納得できるだろう。ノース・ビーチで高速道路をおり、あたりを乗りまわして最後に倉庫が建ちならんでいる急な勾配の脇道に車をつけた。それからブロードウェイを歩いて、夕方いちばんに繰り出した人波にまぎれこんだ。

しかし一時間足らずのうちにもう消音器つきの郵便喇叭を見てしまった。〈ルース・アトキンズ〉の背広を着た熟年の男がいっぱいの通りをぶらぶら歩いていると、ガイドに引率された観光客の一団がどやどやとフォルクスワーゲン・バスからおりて来て、ちょっとばかりサン・フランシスコの夜の名所をまわってみようとしているのにぶつかったのだ。「これをおつけしときましょう」という声が耳もとに聞こえ、「もうぼくは行きますから」と言って、片方の乳房の横に、大きな桜桃色の身分証明バッジを器用に留めている男がいた。バッジには「ハーイ！　ぼくの名前は**アーノルド・スナーブ**！　何か面白いことありませんか！」と書いてある。エディパがあたりを見まわすと、ケルビム天使のように丸々とした顔がウィンクしながら、ナチュラル・ショルダーの背広とストライプのワイシャツの群の中に消え、かくて、アーノルド・スナーブは、もっと面白いことがないかと遠ざかって行く。

だれかが競技用ホイッスルを鳴らし、エディパはほかのバッジをつけたひとびとといっしょに〈ギリシャふう〉というバーのほうに誘導されていた。あらいやだ、とエディパは思う——ゲイの溜まり場なんて、ごめんだわ。それで、しばらくは押し寄せる人の波から出ようとしたものの、今夜はでたらめにさまよい歩いてみようと決心したことを思い出した。

「さて、この店では」と説明しているガイドは、汗が黒ずんだ触手のようにタブ・カラーに滲んでいる——「第三の性のメンバーに会うことになります。サン・フランシスコ湾に臨むこの町が有名なのもむべなるかなの菫色人種《きんじき》。ちょっと異常な体験だと思うかたもいらっしゃるでしょうが、よろしいですか、ただの観光客のような振舞いはなさらぬように、誘いをかけられたって、いいじゃないですか、楽しんでください、名所ノース・ビーチのゲイな夜の人生の一部というだけのこと。お酒は二杯だけ、ホイッスルを鳴らしたら、駈け足でここにまた集合。みなさんお行儀よくできましたら次は〈フィノキオ〉の店へ行きます」。ホイッスルが二度鳴って、観光客はワッとばかりにエディパを引きずりこんでバーに殺到した。騒ぎが一段落してみると、彼女はドアの近くで得体の知れない飲みものを握りしめ、スエードのスポーツ・コートを着た背の高い男の体に押しつけられていた。そのスポーツ・コートのラペルには、青白く光っている合金で精巧な細工をした、いや、桜桃色のバッジじゃない、トライステロの郵便喇叭の形をした記章がついているのだ。消音器などもある。

わかったわ、と彼女は自分に言ってきかせる。負けた。遊びなのよ、一時間だけの勝負。一時間経ったらここを出てバークレーに、ホテルに、帰っているはずだった。だがそうならなかった。

「もし私がこう言ったら、あなた、どうする」と彼女は記章をつけている人物に話しかけた――「私はテュールン、タクシスのエージェントだって」

「何だい」と彼は答えて「芸能関係のエージェントか何かなの？」この男は大きな耳をしていて、頭はほとんどつるつると言いたいほど髪を刈りこんでいて、顔にはにきび、奇妙にうつろな目をしている。その目がくるっと動いてエディパの胸もとを見た。「どうしてアーノルド・スナーブなんて名前になったの？」

「あなたが、そのラペルの記章をどこでもらったのか、教えてくれたら答えるわ」

「それはだめ」

エディパはうるさく訊こうとして「それがゲイの印か何かだって、私は気にしないわよ」

目は何の反応も示していない――「そっちの趣味はないんだ」と彼。「きみのような女装趣味もない」。エディパに背を向けて飲みものを注文した。エディパはバッジをはずし、灰皿の中へ入れてから、しずかに、ヒステリーの感じを与えないように注意しながら言った。

「ねえ、どうか私を助けてくださらないこと。私、ほんとうに気が変になりそうなのよ」

「相談する相手を間違えてるよ、アーノルドくん。きみの教会の牧師さんに相談したらいい」

「私は合衆国郵便局を利用しているけど、それはほかのやり方を教わらなかったからなのよ」と彼女は言い訳をした。「でも、あなたの敵じゃあないわ。敵にはなりたくないの」

「ぼくの友だちになるってのはどう？」。彼は腰掛けをくるりと回転させて、また彼女と向かい合った。「その気はあるかい、アーノルドくん」

「わからないわ」と言うのがよさそうに思われた。

男はエディパを見た。うつろだ。「わかっているのは、どういうこと？」

彼女は何から何まで男に話した。いいじゃない？ 何ひとつ隠しっこなし。その話が終わるまでに観光客はホイッスルの合図で出て行ってしまい、彼が二杯おごり、エディパが三杯おごっていた。

「『カービー』ってのは聞いたことがあったよ」と彼は言った――「暗号名さ、実在の人物じゃない。だけど、あとの話はねえ、湾の向こう側の中国びいきにしても、そのビヨーキじみた芝居にしても。そんないわく来歴があるなんて知らなかったな」

「私はそのことばっかり」と彼女は言った。少しものがなしげだった。

「なのに」と男は坊主頭を掻きながら「それを話す相手がいないわけだ。バーで出会った、名前も知らない男しかいないってわけ？」

彼女は相手の顔を見ないようにして――「そうね」

「ご主人も、精神分析医もいないの？」

「どっちもいるの」とエディパ――「でもこのことは知らない」

「言うわけにいかないの？」

エディパは結局、ちらっと相手の目の空虚を見てしまい、肩をすくめた。

「なら、ぼくの知ってることを言おう」と彼は決心した。「ぼくがつけている記章はＩＡの会員だっていう印なんだ。ＩＡというのは〈イナモラーティ・アノニマス〉――恋愛中毒者匿名会ってこと。イナモラーティっていうのは恋愛しているひとびとっていう意味。恋愛っていうのは、あらゆる中毒の中でいちばん悪質のものだから」

「だれかが恋愛しそうになると」とエディパが言った――「行ってカウンセリングか何かしてやるの？」

「そう。恋愛なんか必要としない境地まで連れていこうっていうのが趣旨なんだ。ぼくは運がよくて、若いうちにそんなものとは縁を切った。でも、驚くだろうけど、六十歳になる爺さんたちや、もっと年を取った婆さんたちが夜中に必死に相手を求めて絶叫して目を覚ましたりしているんだ」

「じゃ、会合も開くの？　ＡＡ（アルコール依存症者匿名会）みたいに」

「いや、とんでもない。電話番号を教えてもらうんだ、いつでも掛けられるテレフォン相談の。だれもほかのメンバーの名前は知らない。知っているのは電話番号だけで、自分の手に負えなくなった場合にはそこへ電話する。ぼくたちは孤立しているんだ、アーノルドくん。会合なんか開いたら会の趣旨がだいなしだよ」

「カウンセリングに来てくれる人はどうなの？　そういうひとを愛してしまったら？」

「カウンセリングの人は行ってしまうんだ」と彼。「二度と会うことはないのさ。テレフォン相談から派遣されてカウンセリングに行くんだけど、同じ人間に当たらないように注意を払っている」

どうして郵便喇叭が使われるようになったの？　それは会の設立時にさかのぼる話だ。一九六〇年代の初頭に、ヨーヨーダイン社の取締役がロサンジェルスの近くに住んでいて、社内の基礎組織では工場長より上、副社長より下というふうな地位にいたが、三十九歳のとき、オートメーションのために職をうしなった。七歳のとき以来、目指すところは社長と死のほかには何もないといった終末論を厳しくたたきこまれ、とても理解できないような、特殊な定款に署名することと、説明してもらわなければわからないような特殊な理由で失敗する特殊なプログラムが暴走したら責任を取ることと、それ以外に全く何の訓練も受けていなかった。失職した取締役が最初に考えたことは当然ながら自殺のことだった。しかし以前の教育のおかげでそれもうまく行かなかった。まず委員会の考えを聞かなければ決定ができないからだ。彼はロサンジェルス・タイムズ紙の個人欄に広告を出して、同じような苦境にあったにもかかわらず自殺しないですむ申し分のない理由を考えついたひとはいるかと尋ねてみた。彼の明敏なる推察では自殺した人間が返事をよこすことはなかろうから、自動的に妥当なインプットだけが手もとに来る予定だった。この推察は誤っていた。一週間というもの、妻がお別れプレゼントとしてくれた（妻は彼が解雇通知を受け取った次の日に彼のもとを去った）小さな日本製の双眼鏡で郵便受けのようすを見守っていたが、毎日正午に来る定時配達で届くものはダイレクト・メールばかり、ラッシュ・アワーの車の流れに向かって〈スタック〉のビルのてっぺんから飛びおり自殺するという、酔っぱらった、白黒モノクローム版の夢をみていると、ドアを執拗にたたく音でハッと目を覚ました。日曜日の夕方だった。ドアを開けると、手編みの防寒帽をかぶり、片手が義手の老浮浪者が立っていて、一束の手紙を渡すと一言も物を言わずに大股で去って行った。その手紙は大部分が、不器用のためか、まぎわになってひるんだかして、自殺に失敗したひとたちから来たものだ。しかしながら、一通として、生きていたほうがいいという説得力ある理由を述べたものはなかった。それでもこの取締役は迷った。次の一週間は何枚もの紙に、「賛成」と「反対」の欄をつくり、自殺に賛成か反対かの理由を並べて行った。何かきっかけがなければ、どちらにせよ明確な決定にいたることは不可能であった。そうこうするうちに、ある日タイムズ紙の第一面に、APの電送写真入りでベトナムの仏教僧が政府の政策に抗議して焼身自殺を遂げたという記事があった。「すごいや！」と取締役は叫んだ。ガレージへ行って、ビュイックの車のガソリン・タンクからガソリンをぜんぶ抜き出し、グリーンの三つ揃いのザカリー・オール製の背広を着、自殺未遂に終わったひとたちからの手紙をぜんぶ上衣のポケットに詰めこんで、台所に入り、床に坐ってガソリンを体にたっぷり浴びせた。彼に忠実であったジッポー製ライターの火口《ほくち》のところをカチッと回し、ノルマンディ地方の生け垣からアルデンヌ高原、ドイツ、さらに戦後のアメリカと、人生をともにしてきたこの道具にもお別れしようというとき、玄関の戸の鍵をあける音がし、人声が聞こえた。それは妻とどこかの男の声であったが、まもなく男はヨーヨーダイン社の生産性向上専門家そのひとと、自分を首にしてIBM七〇九四を入れた元凶だとわかった。この皮肉さに好奇心をそそられて、台所に坐ったまま耳を傾けたが、ネクタイはガソリンの中に漬かったまま、まるで灯芯《とうしん》のようであった。察するところ、生産性向上専門家は妻と、居間のモロッコ製の敷物の上で性交に及ぼうと望んでいる。妻もいやではないようだ。取締役の耳に、みだらな笑い声、ジッパーを下げる音、靴を抛《ほう》る音、激しい息づかい、うめき声などが聞こえた。彼はネクタイをガソリンから引き上げ、忍び笑いをはじめた。彼はジッポ製のライターの蓋を閉じた。「笑い声が聞こえるわ」とやがて妻が言った。「ガソリンの匂いがするぞ」と生産性向上専門家が言った。手に手をとって、裸のまま、二人は台所へ進んだ。「仏教の坊さんのやるやつをしようとしていたんだ」と取締役が説明した。「三週間もかかるのか」と生産性向上専門家はあきれて「それだけのことを決定するのに。ＩＢＭ七〇九四だったらどのくらいの時間ですむか、知ってるかい？　百万分の十二秒だ。首になるのも不思議じゃない」。取締役はのけぞるようにしてたっぷり十分間笑っていたが、その中ごろで妻とその友人は心配になり、居間に戻って服を着て警官を探しに外へ出た。取締役は服をぬぎ、シャワーを浴び、背広を外の物干しにかけて乾かそうとした。すると妙なことに気がついた。背広のポケットに入れておいた例の手紙の何通かの切手の色が落ちて、ほとんど白くなっているのだ。ガソリンで印刷インクが溶けてしまったにちがいないと思った。何の気なしに一枚の切手をはがしたところ、とつぜん消音器つき郵便喇叭の形が見えた。喇叭の透かしを通して自分の掌《て》の肌がはっきり出ているのだ。「何かの符号だ」と彼はささやいた――「符号としか言いようがない」。宗教的な人間だったらひざまずいたところだ。彼の場合は、大まじめに、こう宣言しただけだった――「ぼくの大きな過ちは愛というものだった。きょうこの日からぼくは愛に近づかないことを誓う――異性愛、同性愛、両性愛、愛犬、愛猫、愛車、あらゆる種類の愛に近づかない。孤立する者の協会を設立してこの目的に奉仕する。そしてこの印《しるし》、ぼくの命を奪うところだったガソリンの力で示現《じげん》したこの印を協会の記章としよう」。そして彼はそれを実行した。

エディパは、このあたりの話を聞くまでに相当酔っていたが、「彼はいまどこにいるの？」

「彼は匿名のひと」と匿名愛のひとが言った。「きみのWASTEの組織を通じて彼に手紙を書いてみたら？『IA創設者殿』って書くのさ」

「でも組織をどう使うのか、知らないの」と彼女は言った。

「考えてもごらんよ」と彼は言葉をつづけた。彼も酔っている。「自殺に失敗したひとたちの地下世界がそっくり一つあるんだ。そのメンバーがみんな、その秘密の配達組織を通じて連絡を取り合っている。どんなことを手紙で言い合っていると思う？」。彼は微笑しながら頭を振って、よろめきながら腰掛けからおり、小便をしに人混みの中へ姿を消した。彼は戻って来なかった。

エディパは腰をおろしたままで、これまでにない孤独を感じた。いま見れば、酔っぱらった男性同性愛者がいっぱいの部屋に、ただ一人の女性なのだ。これが私の人生というものか、と彼女は思う――ムーチョは私に口もきいてくれないだろう、ヒレリアスは聴こうとしないだろう、クラーク・マックスウェルは私を見てもくれなかった、そしてここにいるグループと来たら、どういうことやら。絶望感に襲われる。まわりにいる人間がだれも自分と性的に関連性のないときに起こる種類のものだ。そこに流れている感情のスペクトルを計ってみると、真に凶暴なまでの憎しみ（インディアンふうの少年がそうだ、まだ二十歳《はたち》にはなるまい、肩まである、白い縞状にブリーチした髪を耳のうしろで束ね、先の尖ったカウボーイ用のブーツをはいている）から始まって、冷然と品定めしている者（ロイド眼鏡のヒットラー親衛隊タイプ、彼女の脚を凝視して、女装かどうかを見きわめようとしている）まで、どれひとつとして彼女の役に立つとは思えない。それで彼女はしばらくしてから立ちあがり、〈ギリシャふう〉を出て、ふたたび町へ、この、伝染病流行都市へ、入って行った。

そしてその夜はずっとトライステロの郵便喇叭の形を見つけながら明かしたのだ。チャイナタウンでは漢方薬店の暗い窓の中に、漢字にまじって標示にそれを見たように思った。しかし街灯は暗かった。そのあと、歩道の上に、二十フィートの間隔を置いて、その印が二つチョークでかかれているのを見た。二つの喇叭のあいだには錯綜した四角形がいくつも並んでいて、中に文字が書いてあるのもあれば、数字が書いてあるのもあった。子どもの遊びの一種？　地図上の場所？　秘密の歴史に関わる年代？　エディパはその図形をメモ帳に書き写した。ふと顔をあげると、男が、男と思われる人間が、黒い背広を着て半ブロック先の戸口に立って、こちらを見守っている。立襟の牧師ふうカラーが見えるように思ったが、用心して、いま来た道を引き返した。鼓動は早鐘を打っていた。次の角にバスがとまったので、それに乗ろうと駆け出した。

それからあとは何台ものバスを乗り継いだ。ほんのときどき睡気ざましにバスを降りて歩いた。彼女のもとにやって来た夢のかけらは、いずれもあの郵便喇叭と関係があった。あとになってから、この夜のことを現実と夢とに選り分けようとしても、困難ではなかろうかと思った。

夜の、響き渡る音楽の、何か定かならぬ楽節が出たとき、自分は危害を受けることはないだろう、何かが、あるいは直線的に醒めて行く酔いに過ぎないものが、自分を護ってくれるだろうと、そういう気もしてきた。町はわがもの、と思った。常套的な言葉やイメージ（コスモポリタン、文化、ケーブルカーなど）によって作りあげられ、めかしこまれた形では、この町にそんな気持を抱いたことなどなかったのに。今夜は町の末端の血管まで安全に辿りつける通行権を手にしているのだ、たとえちょっと覗きこむことしかできないくらいに細い毛細血管だろうと、あるいは観光客でないかぎりだれの目にも見えるように皮膚に浮き出ている、いっしょくたに潰れて、恥知らずにも都会の痣《あざ》となっている静脈だろうと。この夜のものは、何によらずエディパを痛めることができないし、事実、痛めなかった。さまざまな印が繰り返されるだけで充分なのだろう。その上にそれを薄めたり、それを彼女の記憶から全く剝ぎ取ってしまうような精神衝撃《トラウマ》は必要ないのだろう。彼女は記憶するように運命づけられているのだ。エディパはその可能性に直面した。高いバルコニーからおもちゃのように見える通りを見おろしたり、ローラーコースターに乗ったり、動物園の野獣の給餌時間に立ち会ったりするのと同じような直面の仕方だ――ちょっとした死の願望でも、最小の挙動によって、成就できる。彼女はその挑発的な場の一端に触れ、その挑発に身をまかせさえすれば夢よりもすばらしいことを知っていた。引力に引っぱられて落ちるのよりも、弾道学の法則に従って飛び出すのよりも、野獣に食われるのよりも、その可能性のほうが楽しそうだ。彼女はそれを吟味して身震いした――私は記憶するように運命づけられているのだ。現われてくる手掛かりの一つ一つが、それ自体の明晰さ、不変なものとなる可能性をもっているはずである。でも、そうなると、その宝石のような「手掛かり」は一種の代償に過ぎないのではないかと彼女は思った。あの直接的な、癲癇性の〈言葉〉、夜を終わらせてしまうような叫び、それを彼女が失ったことに対する代償。

ゴールデン・ゲート公園で、パジャマ姿の子どもたちが輪になっているところに出会った。子どもたちは、みんなで集まっていることを夢に見ているんだと言った。だけど、この夢は、ほんとは覚めているのと少しも違わない、なぜって、朝になって起きると、まえの晩ほとんど寝ないでいたのと同じくらい疲れを感じるのだから、と言った。母親が子どもたちは外で遊んでいると思っているとき、ほんとうは子どもたちは、近所の家の押入れの中、木の上に作った遊び台、生け垣の中にこっそりこしらえた塒《ねぐら》などに体を丸めて眠り、夜起きていた時間の埋め合わせをしているのだ。夜は子どもたちをおびえさせるようなものを全くもっていない。彼らが作った輪の中には想像の焚火があって、必要とするのは自分たちだけの、他人の入りこむ余地のない集団意識のみであった。彼らは郵便喇叭のことを知っていたが、エディパが歩道で見た、チョークでかいた遊びのことは何も知っていなかった。喇叭の画を一つだけかいて、それが縄跳び遊びになるの、と小さな女の子が説明してくれた。輪の部分、三角形の部分、消音器の部分、それを交互に出たり入ったりして、同時にお友だちの女の子が歌うの——

トリストー、トリストー、いち、にい、さん
つるんとタクシー、沖から出てくる……

「つるんとタクシーじゃなくてテューールンとタクシス、じゃない?」
そんな言い方は聞いたことがないと彼らは言った。目に見えない焚火に手をかざして暖めつづけている。エディパは、お返しに、そんな子どもたちの存在を認めないことにした。
二十四番通りを入ったところにある、終夜営業の汚らしいメキシコ料理屋に入ると、過去の一片に出会った。それはヘズース・アラバルという男の形を取って、隅のテレビの下に坐り、所在なさそうに、お碗に入った不透明のスープを鶏の足でかきまわしてい

た。「いやあ」と彼はエディパを迎えて、「あんたはマサトランにいたご婦人じゃないか」。彼はそこに坐ってくれと合図した。

「何でも憶えているのね、ヘズース」とエディパ——「観光客まで憶えてるの。あなたのほうのCIAはどう?」これは例の諜報機関のことではなく「無政府主義革命同盟」(Conjuración de los Insurgentes Anarquistas) というメキシコの地下組織の略称で、フロレス・マゴン兄弟の時代に端《たん》を発し、のちに短時間サパタと手を組んだこともある。

「ごらんのとおり。亡命中」と、片腕をぐるりとまわして店内を示した。いまも〈革命〉を信じているユカタン人と共同で彼はこの店を経営しているのだった。革命と言っても、ほかでもない彼らの計画している〈革命〉だ。「あんたのほうはどう? まだ、あんたのためにすごくお金を使い過ぎるアメリカ人といっしょかね? あの少数独裁主義者、奇跡のひとと?」

「あのひとは死んだわ」

「おや、お気の毒に《ポプレチート》」。二人はヘズース・アラバルに海岸で会ったのだった。彼が反政府集会を開くと予告してあった場所で出会った。だれも姿を現わさなかった。それで彼はインヴェラリティと話しはじめた。自分の信念に忠実であるためには敵を知らなければならないというわけだ。インヴェラリティは敵意を前にすると中立的な態度を取る習いから、アラバルに何も言うことはなかった。彼は金持ちの鼻もちならぬアメリカ人の役をあまりに完璧に演じてのけたので、この無政府主義者の前膊部に鳥肌の立つのがエディパにはわかった。太平洋から吹きつける海風のためなどで鳥肌が立ったのではない。まもなくピアスは波とたわむれに行ってしまい、アラバルはエディパに、彼は本気なのか、スパイなのか、自分をからかっているのかと尋ねた。エディパにはその意味がわからなかった。

「奇跡というものがどういうものか、知っているでしょう。バクーニンが言ったようなもんじゃない。そうじゃなくて、別な世界がこの世界に侵入してくることなんだ。ふだんは、おれたちは平和に共存しているが、いったん接触すると大変動が起こる。おれたちが憎んでいる教会と同じように、無政府主義者も別世界の存在を信じているんだ。革命が自然発生的に指導者なしで起こると、魂には共働する能力があるから大衆は難なくいっしょに動くんです。肉体と同じように自動的に動くんです。それはそうなんですけれども、奥さん《セーニャ》、そういうことが一つでもそんなに完璧に起きるとなると、おれだって、奇跡だアって叫んじゃう。無政府主義者の奇跡でさあ。あんたのお友だちみたいなもんです。あのひとはまさに、きず一つなく、そっくりそのまま、おれたちの戦う相手になり切っている。メキシコでは特権階級《プリビレヒヤド》は、いつだって、ある程度まで贖《あがな》われちまっている――人民の一人になっちまっている。奇跡的じゃないんです。でも、あんたのお友だちと来たら、いたずらでないかぎりは、おれには怖いよ、聖母マリアさまがインディアンのところにおいでになったようなもんさ」

こうして再会するまでの歳月、エディパがヘズースを忘れなかったのは、ピアスについて、彼が彼女の見ていなかったことを見ていたからだ。まるで、性的なものにはかかわらないどこかの点において、彼がライバルみたいだった。いま、ユカタン人の料理用ストーブの後列バーナーにのせてある陶製ポットで沸かした、濃い、なまぬるいコーヒーを飲み、ヘズースが陰謀を語るのを聴いていると、ピアスという奇跡によって新たに自信をもつことがなかったら、ヘズースは結局CIAをやめ、ほかのみんなと同じように多数派の立憲革命党《プリイスタス》に転向して、亡命することなんかなかったのではないかと思うのだった。

〈マックスウェルの悪魔〉と同じように、死んだ男が一つの偶然の中で連続点となっている。彼がいなければ、彼女もヘズースも、いま正確にこの地点、この時点にいないだろう。これで充分、暗号化された警告なんだわ。今夜は偶然なんてことがあるのかしら？　そう思いながら、やがて視線の落ちたところに、古めかしい、筒状に巻いた、アナルコ・サンジカリスト新聞『新生《レヘネラシオン》』が一部。日付は一九〇四年、消印のそばに切手はなく、ただ手押しスタンプで郵便喇叭の画。

「送られてくるんですよ」とアラバルが言った。「そんなに長いあいだ郵送が手間取っていたものかねえ？　おれの名前が死んだメンバーの名前と差しかえられたのかねえ？

ほんとうに六十年もかかって来たんだろうか？　リプリント版なのか？　むだな質問ってもんだ。おれは歩兵だもの。位の高いひとに訊けば、それなりに理由があるのさ」。エディパはこの思いを胸に、また夜の中へ出た。

シティ・ビーチに行くと、とうにピザの売店や遊園地は閉まっていて、夢見心地でさまよい歩く雲のような不良たちのあいだを歩いても、煩わせられることはなかった。彼らが着ているお揃いの薄手の夏生地ジャンパーには郵便喇叭が刺繡してあり、わずかな月明かりに照らされると純銀のように見えた。彼らはみな何かを吸ったり、嗅いだり、注射したりしていたから、彼女の姿など見えなかったのかもしれない。

町のいたるところへ深夜勤務で出かける黒人が、疲れ果てた顔でバスいっぱい乗っているのに加わると、座席の背に引っ掻き傷のように書かれ、明るい、煙草の煙の立ちこめたバスの中のエディパにこれみよがしに輝いているのは、郵便喇叭にDEATHという文字。しかしWASTEの場合とちがい、だれかがわざわざ鉛筆で書きこんであった――「喇叭を敵にまわすなかれ」（Don't Ever Antagonize The Horn）と。

フィルモアに近いところでは、この印がコイン・ランドリーの掲示板にピンでとめてあった――低料金でアイロンかけ引き受けますとか、子守をしますとか、紙切れに書いて貼ってあるのに混じっていた。「この印の意味がわかるひとは」とその紙切れには書いてある――「どこへ行けばもっと多くのものがあるかを知っている」。彼女のまわりでは塩素漂白剤の匂いが天に向かって立ちのぼり、香《こう》のようだ。洗濯機はガチャガチャ、バシャバシャと激しく音を立てている。エディパのほかに人はいなくて、蛍光灯たちは白い悲鳴をあげているよう、その光に触れるものすべてがその白さに身を捧げているかと思われた。このあたりは黒人居住区だ。〈喇叭〉はそれほどひたむきに身を捧げるものなのか。尋ねることは「喇叭を敵にまわす」ことになるのだろうか。だれに尋ねたらいいのか。

バスに乗っているあいだは一晩中、乗客のトランジスター・ラジオから流れてくる〈トップ二百曲〉の下位曲を聴いていたが、こういう曲は決して流行することがなく、そのメロディや歌詞は一度も歌われたことがないかのように消えてしまう。メキシコ人の女の子が、バスのモーターが原因の妨害雑音にまじってそうした曲の流れるのをいっしょうけんめい聞こうとし、自分はいつまでもこれを憶えているわと言いたげにハミングで合わせ、その息で窓にできた曇りに、指の爪で何度も郵便喇叭とハートの画をかいていた。

空港に出たとき、エディパは透明人間になったような気がしてポーカーのゲームのようすを立ち聞きした。負けてばかりいる男は、負けるごとにその額をきちんときちょうめんに小さな出納帳に書きこんでいたが、その出納帳の中を見ると郵便喇叭が落書きしてあった。「おい、みんな、おれの賭け金の回収率の平均は九十九・三七五パーセントだぜ」とその男が言うのだ。相手をしている連中は、ここで初めてつき合っているひとびとだろうが、ぽかんとした顔で彼を見るのもいれば、いらいらしながら彼を見るのもいる。「こいつは平均だぜ、過去二十三年間ちょっとの平均を出すと、という話さ」と言葉をつづけ、笑顔をつくろうとしながら、「いつも、とんとんよりほんの少しだけマイナスなんだ。二十三年間だぜ。これよりいい成績は絶対に出そうもない。おれって、どうしてやめないんだ?」。それに答える者はいない。

空港の、とある便所にはAC－DCの広告があった。これは「アラメダ郡拝死教」(Alameda County Death Cult)の略で、私書箱の番号と郵便喇叭が書いてある。一か月に一度、彼らは罪のないひと、徳の高いひと、社会と協調してよく順応しているひと、そうしたところから犠牲者を選び、性的な慰みものにしたあとで、いけにえにする。エディパは番号を写さなかった。

TWA航空のマイアミ便に乗ろうとしていたのは体の動きに障害のある少年で、夜間に水族館に忍びこみ、人類の後継者となる海豚《いるか》たちと交渉を開始しようともくろんでいた。少年は母親と舌をからませる熱烈なお別れキスを交わしている。「母さん、手紙を出すからね」と少年は繰り返し言った。「WASTEを使って手紙をお出し」と母親は言った――「いいこと。ほかのを使うと政府が開封するからね。海豚が怒りますよ」「愛してるよ、母さん」と彼は言った。「海豚を愛しておあげ」と母親は忠告した。「手紙はWASTEでね」

というぐあいであった。エディパは覗き魔と盗聴者の役を演じた。そのほかさまざまな出会いがあった。たとえば顔の変形してしまった溶接工は自分の醜さをいつくしんでいた。夜を彷徨する一人の子どもは、ある種の追放を受けた者が自分のいた社会のなつかしい安らかな空白のないことを悲しがるのと同じように、自分が死産にならなかったことを悲しがっていた。ある黒人女性は赤ん坊のようにふっくらとした片方の頬に複雑な大理石模様の傷あとがあったが、流産ばかりしていて、それが毎回原因は違っていて、流産が儀式になり、ほかのひとなら出産の儀式をやるように意図的なものとなり、儀式は世を継ぐ者に捧げられるのではなく一種の不在期間《インターレグナム》に捧げられるのであった。年老いた夜警は〈アイボリー石鹸〉をかじっていたが、自分の名人的な胃袋を鍛え、そのほかに化粧水、空気浄化スプレー、織物、煙草、蠟《ろう》などを受け入れるようになっていて、はかない望みながら、ぜんぶ、約束、生産力、裏切り、潰瘍などぜんぶ、手遅れにならないうちに同化しようとしていた。それから自分と同じような覗き魔もいて、まだ明かりのついている町の窓の一つの外側をうろつき、どんな特定のイメージを探していたものやら。こうした疎外、こうした種類の後退性、そのどの一つを取ってみても、カフス釦《ボタン》、ガラスに貼った移し絵《デカル》、漫然とした落書きなどのような付属物に、なぜか、いつも郵便喇叭の飾りがあった。それがあるものと思う度合いがあまりに強くなってしまっていて、じっさいは、あとで、見たと思うことになるほどには、それを見ていないのだろうか。二、三度見れば、じつはそれで充分だったはずだ。いや、充分過ぎただろうに。バスに乗ったり歩いたりしているうちに夜も白々と明け、エディパには珍しく、一種の宿命観に身をまかせる気になっていた。サン・ナルシソ市からあんなに勇敢に乗りこんできたエディパは、いまいずこ？　あの楽天的な子は、いかにも昔のラジオ・ドラマの私立探偵ふうにやって来た。肝っ玉と臨機応変の才があり、偏狭な警官服務規定に縛られないでさえいれば、どんなに不思議な大事件でも片づくと思っていたのだ。

しかしながら私立探偵がいつかは痛い目に遭わされるというのは避けられぬこと。今夜見たおびただしい数の郵便喇叭、この、悪意に満ちた、意図的反復、これが彼らなりの痛めつけ方だ。彼らはエディパの体のどこを押せば痛みを感じ、どこに楽天主義の中枢があるかを知っていて、一歩一歩、正確な場所を一つ一つつまんで、彼女を動けないようにしているのだ。

昨夜のうちなら、彼女の知っている二例以外にWASTE組織によって通信する地下組織などあるものかと思ったかもしれない。日の出までには当然ながら、WASTE組織を使わない地下組織などあるかという気持になった。奇跡というものが、何年もまえにヘズース・アラバルがマサトランの浜辺で主張したように、この世界に別の世界が侵入すること——宇宙の玉突きの玉がそっと触れ合うこと——だとすれば、夜に見た郵便喇叭の一つ一つがみなそれだ。なぜならここには数知れぬ市民がみずからの意志で合衆国郵便を使って通信しないことを選択しているからである。これは憲法違反の、国家に対する反逆の行為ではない。挑戦でもないだろう。計画的な後退である。アメリカという共和国の生活からの、その機構からの後退である。憎しみから、彼らの投票権に無関心であることから、法の抜け穴を利用することから、あるいは単なる無知から、彼らに与えられていないものがほかにどれほどあろうとも、この後退だけは彼らじしんのもの、公けにされることのない、私的なものである。彼らが真空の中へ後退してしまっているなどということはあり得ないのだから（あり得るのだろうか？）、別箇の、沈黙の、思いも寄らない世界が存在しないはずはない。

朝のラッシュ・アワーの始まる直前に、一日が終わると必ず赤字だという老運転手の運転する小型バスを降りた。下町のハワード通りだった。エンバーカデロ通りに向かって歩き出す。自分がひどい恰好をしていることはわかっていた――指関節のところは顔を擦《こす》ったためにアイライナーやマスカラで黒くなり、口は前夜の酒やコーヒーの味がする。あけっぱなしの戸口があり、その戸口から階段があって、上は消毒薬の匂いがする薄暗い下宿屋。その階段に一人の老人がうずくまっていて、エディパには聞こえない悲嘆の声をあげて体を震わせている。煙のような白さの両手が顔を覆っている。左手の甲に郵便喇叭が見て取れた――むかし彫った入れ墨で、いまは滲んで薄くなり始めている。

魔法にかかったようにエディパは影の中に入って行き、きしむ階段を登った。一段登るごとに躊躇した。老人が坐っているところまであと三段というとき、老人の両手がパッと左右に開き、その破滅した顔、それに、破れた静脈の跡に囲まれた、その目のすさまじさが彼女の足をとめた。

「どうしました？」。エディパの体は震えた。疲労していた。

「家内がフレスノにいるのです」と老人は言った。古いダブルの背広、すりきれたグレーのワイシャツ、幅の広いネクタイ、無帽。「わしは家内を置いて家を出てしまった。ずっと昔のことで、いつと憶えていないのです。それで、これを家内に送りたい」。老人はエディパに一通の手紙を渡したが、それは何年間も肌身離さず持ち歩いていたもののようだった。「それを投函してくだされ、ほれあの」と言って入れ墨の手をあげて彼女の目を凝視しながら「わかってるでしょう。わしは、あそこまで行けんのです。いまのわしには遠過ぎるです、ゆうべは眠れなかったし」

「わかってます」とエディパは言った。「でも私、この町に来たばかりなの、それがどこにあるのか知らないんです」

「高速道路の下」。エディパがそっちに向かって行こうとしていた方向に手を振った。「いつだって必ずある。行けばわかる」。その目が閉じられた。この町の目覚めの大半が日の出ごとにまたもひたすら畝《うね》づくりを始める。その安全な畝の間の溝から夜ごとにカム歯車で送り出されて、どんな沃土《よくど》をこのひとは耕したのだろう、どんな同心運動の惑星群を発見したのだろう？　どんな声を耳にしたのだろう？　冷光を放つ神々のどんな断片を、壁紙に印刷され汚れた葉飾り模様の中にかいまみたのだろう？　どんな蠟燭の燃えさしが老人の上の中空を回転するように点火されたのだろう？　その燃えさしは、いつの日か彼なり友人なりが煙草を吸いながら眠ってしまう予兆、そうやって炎の中に燃え尽きてしまうのだ――敷きぶとんの、あくなき吸収力をもった詰め物にこの永い歳月のあいだ溜まった秘密の塩分が。その詰め物は夜ごとの悪夢の汗、どうしようもなく溢れ出る膀胱、邪悪にも、涙とともに達成された夢精などの痕跡を保管し、呪われた者たちのコンピューターのメモリー・バンクのようだ。エディパは急に老人の体に触れずにいられない気持に圧倒された。まるでそうしなければ彼の存在が信じられない、憶えていられないというふうだった。疲れ果て、自分が何をしているかもわからないくらいになりながら、最後の三段をのぼり、腰をおろして老人を両腕にかかえ、ほんとうに抱き締め、汚れた目を階段の下のほうに、朝の世界のほうに戻した。胸が濡れるのを感じて、見れば老人はまた泣いている。彼は呼吸をしているようには見えなかったが、涙はポンプで汲み出されるように溢れた。「力になってあげられない」と彼女はささやいて老人の体をやさしく揺すった――「私は力になってあげられない」。いまとなっては、フレスノまでの道は遠過ぎる。

「そいつは、やっかい？」と、うしろの、階段の上のほうから声がした。「船乗りかい？」

「手に入れ墨をしているひとよ」

「上へ連れてきてくれるかね？　やつだ」。振り向いて見ると、こちらのほうがもっと老人で、背はもっと低く、高いホンブルグ帽をかぶって、二人のほうに笑いかけていた。

「手伝ってあげたいところだが、ちょっと関節炎なもんで」

「上へ行かなければいけないの？」とエディパは言った。「そっちへ？」

「ほかに行き場所があるっていうのかね？」

彼女にはわからない。まるで彼が自分の子どもであるかのように、気は進まなかったが、一瞬彼から手を放すと、彼がエディパを見あげた。「さあ」と彼女は言った。彼は入れ墨をしたほうの手を差し出し、彼女はその手を取り、そうやって踊り場までのぼり、そのあとさらに階段を二つのぼった。手に手を取り、関節炎の老人のことを考えて非常にゆっくりのぼった。

「こいつ、ゆうべ消えちまったんだ」と関節炎の老人は言った。「かみさんを探しに行くって言ってね。そんなことをやるんだ、ときどき」。三人は部屋と廊下が兎小屋のようにつづいていて、十ワットの電球がついていていて、各室がビーヴァーボード一枚で仕切られているところに入った。関節炎の老人は二人のあとを歩きにくそうについて来た。ようやく彼が「ここだ」と言った。

　その小さな部屋にはもう一着の背広、二冊の宗教パンフレット、敷物が一つ、椅子が一つあった。聖人の画があって、聖人は井戸の水をエルサレムのイースターのランプに使う油に変えている。電球がもう一つ、切れている。ベッド。敷きぶとん、老人を待っている。それから彼女は自分が演じることになるかもしれない場面をざっと心に描く。この下宿屋の主人を探し出す、訴訟を起こす、船乗りには新しい背広をルース／アトキンズの店で買ってやる、ワイシャツと靴も買う、結局はフレスノへ行くバス代も与える。しかし彼は溜息をついて彼女の手を放したが、彼女のほうは空想に心を奪われていて、手が離れたのを感じていない。老人はまるで手を放す最良の瞬間を知っていたかのようだ。

「手紙を投函してくれるだけでいい」と彼は言った――「切手は貼ってある」。見れば、ありふれた洋紅色の八セント航空便切手。ジェット機が国会議事堂のドームのそばを飛んでいる。ところがドームのてっぺんに真っ黒な、ごく小さな人影が両手を拡げている。エディパは議事堂の上に何があるのが本来か、確かなことはわからなかったけれども、こんなふうになっていないことだけは知っていた。

「お願いだ」と船乗りは言った。「もう行ってくだされ。こんなところにいては、いかんです」。エディパはハンドバッグの中を覗いた。十ドル紙幣と一ドル紙幣があった。

十ドルを与えた。「酒を買うよ」と彼は言った。

「友だちのことを忘れるなよ」と関節炎が十ドル札を見守りながら言った。

「ばか女」と船乗りが言った。「こいつがいなくなってからくれればよかったに」

エディパは彼がベッドの上を調整し、寝やすくしているのを見ていた。あの、詰めこまれている記憶。記録A……

「煙草くれ、ラミレス」と船乗りが言った。「おまえが一本もってることはわかってるんだ」

きょうだろうか？「ラミレス」とエディパは叫ぶ。関節炎は銹色《にびいろ》の首をまわす。「このひと死ぬわ」とエディパは言った。

「死なねえやつはいねえ」とラミレスが言った。

彼女はジョン・ネファスティスのこと、ネファスティスが語った〈マシン〉のこと、巨大な情報の崩れて行くことを思い出した。この敷きぶとんの炎が船乗りを包んで、昔のヴァイキングがやったように火葬となるとき、同じことが起こる——やくたいもない歳月が貯蔵され記号化されたもの、若いうちに人に死なれたこと、みずから崩れ、確実に朽ちて行く希望、どんな人生を送ったにせよ、この敷きぶとんで眠った、あらゆる男たちの集合、それが、この敷きぶとんの燃えるとき、ほんとうに存在をやめてしまう、永遠に。彼女は驚異の念でそれを眺めた。まるでたったいま不可逆の進行を発見したかのような気がした。思うだに驚いてしまうのだ――かくも多くのものがなくなり得るということ、ただこの船乗りだけのものである幻覚の数々すら、世界にその痕跡が何もなくなってしまうということ。彼女は彼の体を抱き締めたから、彼がＤＴ（アルコール依存性譫妄《せんもう》症）にかかっていることを知っている。この頭文字の背後には一つの隠喩がある。Delirium Tremens（アルコール依存性譫妄症）というラテン語は「心の鋤《すき》の先が震えて畝《うね》と畝のあいだの溝からはずれて行く」ということなのだから。水でランプを点火することのできる聖人、本筋からそれて取り消したことが神の息吹《いぶき》となっているような予言者、すべてが自分の鼓動を中心とした、喜ばしい球や脅迫的な球の中に組織化されている真のパラノイド、地口を言えばその言葉が大昔からあるために悪臭を放つような真理の立坑《たてあな》と横坑《よこあな》を探る夢想家、こうした人間はすべて、言葉、あるいは何にせよ、言葉がそこにあって緩衝装置となり、われわれを保護してくれるようなもの、に対し同じ特別な関連性をもって作用する。となれば、隠喩の作用とは真実と虚偽に対して一突き突くということになり、真実か虚偽かは立脚点によって変わる――内部に立脚していれば安全だが、外部に立脚していれば亡びてしまう。エディパは自分がどこに立脚しているかを知らなかった。レコードの針のように震えながら溝をはずれ、横滑りしてキーッと音を立てて歳月の溝をさかのぼれば、ふたたびあの真面目な、高い声が聞こえてくる。大学時代の、二度目か三度目の恋人レイ・グロージングの声だ。ウーン、ウーンと言ったり、虫歯の穴《うろ》に舌でシンコペーション的な音を立てながら履修している大学一年生の微分について文句を並べている。dt とは、この入れ墨の老人には気の毒だが、同時に time differential（時間の微分）のことでもあって、消滅するほど小さい一瞬、この一瞬においては変化が最終的にその実体と直面しなければならず、もはやそれは平均率といった無害なものに変装してはいられない。弾丸《たま》は飛んでいる最中に凍りついて停止していても、弾丸の中に速度が住みこんでいる。細胞をその活動がもっとも盛んなときに覗きこんでも、細胞の中には死が住みこんでいる。この船乗りがだれもほかには見たひとのいない世界を見ていることをエディパは知っていた。なぜならDT（アルコール依存性譫妄症）のせいで、私たちの知っている太陽を超えたもののスペクトル――南極の孤独と恐怖のみによって作られた音楽――の dt（時間の微分）を手に入れているにちがいないからだ。しかし彼女の知るかぎりの何をもって来ても、それを、彼を、保持するわけには行かない。彼女は船乗りに別れを告げ、階段を降り、彼に言われた方向に進んで行った。一時間というもの、日の当たらない、高速道路を支えるコンクリートの柱のあいだをさまよいまわったが、目に入るものは酔っぱらい、浮浪者、通行人、男色家、売春婦、拘禁されていない精神病者などばかり、秘密の郵便ポストは見当たらない。しかし、ようやく、影に入ったところに、台形の蓋が回転するようになっている金属製の容器を見つけた。ふつうの塵芥《ごみ》箱のようなもので、古ぼけて、緑色をした、高さは四フィートに近い、あの型のものだ。回転する蓋の部分にW・A・S・T・Eと頭文字がペンキで手書きされている。注意してみないと、文字と文字のあいだのピリオドが見えず、ふつうの塵芥箱《ごみばこ》表示と同じに見える。

エディパは円柱の蔭に身をひそめた。うたたねをしたようだ。目を覚ますと一人の少年が手紙の束をその容れものに投函している。彼女も出て行って船乗りから預かったフレスノ行きの手紙を出し、ふたたび身を隠して待った。正午近くなって、一人のひょろ長いアル中が袋をもって現われ、箱の側面の金属板の鍵をあけ、手紙をぜんぶ取り出した。エディパはその男が半ブロック先まで行ったところで、あとを追いはじめた。少なくとも平底の靴をはいてきたことは、われながらでかしたと思った。配達人のあとをつけて行くと、マーケット通りを横切り、それから市役所のほうに向かう。くすんだ鳶色《とび》の石造りで、ひろびろとしている官庁街に近いため、その灰色っぽさに感染したような通りで、彼はもう一人の配達人と落ち合い、袋を交換した。エディパはこれまでつけて来たほうに固執することにした。この男のあとについてもう一度、ごみくずだらけで、うさんくさくて、けばけばしいマーケット通りを通り抜け、一番通りへ出て、湾岸横断バスのターミナルに着くと、彼はオークランドまでの切符を買った。エディパも同じことをした。

二人はバスに乗って橋を越え、オークランドの午後の強烈な、うつろな光の中に入って行く。風景に変化がまるでなくなった。エディパには見当のつかない地域で配達人が降りた。彼女は彼のあとをついて何時間ものあいだ名も知らぬ道路をいくつも歩き、昼さがりで交通量が少ないと言われる時間なのに、幹線道路を横切るときには轢き殺されそうになり、そこからスラム街に入り、それを出て、どこまでもつづく山腹の道を歩いた。山腹には寝室が二室ないし三室つきの家々がぎっしり並んでいて、その窓という窓はただ太陽の光だけをうつろに反射させている。一通、また一通と、男の郵便袋から手紙が出て行く。ついに男はバークレー行きのバスに乗りこんだ。エディパもそれにつづく。テレグラフ通りを半ばまで行ったところで配達人はバスをおり、彼女の先を通りに沿って歩いて、メキシコ建築ふうのアパートに辿りついた。一度として男は振り返ることをしない。これはジョン・ネファスティスの住んでいるところだ。振り出しに戻ったということだが、二十四時間が経過しているとは信じられない。二十四時間よりも長いと言うべきか、二十四時間よりも短いと言うべきか？

ホテルに帰るとロビーは聾唖者代表がいっぱいで、彼らがかぶっているパーティ用帽子は、朝鮮事変の際に流行した中国共産党の毛皮の帽子に似せてクレープ・ペーパーで作ったものだった。一人残らず酔っぱらっていて、数人は彼女をつかんで大舞踏室で開かれるパーティに連れて行こうとした。彼女は、身振りで話し合っている沈黙の人の群から強引に出ようとしたが、体に力が入らない。脚が痛み、口の中はひどい味がした。

彼らに押されて舞踏室に入ると、ハリス・ツイードのスポーツ・コートを着たハンサムな青年に腰をつかまれ、ワルツを踊ってぐるぐると、電気のついていない大きなシャンデリアの下、衣《きぬ》ずれと靴の擦れる音しかしない静寂の中を縫って行った。フロアのどのカップルも自分の頭の中にあるステップを踊っている——タンゴ、ツーステップ、ボサノバ、スロップ。だけど、いつまでつづくのかしら、そのうち衝突しはじめて、どうにも邪魔になってしまうんじゃないかしら？　とエディパは思う。そうならないとすれば、それは何か思いも寄らないような音楽の秩序があって、多くのリズム、さまざまな調性をいっしょにして、どのカップルも容易に適合する踊り方が前もって定められているとしか考えられない。彼らにはみな第六感で聞こえるものがエディパの中では萎縮しているのだ。彼女は若い唖者の腕の中で力を抜き、相手のリードのままになっていたが、いつ衝突がはじまるかと思っていた。しかし衝突は起こらない。ダンスの相手をつとめさせられて三十分経ったとき、神秘的な合意によって、一人残らず休憩に入った。踊っているあいだ、パートナー以外のひとには一度も触れていないのだ。ヘズース・アラバルなら、これぞ無政府主義者の奇跡と呼ぶところだ。エディパは、それを何と呼んでいいのかわからず、ただ当惑するのみであった。彼女は片足をうしろに引いた会釈をして、逃げ出した。

次の日、これといった夢も見ずに十二時間眠ったあと、エディパはホテルを引きはらって半島を下り、キナレット市に向かった。道すがら、前日のことを考える時間があったので、精神分析医のヒレリアス先生のところへ行ってすべてを話してみようと決心した。自分が精神病という冷たい、汗もかかない肉吊り用の鉤《かぎ》に吊るされているのだということも充分あり得る。自分の目でWASTE組織を確認した——WASTE郵便配達人たち、WASTE郵便ポスト、WASTE切手、WASTE消印。そして、サン・フランシスコ湾岸地帯が飽和するまでに消音器つき郵便喇叭のイメージ。にもかかわらず、これがすべて幻想であってほしかった——いくつかの傷、欲求、隠れた二重人格性といったものの疑いようのない結果であってほしかった。ヒレリアスに、きみはちょっと頭が変になっているんだから休みたまえ、トライステロなんて存在しないんだ、と言ってもらいたかった。同時に、それが実在するという可能性がこんなにこわい理由はなぜかを知りたかった。

彼女がヒレリアス診療所の車道に自動車を入れたのは日没後まもなくであった。診療室に灯りがついていないように見える。ユーカリの木の枝が、丘を下って夕方の海に吸いこまれて行く大気流に音を立てて揺れている。石畳の小道の途中まで来たとき、耳もとを飛んで行った虫の大きな羽音にハッとしたが、間髪をおかず一発の銃声が起こった。これは虫じゃないわと思った瞬間、もう一発の銃声を聞いて、ようやく事態をのみこんだ。暮れて行く光の中で恰好の標的になっているのだ。どうしたらよいのか。診療所の建物に向かって行くしかない。彼女はガラスのドアめがけてダッシュしたが、鍵がかかっていて、中の待合室は暗い。エディパは花壇の横の石を拾ってドアの一つに投げつけた。石ははね返ってしまった。ほかに石はないかと見まわしていると、白い人影が中に現われ、ドアのところに小走りに走ってきて、鍵をあけてくれた。ヘルガ・ブラム、ときどきヒレリアスの助手をつとめるひとだ。

「急いで」と彼女は歯をガチガチさせながら言い、エディパは中に滑りこんだ。ブラムはヒステリー発作の一歩手前だ。

「どうしたの？」とエディパが言った。

「先生が発狂したのよ。警察を呼ぼうとしたんだけど、先生が椅子をつかんで電話交換器を叩き壊しちゃったんです」

「ヒレリアス先生が？」

「だれかに追跡されていると思っているんです」。涙の流れた跡がこの看護婦の頬骨に筋をつくっている。「あのライフル銃をもって診療室に閉じこもってしまったの」。ゲウハー43の銃だわ、戦争中の、とエディパは思い出した——記念にとっておくんだって言ってたけど。

「私に向かって発砲したわ。だれかが警察に連絡してくれるかしら？」

「もう五、六人ものひとに発砲しているのよ」とブラム看護婦は答えて、廊下づたいに自分のオフィスへとエディパを案内した。「だれかが警察に連絡したほうがいいわ」。エディパは窓が安全な退却路に面していることに気づいた。

「あなた、逃げたらよかったのに」

ブラムは洗面台の給湯栓からお湯を茶碗に注ぎ、インスタント・コーヒーをいれてかきまぜながら、頭をあげて、けげんな表情を見せた。「先生はだれかが必要になるかもしれないでしょ」

「追跡しているのはだれだって言うの?」

「三人の男が小型機関銃をもっているんですって。テロリストだ、狂信者だっていうだけしかわかりません。そのうちに交換台を壊しにかかってしまいました」。彼女はエディパを憎々しげに見て「頭の変になった女が多過ぎるんです。だからこんなことになったんです。キナレットの町にはそんなのばかり。先生の手には負えません」

「私はしばらく町を出ていたの」とエディパは言った。「だから私には真相を教えてくれるかもしれないわ。私ならそれほど危険に見えないかもしれない」

あわてたブラムはコーヒーで口を火傷した。「あなたの悩みごとを話したりしてごらんなさい、射ち殺されるかもしれませんよ」

診療室のドアの前に行き、エディパはこのドアが閉まったのを見たことがなかったと思いながら、「休め」の姿勢でたたずみ、自分の正気さのほどを疑った。ブラムの部屋の窓から逃げ出して、あとの経過は新聞で読むということにすればよかったのに。「だれだ?」。彼女の息づかいでも聞こえたのか、ヒレリアスが金切り声をあげた。

「ミセズ・マースです」

「シュペールも、あのクレチン病内閣も、永久に地獄で腐りやがれ。この弾薬の半分が空弾《から》とは驚くじゃないか」

「入っていいですか? お話があるんですが」

「そうだろう、みんなそうだろうって」とヒレリアス。

「私は丸腰よ。身体検査してください」

「検査しているすきに、ぼくの背骨に空手《からて》チョップをくらわせようっていうんだろう、ごめんだね」

「私が何と言っても反対するのはどうして?」

「いいか」とヒレリアスがしばらくしてから言った——「ぼくは、きみには、まずまずのフロイト派に見えたかね? ひどくフロイトからはずれたことはなかったろうか?」

「変な顔をしてみせることはときどきありましたけど」とエディパは言った——「でもそんなのは大したことじゃありません」

彼の反応は、長く尾をひいたニヒルな笑い声になった。エディパは黙っていた。「努力したんだよ」とドアの向こう側の精神分析医は言った——「あの男、あの気むずかしいユダヤ人の亡霊に服従しようと努力したんだ。彼が書いたものなら何でも文字通り真実だと信じようと努力した。白痴的なことや矛盾したことも言ってるけどな。それくらいのことはしてもいいわな。いわば罪滅ぼしだ。

それに、信じたいという気持もあったんだ——子供が、まったく安全な状態で、怖いお話を聞いてるようなもんだ——無意識の領域ってのも、いったん光を中に入れるならば、どんな部屋とも変わらぬ部屋になってしまうってことを。闇の中のお化けみたいなものも、光を入れれば、おもちゃの馬やビーダーマイアーふうの家具だったということになるってこと。療法によって結局は飼いならすことができる。それがまたぞろ先祖がえりするなんて惧《おそ》れはなく社会に出すことのできるものだってこと。いろいろとぼくの人生にはあったにもかかわらず、信じたかった。わかってもらえるかなあ?」

彼女にはわからない。ヒレリアスがキナレット市に出現するまえ何をしていたものか、見当もつかないのだから。遠くのほうでサイレンの音がした。地元の警察の使っている電子サイレンが移行音ホイッスルをスピーカーで流しているような音だ。直線的な強情さで音が大きくなる。

「うむ、聞こえるぞ」とヒレリアスが言った。「こういう狂信者からぼくを護ってくれるものがあると思うかね? やつらは壁も通り抜ける。増殖もする。やつらから逃げて行って角を曲がったと思うと、そこにやつらが待っていて、摑まえようとするんだ」

「お願いだから聞いてくださる？」とエディパが言った。「警官に発砲しないで。警官はあなたの味方なんだから」

「あんたの好きなイスラエル人というのはどんな制服だって手に入れてしまうんだ」とヒレリアスは言った。「『警察』なんて言ったって安全を保証するわけにはいかないよ。ぼくが降伏したら、やつらがぼくをどこへ連れて行くか、きみ、保証はできないだろう」

彼が診療室の中を歩きまわっている音がした。不気味なサイレンの音は夜のいたるところから二人に収斂してくる。「ある顔をしてみせることができる」とヒレリアスは言った。「きみが見たことのない顔だ。この国で、これを見た者はいない。この顔をしてみせたのは、生まれてから一回だけで、たぶん今日でも中央ヨーロッパに、この顔を見た青年は生きているだろうが、どんな植物人間になっていることか。いまは、きみと同じくらいの年齢だろうな。治る見込みのない狂人になっている。名前はツヴァイと言った。きみ、この『警察』だか何だか、今夜は何になっているか知らんが、やつらに、ぼくはもう一度あの顔をするぞって言ってくれないか？　その有効半径は百ヤードで、不幸にしてその顔を見た者は永久に暗い地下牢に入れられて、恐ろしい幽霊といっしょにならなければならず、天井の出入口は二度と開かないんだって。たのむよ」

サイレンが診療所の入口へ来ている。車のドアがばたばたと音を立て、警官は叫び声をあげ、突然、物が砕ける大きな音がして、乗りこんで来る。そのとき診療室のドアが開いた。ヒレリアスが彼女の手首をつかみ、中に引っぱりこんで、またドアに鍵をかけた。

「そう、今度はわたし、人質ね」とエディパが言った。

「なんだ」とヒレリアス――「きみか」

「まあ、いったいだれといままで――」

「ぼくの症例を論じていたと思うのかって？　もう一人の他人さ。ぼくがいて、他人たちがいて。ねえ、LSDを飲むと、その区別がなくなって行くということがわかってきた。エゴが鮮明な境界線をなくしてしまう。ただしぼくはクスリを飲んだことはない。ぼくが選んだのは相対的なパラノイアにとどまること。それなら少なくとも自分がだれで他人がだれだかわかる。ひょっとすると、きみもそれで参加を断わったのかな、ミセズ・マース」。彼はライフル銃を両手で胸のところに横にもってエディパに向かってにっこりした。「さてと。きみは、ぼくにメッセージを届けることになっていたんだろうな。彼らのメッセージを。どういうメッセージだったのかね？」

エディパは肩をすくめた。「あなたの社会的責任を認めなさい」と彼女は提案した。「現実原則を受け入れなさい。向こうは数が多いし武器も優れています」

「ああ、数が多い、ね。あそこでも向こうのほうが数が多かった」。彼はエディパをはずかしそうに見守っている。

「どこの話？」

「ぼくがその顔をして見せたところ。ぼくがインターンをしていたところ」

それで何の話かほぼわかったが、さらに絞るために、もう一度「どこの話」

「ブーヘンヴァルト」とヒレリアスが答えた。警官が診療室のドアをハンマーで壊そうとしている。

「銃をもっているんですよ」とエディパが大声で言った――「それに私も入っているんですよ」

「お名前は？　奥さん」エディパは名前を言う。「そのファースト・ネームはどうつづるんですか？」。警官は住所、年齢、電話番号、一番の近親者、夫の職業などをニュース・メディアのためにメモした。ヒレリアスはその間ずっと机の中を引っかきまわして弾薬を探していた。「説得して、抵抗をやめるようにできますか？」と警官は尋ねる。

「テレビ関係者が窓から少し撮りたいと言ってるんですがね。注意をそらしておいてもらえますか？」

「待ってね」とエディパは警告して「やってみましょう」

「みんな演技がうまいぞ」とヒレリアスがうなずいてみせた。

「なら」とエディパ――「彼らがあなたをイスラエルへ連れて帰って裁判にかけようと

しているというわけ？　アイヒマンにやったみたいに？」。分析医はしきりにうなずく。

「なぜなの？　ブーヘンヴァルトで何をしたの？」

「ぼくが研究していたのは」とヒレリアスは話をはじめた――「狂気を実験的に誘発することさ。ユダヤ人を強硬症にするのは死体にするのと同じだというわけだ。ナチ親衛隊のリベラル派はそのほうが人道的だと感じたんだ」。そこで実験台に対して使われたのがメトロノームやら蛇やら、真夜中にブレヒトふうの場面を演じたり、ある種の分泌腺を外科的に切除したり、特殊幻灯を使って幻覚を起こさせたり、新薬を投与したり、見えないところに拡声器を置いて脅迫を繰り返すとか、催眠術、針が逆にまわる時計、それから百面相。ヒレリアスが百面相の担当になった。「連合国側の解放軍が」と昔を偲ぶようすで「来てしまった――不幸にも――充分なデータを集めることができないうちに。ツヴァイのような、いくつかの目覚ましい成功例を除いては、統計的に結論できるようなことがあまりなかった」。彼はエディパの顔に浮かんだ表情を見て微笑した。

「そう、きみはぼくを憎んでいる。でもぼくは罪を償おうとしたんだ。ぼくがほんとうのナチだったらユングを選んだろう、違うかね《ニヒト・ヴァール》？　なのにぼくはフロイトを選んだ。ユダヤ人のフロイトを。フロイトの世界観の中にはブーヘンヴァルトは存在しなかった。フロイトによれば、ブーヘンヴァルトも、ひとたび光をそこに入れればサッカー場になり、まるまる肥えた子どもたちが、ユダヤ人を窒息死させた部屋で生け花やソルフェージュを習うようになる。アウシュヴィッツでは、かまどがプチ・フールやウエディング・ケーキを作るのに使われるようになり、V2ロケットは妖精たちの宿に変わる。そういうことをまるごと信じようとしたんだ。夜は夢を見ないようにと三時間しか眠らず、あとの二十一時間は無理矢理これを信じようとした。なのにぼくの懺悔の行は足りなかったのだ。彼らは死の天使のようにぼくを摑まえにきたんだ、これだけ努力したというのに」

「どうです、調子は？」と警官が質問した。

「もう最高」とエディパは言った。「どうしようもなくなったら言うわ」。そのときエディパは、ヒレリアスがゲウハー銃を机の上に置いたまま部屋の向こう側に行き、書類キャビネットをあけるふりをしているのに気づいた。彼女は銃を取りあげ、彼に狙いを定めて言った――「先生を殺さなければいけないんだけど」。彼がエディパに武器を取らせようと思ってやったことだとわかっている。

「そのためにきみは派遣されて来ているんじゃないか」。彼は彼女に向かって寄り目をしたり、もとに戻したりした。とりあえず舌も出した。

「私が来たのは」と彼女は言った――「先生とお話しすれば、私からある幻想を追っぱらってくれるんじゃないかと思ったからよ」

「それは大事に取っておけ！」とヒレリアスは激しく叫んだ。「それ以外に、だれに何があるんだ？　その幻想の小さな触手をしっかり握ること。フロイト学派の言うことを聞いてそれを手放したり、薬剤師の薬でそれを追い出したりするな。それがどんな幻想であろうと大事に握っておくんだ。それをなくしたら、その分だけ、きみは他人のほうに行ってしまう。きみが存在しなくなり始めるんだ」

「入っていいわよ」とエディパがわめいた。

涙がヒレリアスの目に浮かぶ。「きみは射たないのか?」

警官がドアを開けようとした。「おい、鍵がかかっているぞ」と警官は言った。

「壊しなさいよ」とエディパは声を張りあげて「破損費はここにいるヒットラー・ヒレリアスが受けもつわ」

外では何人かの気の弱いパトロール巡査がヒレリアスに近づいてくる。拘束服と警棒を高くかざして来るが、それを使う必要はなかった。ライバルの三つの病院から差し向けられた救急車が唸りをあげて芝生にバックし、われがちに場所を確保しようとしたものだから、泣きじゃくっているヘルガ・ブラムは救急車の運転手をののしり、いっぽうエディパはサーチライトや野次馬の群の中にKCUF局の移動中継車を見つけた。夫のムーチョが乗っていてマイクに向かってしゃべっている。フラッシュバルブが閃光を放つ中を歩いて行って中継車の窓に首を突き出した。「ただいま」

ムーチョはマイクの中断用ボタンを一瞬押したが、微笑しただけである。どうも変だ。微笑が聴取者に聞こえるの? エディパは音を立てないようにして車に入った。ムーチョはマイクを彼女の前に突き出し「電波に乗ってるんだ、楽にして」とつぶやく。それから、きまじめな放送用の声で「この恐ろしい事件についてご感想をどうぞ」

「恐ろしいわ」とエディパが言う。

「うまいぞ」とムーチョ。彼の誘導で、エディパは診療室で起きたことをかいつまんで聴取者に説明した。「ありがとうございました、ミセズ・エドナ・モーシ」と彼は話を締めくくり「ヒレリアス精神分析診療所における劇的な包囲作戦の目撃談を語っていただきました。こちらはKCUF移動中継車二号、マイクをスタジオの〈ラビット〉ウォレンにお返しします」彼は電源を切った。何だか変だ。

「エドナ・モーシ？」とエディパが言った。

「聴いてるほうには、ちゃんとなってるのさ」とムーチョが言った。「ここにある機械を通すときの歪みと、それからテープに載せるときの歪みを計算に入れて言ったのさ」

「ヒレリアスはどこへ連れて行かれるの？」

「合同病院だろう」とムーチョが言った――「そこで監視ってことさ。いったい何を監視できるんだか」

「イスラエル人よ」とエディパ――「イスラエル人が窓から入ってくるのを監視するのよ。だれも入ってこなかったら、彼は狂っているのよ」。警官たちがやって来て、しばらく雑談した。裁判になる場合にそなえてキナレットのあたりにいるように言われた。

ようやく彼女は自分のレンタカーに戻り、ムーチョのあとについてスタジオに行った。今夜彼は午前一時から六時までの放送を担当する。

カチカチと大きな音を立てているテレタイプ室の外の廊下で、ムーチョは上のオフィスへ行って事の顚末《てんまつ》をタイプしているときに、エディパは番組のディレクター、シーザー・ファンクに出会った。「帰って来てくれてよかった」と彼は挨拶したが、明らかに彼女のファースト・ネームを言おうとして思い出せないで困っている。

「あら？」とエディパ――「それはどうして？」

「正直なところ」とファンクは打ち明ける――「きみがいなくなってからというもの、ウェンデルはウェンデルでなくなっちまった」

「というと」とエディパは言いながら、ファンクの言うとおりであるだけに何とか激怒しようと努めて「だれになっちゃっているんです？　リンゴ・スターですか？」。その勢いにファンクは畏《おそ》れをなした。「チャビー・チェッカーになったって言うんですか？」

彼女はロビーのほうへファンクを追って行く。「ライチャス・ブラザーズですか？　それを何で私に言うんです？」

「いま出た人たち全部になっちまっているんですよ、奥さん」と言ってファンクはエディパから逃げようとした。

「エドナって呼んでくださいな。いまおっしゃったのはどういう意味？」

「彼がいないところでは」とファンクはおろおろした声で「みんな彼のことを〈ブラザーズN〉って呼んでるんです。彼はアイデンティティをうしないつつあるんです。エドナさん、そうとしか言いようがない。日に日にウェンデルはウェンデルでなくなり、もっと包括的なものになっているんです。彼がスタッフの打ち合わせに加わると、その部屋が急に人でいっぱいになっちまうんですよ。一人なのに、人の集まりなんです」

「それはあなたの考え過ぎ」とエディパが言った。「あなた、紙に印刷のない、例の紙巻き煙草を吸ってるせいじゃないの」

「そのうちわかりますよ。からかわないでください。ぼくたち、力を合わせて行かなくっちゃ。ほかにだれが彼のことを心配してくれるってんですか」

彼女はそれから一人になってスタジオAの外のベンチに坐り、ムーチョの同僚のラビット・ウォレンがレコードをかけるのに耳を傾けていた。ムーチョが原稿をもって降りて来たが、これまでに見たこともない一種の落ちつきがある。肩を丸めて、せわしなくまたたきしたものだが、どちらの癖もなくなっていた。「ちょっと待って」と微笑して彼は廊下を遠ざかって行く。彼女はそのうしろ姿をとくと見つめ、虹色のもの、霊気《オーラ》がありはしないかと思った。

彼の放送が始まるまでにはまだ時間がある。二人は車で繁華街の、バーのあるピザ店へ行って、ビールの大ジョッキの、溝のついた黄金色のレンズを通して相手と向き合った。
「メッガーとはどうだい？」
「何でもないわよ」
「少なくとも、いまは、ね」とムーチョ。「きみがマイクに向かってしゃべっていると
き、そう思った」
「たいしたものね」とエディパ。彼の顔のあの表情は何だろうと彼女は思った。
「とてつもないことなんだ」とムーチョは言った――「なにもかも、このところ――待
てよ。聴いてごらん」何も変わった音は聞こえない。「あのレコードにはヴァイオリン
が十七梃《ちょう》鳴っている」とムーチョ――「その中の一梃が――ちきしょう、ステレオじゃ
ないから、どの位置のヴァイオリンかわからない」。彼の言っているのは店のバックグ
ラウンド・ミュージックのことだとようやく読めた。それは二人がこの店に入ってから
ずっと、例の、意識にのぼっては来ないような、確認しにくい聞こえ方で浸透していた
のだ――全弦楽部とリード楽部、消音器つきの金管。
「それがどうしたの」と彼女は言って胸騒ぎを覚えた。
「そのヴァイオリンのE弦が数ヘルツだけ高い。こいつはプロのミュージシャンじゃあ
ないよ。だれか、あの一本の弦について、恐竜の骨一本から恐竜ぜんたいを復元するよ
うなことができると思うかい？　あのレコードに入っている音だけでさ。このヴァイオ

リンを弾いている男の耳はどんなか、手や腕の筋肉組織はどうなっているか、そうして最後にはこの男の全体像を推定する。わあ、これ、すばらしいことじゃないか」

「どうしてそんなことをしたくなるものなの？」

「これを弾いている男は実在したんだもの。合成じゃないんだ。やろうと思えば生身のミュージシャンなんかなしでもやれるんだ。あらゆる適当な倍音を適当な電力レベルで合成すればヴァイオリンのような音にもなるんだ。ちょうどおれが……」と言って躊躇してから晴れやかな笑みを浮かべて「おれのこと、クレイジーだと思うだろ。けど、同じことを逆にはやれるんだ。何かを聴いて、それをもう一度分解するわけ。スペクトル分析さ、頭の中で。分析できるんだよ、和音も音色も、それに言葉も。分解して、あらゆる基本的な周波数と調波にし、それから、あらゆる違った音量、そうしたものを、一つ一つの純粋な楽音を、ただし、ぜんぶいっぺんに聴いちゃうんだ」

「どうしてそんなことができるの？」

「一つ一つの音に対して別々なチャンネルがおれにあるみたいなんだ」とムーチョは激して、「そうして、もっとチャンネルが必要なときには、おれが拡がって行くんだ。必要な分だけ付け足せるのさ。どういうふうになっているのかわからないけど、最近は、しゃべっているひとびとについても、それができるんだ。『豪華な、チョコレートのようなすばらしさ』って言ってごらん」

「豪華な、チョコレートのようなすばらしさ」とエディパが言った。

「そう」とムーチョは言ったきり、黙ってしまった。

「それで、どうなのよ?」。エディパは二分間待ってから訊いた。その声には険がある。

「このことは、このあいだの夜、ラビットがコマーシャルやっているのを聞いていて気がついた。だれが言おうと、だれのエネルギーのスペクトルも同じなんだ。わずかなプラス、マイナスはあるけど。だからきみとラビットは、いまでは共通なものがある。それだけじゃない。同じ言葉を言う人間はだれでも、スペクトルが同じならば、同じ人間になっているんだ、時間的に違うところで起こっているだけなんだってこと、わかる? しかし時間は恣意的なものさ。出発点《ゼロ・ポイント》はどこでも好きなところを選べばいい。そうすれば、めいめいの時間線を横軸にそってごちゃまぜにして行けば、やがては、ぜんぶが合致してしまう。そうすると、この、大きな、ああ、二億人くらいのコーラスで『豪華な、チョコレートのようなすばらしさ』って、いっしょに言っちゃう。そうして、その声はみんな同じ声だってことになる」

「ムーチョ」と彼女は言った。いらいらしながらも、途方もない疑念をもてあそんでいる。「このことなの、ファンクが、あなたは部屋いっぱいの人間の集まりみたいになって登場するって言ってるのは?」

「それがおれさ」とムーチョ――「そのとおり。だれだってそうなんだ」。彼は彼女を見つめた。ほかのひとならオーガズムの幻想に浸るところを彼は共鳴の幻想に浸っているのだろうか。その顔は、いま、つややかで、なごやかで、平和だ。彼女はこんな男を知らない。頭の中の暗いところから恐慌が上昇しはじめる。「いまはヘッドホンをつけると、いつだって」と彼は続けていた——「聞こえて来るものがほんとうによくわかるんだ。あの若い連中が『あの娘《こ》はきみを愛してる』って歌うと、イヤー、そう、ほんと、あの娘《こ》は愛していて、あの娘っていうのは何人でもいい、世界中いたるところ、時間もいつでもいい、肌の色や、体の大きさや、年齢、恰好、死ぬまでの時間、そういうものが違っても、あの娘《こ》は愛するんだ。そうして『きみ』ってのはあらゆるひとなんだ。そうして、この娘《こ》じしんでもある。エディパ、人間の声ってのはね、とてつもない奇跡なんだ」。彼の目から涙が溢れそうになり、ビールの色を映している。

「あなた」と彼女は言った。途方に暮れ、これをどうしてよいのかわからず、彼のことが心配だった。

　彼は小さな透明なプラスチックの瓶を向かい合っている二人のテーブルの上に置いた。彼女は瓶の中の錠剤を凝視して、ようやく事情が呑みこめた。「それ、ＬＳＤ？」と彼女が言った。ムーチョはほほえみ返す。「どこで手に入れたの？」。訊かなくても、わかっている。

「ヒレリアスさ。計画を拡げて夫も加えることになったんだ」

「それなら聴いて」とエディパはつとめて事務的な口調で、「どれくらいまえからなの、これを飲んでいるのは?」

彼はほんとうに思い出せないと言う。

「でも、まだ中毒になっていない可能性だってあるわ」

「おまえ」と、けげんな顔でエディパを見ながら、「中毒なんかになりはしない。麻薬の常用者とは違うんだぜ。これを飲むのは、これがいいからさ。いろんなものが見えたり聞こえたりする、匂いだって、味だって、いままでに経験したことのないようなものなんだ。世界はそんなに豊潤なんだから。果てしがないのさ、ベイビー。アンテナになっちゃうんだ、自分のパターンを送り出すのさ、毎晩百万人もの人間に。そうすると、その百万人が自分の人生にもなるんだ」。彼はいま、忍耐づよい、母親的な表情を浮かべている。エディパは彼の顔に一発くらわせたくなった。「歌にしても、歌が何かを表現しているっていうだけのことじゃない、歌が何かであるんだ、その純粋な音だけでね。いままでにないことさ。それでおれの夢も変わった」

「それは結構」。二度ほど髪を払いあげ、勢いこんで「もう悪夢は見ないわけね? いいじゃない。そう、いちばん最近のガールフレンドは、だれだか知らないけど、りっぱなものね。その年ごろじゃ、ねえ、寝られるだけ寝なくちゃならないんだもの」

「女の子なんか、いやしないよ、おまえ。聞いてくれ。いつも見ていたあの悪い夢、自動車売場《ロット》の夢、憶えてる？　あの夢のことは話すのも恐ろしかった。それが、いまは平気になった。もう悩まされないんだ。何のことはない、売場《ロット》の看板なんだ、それがこわかった。夢の中でおれはいつも、ふだんの仕事をやっているんだけど、急に、予告なしに、その看板が出てくる。当店は〈全米自動車販売店連合〉National Automobile Dealers' Association の加盟店ですというわけで頭文字が N. A. D. A. と書いてある。それが軋んだ音を立てている金属製の看板に過ぎないんだよ、それが nada《ナーダ》（無）nada《ナーダ》（無）って言うんだ、青空を背景にして。うなされながら目を覚ましたもんさ」

エディパは憶えている。もう彼は二度とおびえはしないだろう、薬があるかぎり。サン・ナルシソ市に向かって発った日がムーチョを最後に見た日だったとは。それほどまでに彼という人間はすでに消えている。

「ほら、聴けよ」と彼は言っていた――「よく聴いてごらんよ」。しかし彼女にはその歌の題名さえもわからない。

彼が放送局へ帰らなければならない時間になると、錠剤のほうを顎でさして「あげようか、それ」

彼女は首を振って断わった。

「サン・ナルシソに戻るのかい？」

「ええ、今晩」

「でも警察は」

「脱走ってとこね」。あとになってから、ほかに何かしゃべったかどうか、彼女には思い出せなかった。局で二人は別れのキスをした。ムーチョの分身すべてとキスをした。ムーチョは遠ざかって行きながら、何か複雑なもの、十二音階音楽を口笛で吹いていた。エディパは額をハンドルの上にのせていたが、彼の手紙に押してあったトライステロの消印について訊いてなかったことを思い出した。でも、いまとなっては遅過ぎて、どうでもいいことになっていた。

6

エディパが〈エコー屋敷〉に戻ってみると、マイルズ、ディーン、サージ、レナードの面々が楽器をぜんぶもち出して、プールの端にある跳び込み台のまわりと上に配置をととのえ、落ちつきはらって身動きもしないようすは、見えないところに写真家でもいてレコード・ジャケット用の写真を撮っているのかと思われた。

「何をしてるの？」とエディパが言った。

「あんたのボーイフレンドのさあ」とマイルズが応じて「メッガーがよお、うちのカウンター・テナーのサージの顔を潰してくれたのよ。サージは悲しんで頭がいかれちゃったんだ」

「そのとおりだぜ、奥さん」とサージは言った。「そのことを歌にもしたんだ。このおれが中心になるようにアレンジしたんだけど、こんなぐあいさ」

〈サージの歌〉

チャンスのない一人ぼっちのサーフィン野郎
サーフィン娘《むすめ》を好きになっても
ロリコンおじんがのさばって
でっかい顔してビョーキの行動
ぼくには、あの娘《こ》、大人だよ
おじんに、あの娘《こ》は、ただのニンフェット
どうして二人はいっしょになった、どうしてあの娘《こ》は
ぼくを捨て、ぼくをうろたえさせるのか
でも、逃げた女に未練はない、ない
新しい娘《こ》を見つけよう
おじんの世代に
教わったこと——
ゆうべのデートは八歳の娘《こ》で
ぼくにぴたりのイカセかた
毎晩ぼくらは行くんだよ
第三十三小学校裏の運動場（オー、イヤー）

とってもとっても楽しいよ

「何か私に言いたいことがあるのね」とエディパは言った。

四人は、こんどは散文体で彼女に話した。メッガーとサージのガールフレンドがネヴァダ州へ、結婚するために、駈け落ちしたんだという。サージは、問いつめられて、八歳の子に関する部分は目下のところ想像の産物に過ぎないが、小学校の運動場にはせっせと通っているので、近日中に結果が出ようと言った。エディパの部屋のテレビの上にメッガーの書き置きがあり、遺産のことは心配するな、遺言執行はぼくに代わって〈ウォープ・ウィストフル・キュービチェック・アンド・マクミンガス法律事務所〉のだれかがやることになっているから、追って連絡があるだろう、遺言検認裁判所の了解も取りつけてある、と書いてあった。エディパとメッガーが共同執行人以上の関係だったことを思い起こさせる言葉は何もなかった。

ということは、それだけの関係でしかなかったんだ、とエディパは思った。もっと古風に侮辱を感じるべきところだが、ほかにいろいろと気になることがある。荷物の整理をおえると、まず第一に演出家のランドルフ・ドリブレットに電話。十回ほど呼び出しベルが鳴ってから、年輩の女性が電話に出た。「申しわけございませんけど、言うことは何もございません」

「あの、どなたでしょうか」とエディパは言った。

溜息。「母でございます。明日の正午には声明を発表いたします。うちの弁護士が読むことになっております」。電話が切れた。さてこれはどういうことかとエディパは思った。ドリブレットに何が起こったのか？　あとで電話しようと決めた。エモリー・ボーツ教授の電話番号を電話帳で調べて電話すると、こちらはましな結果だった。グレースという名の教授の妻が電話に出たが、背後に一団の子どもの声がする。「主人はいまテラスでセメントの代わりにビールを流しこんでいるの」と彼女はエディパに言った。「これ、四月ごろからやり出した悪ふざけなんだけど、いまではかなり大掛かりになって来たわ。日向《ひなた》に坐って、学生といっしょにビールを飲んで、ビール瓶を鷗《かもめ》めがけて高く投げるの。主人とお話になるんでしたら、そんな段階にならないうちのほうがいいわ。マクシーン、投げないで、お兄ちゃんに投げたらどう、あたしはいま体が動かせないんだから。ご存知？　エモリーがウォーフィンガーの新版を完成させたんですよ。出版されるのは——」。その出版予定日は、大きなガシャンという音、熱狂的な子どもの笑い声、かん高い悲鳴に消えてしまった。「ああら、まあ。あなた、子どもを殺すの、見たことある？　早くいらっしゃい、このチャンスを逃したら見られないわよ」

エディパはシャワーを浴び、セーター、スカート、スニーカーを身につけ、髪は学生ふうに束ねて、メーキャップを薄目にした。そのあいだも漠とした恐怖感をもって、問題なのはボーツの反応でもグレースの反応でもない、〈ザ・トライステロ〉の反応なのだと認知している。

　車で出かけたが、ザップフ古書店のまえにさしかかると、驚いたことに、わずか一週間まえまで本屋だった場所が黒焦げの瓦礫の山だ。まだ革の焼けた匂いが残っている。車をとめて、隣の政府払い下げ品販売店へ入った。店の主人は、あのザップフの大ばか野郎、保険金めあてに自分の店に火をつけやがって、とエディパに告げた。「少しでも風があったら」と、この御仁《ごじん》はののしり声で「うちも巻きぞえを喰らうとこだった。なにしろこの雑居地帯、五年もてばいいところという建て方をしてあるんだから。その五年がザップフには待っていられるかって。古本なんて」。育ちがいいから唾を吐くことはしないが、という感じだ。「中古品を売ろうというんなら」とエディパに向かって忠告するように「需要のあるものを売るんでなけりゃ。今シーズン需要のあるのはライフル銃。今朝も一人来たばかりさ、二百梃買って行った、私兵の訓練用だってよ。ついでに鉤《かぎ》十字のついた腕章も二百、売れるとこだったが、あいにく品切れ状態さ、ちきしょう」

「政府放出の鉤十字章ってのがあるの?」とエディパ。

「まさか」裏があるんだよと片目をつぶってみせた。「サン・ディエゴの近くにちょっとした工場を作ってな。まあ十人ほどの黒人を雇ってる。これがそういう昔の腕章を製造するわ、するわ。こんな子どもだましがびっくりするほど売れる。男性週刊誌みたいなの二冊に広告を出したら、先週は郵送申し込みをさばくだけで黒人をもう二人臨時に雇わなければならん羽目になった」

「おたくの名前は?」とエディパ。

「ウィンスロップ・トレメイン」と意気さかんな企業家が答えた——「略してウィナー。ねえ、いまロスの大きな既製服メーカーと提携して、ヒットラー親衛隊の制服が秋のシーズンにどのくらい出るか、やってみようってことになってな。夏休み明けの学校が始まる時期の売り出しにぶっつけようってんでさ。サイズはぜんぶロングの三十七、ねえ、ティーンエージャー用のサイズだよ。次のシーズンには思い切って、女性用に変えたのを出そうかってとこ。どんなもんでしょう、この計画?」

「そのうちご返事するわ」とエディパ。「あなたのこと、憶えておく」。彼女は店を出ながら、この男に悪態をつくなり、そこに山とある放出品の、手近なところにある重い鈍器でなぐりかかろうとするなり、すべきだったろうかと思った。目撃者もいなかったのだ。やってみてもよかった。

弱虫なんだわ、と自分に向かって言いながらシート・ベルトを締めた。ここはアメリカ、ここに住んでいて、あんなのを放置している。はびこらせている。彼女は高速道路を荒っぽく運転しながら、フォルクスワーゲン車がいたらぶっつけてやろうという勢いだった。〈ファンゴーソ礁湖〉ふうに河岸にできた造成地のボーツの地所に車を入れたときには、ただ体が震えて、胸が少しむかつくだけになっていた。

出迎えたのは小さな丸々した女の子で、何だか青いものを顔中に塗りたくってある。「こんにちは」とエディパは言った——「あなたがマクシーンちゃんね」

「マクシーンはベッドにいる。マクシーンはパパのビール瓶をチャールズに投げつけたの。そうしたら窓をぶちぬいて飛んでったんで、ママにたっぷりお尻をぶたれたの。マクシーンがわたしの子だったら、河の中に沈めちゃう」

「そういう方式は思いつかなかったわ」とグレース・ボーツが言いながら薄暗い居間から出てきた。「さあ、お入りになって」。彼女は濡れた布巾《ふきん》で娘の顔の汚れを拭き取っている。「あなたはきょう、どんな手を使って子どもから逃げてきました？」

「子どもはいないんです」とエディパは言って彼女について台所へ入った。

グレースは驚いたように「何かやつれた感じってあるでしょ」と言った——「どうしても目についちゃう、そういう感じ。そういうの、原因は子どもに決まってると思っていたわ。そうともかぎらないのね」

エモリー・ボーツは半分体をハンモックに横たえ、まわりに三人の大学院生がいて、二人は男子、一人は女子、みな酒びたり、肝を潰すばかりにビールの空き瓶が積んである。エディパはフルに入っているのを一本見つけて、芝生に腰をおろした。「私、うかがいたいことがあるんです」と彼女は少ししてから思い切って口を開いた——「史実としてのウォーフィンガーに関することなんです。戯曲のことというよりも」

「史実としてのシェイクスピア」と怒声をあげたのは大学院生の一人で、立派な顎ひげをたくわえ、ビール瓶をもう一本あけながら「史実としてのマルクス。史実としてのイエス」

「そのとおりだよ」とボーツは肩をすくめて「死んじまっているんだ。残っているものは何か？」

「言葉です」

「何か言葉を取りあげなさい」とボーツは言った。「言葉、これについてなら話し合いができる」

「『いかに聖なる星の枷《かせ》といえども護れない』」とエディパは引用した——「『ひとたびトライステロ《トライスト》との出会いを定められたものの運命《さだめ》は』。『急使の悲劇』第四幕第八場」

ボーツは彼女を見て目をぱちくりした。「ふうん」と彼は言った——「で、どうやってヴァチカン図書館に入ったのかね？」

エディパはその台詞のあるペーパーバック版を彼に見せた。ボーツは目を細くして問題のページを見ながら、手探りでもう一本ビールを取ろうとしている。「こいつは驚いた」と大声を出して「剽窃されてるんだ、私も、ウォーフィンガーも。わいせつ部分を削除の代わりに追加したってことかな」。彼はページを繰って奥付を見、彼の編集したウォーフィンガーをだれが再編集したものか調べた。「自分の名前を入れるのは恥ずかしかったのか。ちきしょう。出版社に文句を言わなければならん。K・ダ・チンガドー社？　そんなのを聞いたことがあるかな？　ニューヨークにあるようだが」。一、二ページを日の光に透かして見て「オフセット印刷だ」。鼻をテクストにくっつけるようにして「誤植だ。けっ。改竄《かいざん》だ」。彼は本を芝生に抛《ほう》り出して、がまんならぬという目をした。「そうなると、こいつらはどうやってヴァチカン宮殿に入ったのか」

「ヴァチカン宮殿に何があるんですか？」とエディパが訊いた。

「『急使の悲劇』のポルノ版さ。私も一九六一年まで見せてもらえなかった。それまでに見せてもらっていれば私の旧版の注に使ったんだが」

「私が〈タンク劇場〉へ行って見たのはポルノ版じゃないんですか？」

「ランディ・ドリブレット演出の？　うん、あれは道徳的の典型だと思ったな」。彼は悲しげに視線をエディパから空のひろがりへと移した。「あの男は倫理的なのが持味だった。彼は言葉に対してはほとんど何の責任も感じていなかったな、ほんとうのところ。だけど芝居を取り巻いている目に見えない場、芝居の精神、に対してはいつも非常に忠実だった。もし、きみの求める、史実としてのウォーフィンガーを呼び出してくれるひとがいたとしたら、それは彼だったろうな。私の知るかぎり、ほかにあれほど作者に、あの芝居の小宇宙に、ウォーフィンガーの生きた魂を取り巻いていたにちがいない小宇宙に、近づいた者はいなかった。

「でも過去時制で話していらっしゃる」とエディパは言った。胸が高鳴る。電話に出た老婦人のことを思い出す。

「聞いてなかったのか?」。みんなが彼女を見つめた。死がそばを滑って行く、影もなく、芝生の空き瓶のあいだを。

「ランディは二日まえの夜、太平洋に入水したの」と女子学生がようやく教えてくれた。それまでずっと、彼女は目を赤くしていたのだった。「ジェンナーロの衣裳のまま。彼は死んじゃったの、これはお通夜なの」

「今朝、彼に電話をかけて話をしようとしたんです」としかエディパは言うべき言葉が思いつかない。

「『急使の悲劇』の舞台装置を取りはずした直後だった」とボーッ。

わずか一か月まえでも、エディパは次に「なぜ?」と訊いただろう。しかし、いま、彼女は沈黙して待っていた。光明を待つかのように。

彼らは私から奪い取って行くんだ、とエディパは声にならぬ声で言った――非常に高い窓に吊るされ風にはためいているカーテンのような気持だった、窓枠のところに揺れて行ったかと思うと、とたんに窓の外の奈落に飛び出している――彼らは私から奪い去って行く、一人また一人と、私の男たちを。私の分析医はイスラエル人の追跡を受けて錯乱した。私の夫はLSDを飲んで、子どものように手探りで奥へ奥へと、自分という精巧なお菓子の家の中の部屋から部屋へと、かぎりなく進み、私が（望むらくは永遠に）愛と思ったものから次第に遠ざかって行く。私のたった一人の婚外交渉の相手は十五歳の不良少女と駈け落ちしてしまった。〈ザ・トライステロ〉に戻るための私の最良のガイドは自殺してしまった。私はどこにいるの？

「悲しいことだ」とボーツも言っていた。エディパを見守っている。

エディパはこだわりつづけた。「彼はそれだけを」とペーパーバック版を指差しながら――「台本に使ったんですか？」

「いや」。顔をしかめる。「ハードカバー版を使った、私の版を」

「でも先生があの芝居をごらんになった夜は」。あまりの陽の光がビール瓶に反射している。そのまわりは静まりかえっている。「彼は第四幕をどんなふうに終わらせたんですか？　彼の台詞、ドリブレットの、ジェンナーロの台詞はどうなっていました？　奇跡のあと、みんなが湖畔に立っているときの」

「『われらが最後にテュールンとタクシスとして知った者は』」とボーツが朗唱した。「『いまや短剣の尖端のほかに主を知らず／黄金のひとつ輪の喇叭はただ沈黙《しじま》』」

「そうだ」と大学院生たち一同――「そのとおり」

「それだけですか？　あとはどうなったんですか？　最後の二行連句は？」

「私が個人的に賛同しているテクストでは」とボーツが言った――「その、最後の二行連句は最後の行が削除になっている。ヴァチカン宮殿にある本は単にわいせつなパロディに過ぎない。『ひとたびアンジェロの欲望に逆らった者の運命《さだめ》は』という結びは一六八七年の四つ折判の印刷工が入れたものだ。『ホワイトチャペル』版は不完全だ。従ってランディは最善の道を取った――疑わしい部分をぜんぶ排除してしまった」

「でも私が行った晩は」とエディパ――「ドリブレットは確かにヴァチカン版の台詞を使ってトライステロという言葉を出しました」

ボーツの顔は中立状態のままで「それは彼の考え次第さ。演出家と俳優を兼ねていたんだから、ね？」

「だけどそれ、ただの」と両手で輪を描く仕種をしながら「ただの気まぐれ？　別な二行をそんなふうに使うなんて、だれにも言わずに」

「ランディは」と三番目の大学院生、ロイド眼鏡をかけた、ずんぐりした男が回想的な調子で「心の中にひっかかっている問題が、いつだってたいがいは、何らかの形で外へ、舞台へ現われてくるという人間だった。いろんな版を見ていたかもしれない、芝居の精神を感じ取って行くためにね、必ずしも言葉の問題じゃなく。それで、そのペーパーバック版にもぶっつかった、その異文の入っている版に」

「なら」とエディパは結論ふうに「彼の私生活に何かが起きたにちがいないわ、その晩、何かが猛烈に変化したにちがいないわ、それでその二行を入れることになったんでしょう」

「そうかもしれない」とボーッ――「そうでないかもしれない。きみは人間の心が玉突きの台だと思っているの？」

「じゃないつもりです」

「部屋に入ってエロ写真でも見たまえ」とボーッが誘って、ごろりとハンモックから降りた。二人はビールを飲んでいる学生たちをそのままにして部屋に入った。「例のヴァチカン版の挿絵を非合法でマイクロフィルムに撮ってある。一九六一年に密輸したのさ。グレースといっしょに研究助成金をもらって行った」

二人は作業室兼書斎に入った。家の中の遠くのほうで子どもたちが騒ぎ、電気掃除機が低い音を立てている。ボーッは窓掛けを引き、スライドの箱の中をあらため、何枚かを選び出してプロジェクターのスイッチを入れ、壁に映した。

挿絵は木版画で、早く作りあげてしまって結果を見たいというアマチュア仕事にありがちな、ぞんざいな彫りである。真のポルノは、すこぶる気ながなプロが提供する。

「挿絵画家の名前は不明だし」とボーッは言った――「芝居を書きなおしたヘボ詩人の名前もわからない。これはパスカーレだよ、悪いやつの一人だね、ほんとうに自分の母親と結婚してしまう、その結婚式の夜の全景だ」。彼はスライドを換えて行った。「だいたいのところがわかるだろう。何度となく死神が背景をうろついていることに注目するんだね。道徳的な憤り、これは一種の先祖返り、中世的なものだ。ピューリタンはこんなに過激になったためしがない。例外はおそらく〈スカーヴァム派〉だけだ。ダミーコは、この版がスカーヴァム派のたくらんだものだと言っている」

「スカーヴァム派ですか？」

ロバート・スカーヴァムはチャールズ一世の治世にたいへん純粋《ピュア》なピューリタンの一派を樹立した。彼らの中心問題は予定説にかかわっていた。二種類あった。スカーヴァム派の人間にしてみれば、いかなることといえども偶然に起こるのではない。世界は壮大で複雑な機械である。ところがその一部、スカーヴァム派の一部は、その根源的原動者たる神の意志に基づいて動いている。残りの部分はそれと相反する何らかの〈原理〉――盲目的で魂のないもの――に基づいて動いている。これは永劫の死にいたる狂暴な自動運動なのだ。この教理の目的はひとびとを改宗させて信心深い、意味のあるスカーヴァム派教会に入るよう勧誘することにある。しかしなぜか、そういう少数の救われたスカーヴァム信徒が、いつの間にか外を向いて、破滅してゆく者たちの華麗な時計仕掛けを覗き込み、ある種の病的な、魅入られたような戦慄を感じてしまい、これが、やがて命取りになる。一人また一人と、霊魂絶滅という魅惑的な期待にだまされて行き、ついにこの宗派に残る者が一人もいなくなり、ロバート・スカーヴァムじしんも、船の船長のように最後まで頑張ったものの、降りてしまった。

「リチャード・ウォーフィンガーがそれとどうかかわるんですか？」とエディパは訊いた――「なぜスカーヴァム派が彼の芝居の猥褻版を作らなければならないんですか？」

「一つの教訓としてさ。彼らは演劇が好きではなかった。彼らなりのこういうやり方で、この芝居を完全に葬ってしまおう、地獄へ捨ててしまおうとしたんだ。この芝居を永遠の地獄に落とすために、実際の言葉を変えてしまうほどいい手はないんじゃないか。ピューリタンたちってのは、文芸批評家と同じで、まったく〈言葉〉に身を捧げていたんだからね」

「でもトライステロのことを言う行は、猥褻じゃありませんよ」

彼は頭を掻いた。「符合していると思わないかね？『聖なる星の枷《かせ》』というのは神の意志のことだ。しかし、それさえ、トライステロと会う約束をしている者を護れない、守護できないと、こうだ。つまり、たとえばアンジェロの欲望に逆らうことを言っているだけだとすれば、何ということはない、いくらだって逃げ道はある。アンジェロだってただの人間に過ぎないんだから。けれども狂暴な〈他者〉――非スカーヴァム的宇宙を時計仕掛けのように動かしつづけているもの――これのことだとなれば話は別だ。どうやら彼らはトライステロという言葉が、この〈他者〉をうまく象徴すると感じたんだね」

こうなればもう、これ以上避けているわけに行かない。ふたたび風に吹かれて奈落の上をはたはたとはためいているような、ふわっとした、めまいの感覚に襲われながら、エディパはそれを尋ねるためにここまでやって来たことを尋ねた。「トライステロって、何だったんですか?」

「いくつかのまったく新しい研究分野の一つで」とボーツ——「私が一九五七年にあの版を出したあとで始まったものだ。これまでに興味のある古い資料を見つけている。私の最新版は来年中には出ることになっているという話だ。それはそれとして」、彼は昔の本がいっぱい入っている、ガラス戸つき本棚を覗きこんだ。「これだ」と焦茶色の、はげかけた子牛皮の表紙の本を出して「ウォーフィンガー関係の本は子どもの手が届かないようにこの中に入れて鍵をかけておく。チャールズは、まだ研究不足で私には処理できないような質問をきりもなくやりそうだしね」。この本の題名は『ダイオクリーシャン・ブロッブ博士の奇妙なイタリア人遍歴物語——かの風変はりにして信じ難き民族の史実に基づく例証的説話を交へたる』。

「私にとって運がよかったのは」とボーツ——「ウォーフィンガーがミルトンのように備忘録をつけていて、読んだ本の引用やなんかを書き留めておいてくれたこと。それでブロッブの『遍歴』のことを知ったのさ」

それはeで終わる単語、fのように見えるs、大文字で始まる名詞、iであるべきところにyなどがいっぱいの本であった。「これは私には読めません」とエディパは言った。

「まあ読んでみなさい」とボーツ。「私は学生たちを送り出して来るから。第七章あたりだと思う」。そう言って姿を消し、エディパは聖櫃《せいひつ》の前に取り残された。必要なところは第八章であることがわかった。著者そのひとがトライステロの山賊に出会った記録である。ダイオクリーシャン・ブロッブは荒涼たる山岳地帯の拡がるところを「トーレとタシス」組織に属する郵便馬車に乗って越えることにした。「トーレとタシス」とは「テュールンとタクシス」に当たるイタリア語にちがいないとエディパは判断した。前触れもなく、ブロッブが〈憐れみの湖〉と呼ぶ湖の岸辺で、一行は黒いマントに身を包んだ二十人の騎士に襲われ、湖から吹きつける冷たい風を受けながら激しい、無言の戦いに巻きこまれた。強盗たちは棍棒、火縄銃、剣、短剣などを使用し、最後にまだ息のある者を片づけるために絹のネッカチーフを使用した。ブロッブ博士とその従者だけが例外で、二人はそもそもの発端から乱闘を離れたところに身を置いていて、大声で自分たちは英国臣民であるぞと宣言し、ときどきは「英国教会賛美歌中の教訓的なるもの幾つかを敢へて歌ふ」ことさえしたのである。二人が逃げおおせたことはトライステロが機密保持に一心であるらしいことを考えると、エディパには意外だった。

「トライステロはイギリスで商売を始めようと思っていたんだろうか?」とボーツが示唆したのは、それから数日後であった。

エディパにはわからなかった。「でも、なぜダイオクリーシャン・ブロップのような耐え難いバカの命を助けるのかしら?」

「こういうやつのおしゃべりは一マイル離れていても聞こえるものだ」とボーツは言った。「たとえ寒くとも、たとえ殺気に走っていても。私が噂をイギリスに伝え、いわば地ならしをしたいと思ったら、この男はうってつけだと思うね。トライステロは当時反革命が起こるのを歓迎した。イギリスを見てごらん。王は首をはねられる寸前だ。チャンスだよ」

山賊の首領は郵便袋を集めたあとで、馬車からブロップを引きおろし、非の打ちどころのない英語でこう語りかけた。「あなたがたはトライステロの怒りをまのあたりにした。われらが慈悲の心なきにあらざることを肝に銘ずるがいい。あなたがたの王ならびに議会にわれらがなせし業《わざ》を告げよ。われらが勝ちを占めることを告げよ。嵐、争ひといへど、猛獣といへど、砂漠の孤独といへど、あるひは、われらが正当なる遺産を不当に横領する者といへど、われらが急使の行く手をはばむことは叶はず、と」。そう言うと、二人の体と財布には手を触れず、追いはぎどもはマントを黒い帆のように打ち鳴らしつつ、薄明の山脈《やまなみ》の中へとまた消えた。

ブロップはトライステロ機構のことを尋ね歩くが、どちらを向いてもみな口を閉ざすばかり。それでも、わずかながら断片的に情報を集めることができた。そのあと数日間のエディパも同じような経験をした。ジンギス・コーエンがくれた、世に知られぬ切手収集研究雑誌、モトレーの『オランダ共和国の擡頭』の中の曖昧な脚注、近代無政府主義の根源に関する八十年まえのパンフレット、これもボーツのウォーフィンガー関係書の一冊だが、ブロッブの兄オーガスティンの説教集、それにブロッブが最初に集めた手掛かりなどから、エディパがまとめあげることのできた、この組織の始まったいきさつは次のとおりである——

一五七七年、北海沿岸低地帯の北部地方は、プロテスタント貴族、オレンジ公ウィリアムのもと、カトリック国スペインおよびカトリック教徒である神聖ローマ皇帝から独立しようと九年間にわたり苦闘していた。同年十二月末、低地帯の事実上の支配者オレンジ公は〈十八人委員会〉の招きで意気揚々とブリュッセル入りをした。この委員会はカルヴァン主義狂信者の臨時政府で、特権階級によって統御される議会はもはや熟練労働者を代表するものではなく、人民とまったくかけ離れた存在になっていると感じた。委員会は一種のブリュッセル・コミューンというふうなものを作りあげた。彼らは警察を統御し、議会のすべての決定に指示を与え、ブリュッセルの高職にある多くの人間を追放した。その中の一人がタクシス男爵レオナルド一世で、皇帝の侍従、バイジンゲン領男爵、世襲の低地帯郵便の世襲長官、テュールン、タクシス独占事業の執行人を兼ねていた。この人物に取って代わったのがジャン・ヒンカートという男で、オハイン領主、オレンジ公の忠実な支持者である。この時点でトライステロ創立者、ヘルナンド・ホアキン・デ・トリステロ・イ・カラヴェラが登場するのだ。彼は気違いかもしれないし、ほんものの反逆者かもしれないし、詐欺師だという者もいる。このトリステロはジャン・ヒンカートの従兄《いとこ》だと主張した。一族のスペインにおける由緒正しい分家の出であるから、オハインの真の領主となるべき者であり、ジャン・ヒンカートが当時所有していたことごとくのものを正当に後継すべき者で、任命されたばかりの郵便長官の職も含まれるというのである。

一五七八年から、アレサンドロ・ファルネーゼが一五八五年三月、ブリュッセルを再度奪還して皇帝領とするまでのあいだ、トリステロは自分の従弟《いとこ》(ヒンカートが従弟であるとすれば)に対して結局はゲリラ戦と呼べるような攻撃をつづけた。スペイン人であるために、ほとんど支持は得られなかった。この間たいがいは転々と移動し、生命の危険にさらされている。にもかかわらず彼は四度にわたってオレンジ公の郵便長官を暗殺しようとして、果たせなかった。

ジャン・ヒンカートはファルネーゼによって追放され、テュールンとタクシスの長であるレオナルド一世が復職した。しかし、この時期はテュールン、タクシス独占郵便事業にとっては一大不安定期であった。一族中のボヘミア分家がプロテスタントに強く傾いているのを警戒して、皇帝ルドルフ二世はしばらく後援を控えてしまったのである。この郵便経営は大欠損をきたした。

いま一時的に弱体化し、ぐらついているとはいえ、ヨーロッパ大陸全土にわたる権力機構をヒンカートが譲り受け得たかもしれないという幻視のようなものがトリステロの心を動かして自分じしんの組織を設立させたのだろうか。彼は非常に不安定な心理状態にあったようで、いつも公けの集まりに出てきて演説を始める傾向があった。彼の演説の主題は、決まって廃嫡問題であった。独占郵便事業は征服者の権限でオハイン領に所属し、オハイン領は家系による権限でトリステロに所属するというのである。彼はみずからを〈エル・デスエレダード〉すなわち「廃嫡された者」と称《とな》え、部下に黒衣の制服を作った。黒とは流浪の身の上の彼らが真に所有する唯一のもの、夜を象徴するのだ。やがて彼は自分の図像《イコン》に加うるに消音器つき喇叭と四本の足を宙に上げている狸の死体(タクシスという名はイタリア語のタッソ「狸」に由来し、それは初期のベルガモ地方の急使がかぶっていた狸の毛皮の帽子を指すのだという者がある)を以ってした。彼はテュールン、タクシス郵便ルートに沿って、妨害、テロ、略奪などの秘密活動を開始した。

エディパはそれから数日間いくつかの図書館に出入りし、またエモリー・ボーツやジンギス・コーエンと真剣に討論を交わした。この二人以外、彼女の知り合いすべての身に何が起こっているかを考えると、二人の身の安全も少し心配になった。ブロッブの『遍歴』を読んだ翌日、ボーツ、グレース、大学院生と連れだって、彼女はドリブレットの埋葬式に参列し、彼の弟のうろたえ、悲嘆に暮れた弔辞を聞き、午後のスモッグの中で幽霊のように見える母親が泣くのを見、夜になってまた戻って墓の上に坐り、ナパ・ヴァレー産のマスカテル・ワインを飲んだ。これはドリブレットが生きていたとき樽詰めをいくつか保存しておいたものだ。月はなく、スモッグが星を覆い、何もかもトライステロの騎手のように黒い。エディパは地面に坐り、尻が冷えるのを感じながら、ドリブレットがあの夜シャワー室から示唆したように、自分の、あるかたちが彼といっしょに消えてしまったのではないかと思った。彼女の心は、いままでどおり、もはや存在していない心霊の筋肉で力瘤を作って見せようとし、ちょうど手足をなくしたひとが幻の手足に騙され、なぶられるのと同じように幻の自己に騙され、なぶられるのだろうか。いつの日か、何であれ、消えてしまった自分のものに代わる、人工器具を身につけるかもしれない――ある特定の色のドレスとか、手紙の一節とか、別の恋人など。エディパは手を差し伸べて摑もうとした――地下六フィートのところで、まだ腐敗作用に抵抗しながら、蛋白質の中に記号化されて残っているものが蓋然性を否定して保持するものを。どんな頑強な無活動状態にあっても、力を集中して最後の爆発、最後に地上へ急上昇ということがあろう。微光を放ち、最後の力を振り絞って、はかない、翼ある形をととのえ、一刻も早く暖かい宿主の体内に落ちつかなければ永遠に暗闇の中に散ってしまうだろう。私のところへ来るんだったら、とエディパは祈った——最後の夜のあなたの記憶をもってきてください。もし有料荷重を軽くしなければならないのでしたら、最後の五分間の記憶だけでもいいのです。それだけでも、あなたの入水がトライステロと関係しているのかどうか、わかりますから。彼らがヒレリアスやムーチョやメッガーを排除したのと同じ理由であなたを排除してしまったのでしたら——ひょっとして私はもうあなたを必要としていないと彼らが思ったのでしたら。それは間違いです。私はあなたを必要としていました。その記憶を私にもってきてくださるだけでいいのです。そうすれば私の人生があとどのくらい残っているにせよ、そのあいだ私といっしょに暮らせるのです。エディパは彼の頭がシャワー室に浮かんで、きみがぼくの恋人になってくれれば、と言っていたのを思い出した。けれども彼女に彼を救うことができただろうか？　彼女は彼の死を知らせてくれた女の子のほうを見やった。二人は愛し合っていたのだろうか？　このひとはドリブレットがあの夜、あの余分な二行を加えた理由を知っているだろうか？　本人のドリブレットだって理由を知っていただろうか？　その跡を追う入口さえだれにも見つからないだろう。百の執念の順列、組み合わせ——セックス、金、病気、彼の時代と地域の歴史に対する絶望など、何があったか知れたものではない。台本を変更した動機など、彼の自殺同様、わからない。どちらの行為にも同じような気まぐれがある。ひょっとしたら——しばしのあいだ体を突き抜けて行くものの感じがあった、まるであの輝いている、翼ある物がほんとうに彼女の心臓の聖域に到達したかと思われた——ひょっとしたら、同じ巧妙な迷路が原因となり、あの二行をつけ加えたことは、その消息を説明することは不可能だろうが、彼があの原初の血液の巨大な洗面器、太平洋、の中へ入って行くためのリハーサルの役目さえも果たしていたのではないか。彼女は、その翼のある輝くものが、無事に到着したと報告するのを待っていた。しかし何も聞こえない。ドリブレット、と彼女は呼んでみた。その信号が何マイルもねじまがって続く頭脳回路を反響して行く。ドリブレット！

しかし〈マックスウェルの悪魔〉と同じだった、こんども。彼女にコミュニケーションの能力がないのか、それとも彼が存在しないのか。

発生の由来以外には、どの図書館へ行ってもそれ以上トライステロの資料がなかった。恐らくオランダ独立の苦闘のうちに消えてしまったのだろうということになる。残りの部分を知るためには、テュールン、タクシスの側から探りを入れるほかない。これにはそれなりの危険がある。エモリー・ボーツにとっては、一種の気のきいたゲームと化しているように思われた。たとえば彼は鏡像の理論を支持した。テュールン、タクシスの不安定期は必ずトライステロの影の王国に反映しているにちがいないというのである。

彼はこの理論を、なぜこの恐ろしい名前が十七世紀中葉になって初めて出版物に登場したのかという謎に適用した。「このトライステロ、神くらき怒りの日」という言葉に引っかけて語呂合わせをした人物は、どうして気持の抵抗を克服したのか？「トライステロ」という語の出る行を削除したヴァチカン版二行連句の半分が、どうして二つ折判に入ったのか？　テュールン、タクシスの宿敵の存在をほのめかすだけにせよ、その大胆さはどこから生まれたのか？　ボーッの主張によれば、トライステロ内部に何らかの危機があり、それが深刻な問題なので報復を考えていられなかったのだ。ブロッブ博士の命を奪わなかったのも同じ事情からだろうとも考えられる。

しかしボーッは、かくも青々と茂っている単なる言《こと》の葉《は》を剝ぎ落とし、かくも不自然な薔薇の花の中に入り、隠れている、その赤い、芳《かんば》しい暗がりに暗い歴史が人目につかず滑りこんでいると考えるべきだったのだろうか？　テュールン、タクシス伯爵であるレオナルド二世フランシスが一六二八年に他界すると、妻のライ領主アレクサンドリンが名目上は郵便長官のあとを継いだ。ただし、この引き継ぎは公式なものとは見なされなかった。彼女は一六四五年に引退する。独占郵便事業の実際の権力の所在は一六五〇年まで不明であるが、この年、次の男性後継者ラモラル二世クロード＝フランシスが跡を継ぐ。他方、ブリュッセルとアントワープにおいては、組織に衰微の徴《きざし》が現われていた。民間の地方郵便が帝国の独占権を侵食していて、この二つの都市ではテュールン、タクシスの営業所が閉鎖されたのである。

これに対してトライステロはどう反応しただろうか、とボーツは問いかける。こうなると戦闘的な分子は、ついに偉大な瞬間がやってきたぞと宣言するのが当然だ。敵勢が弱まっているのに乗じて力による乗っ取りを提唱する。しかし保守派の意見は、〈ザ・トライステロ〉がこの七十年間やってきたことを少しも変えず、いままでどおりの反対勢力であることをつづけたいと言う。そのほか、たとえば、少数の幻視《ヴィジョネリー》のひとがいるかもしれない。時代の直接性を超えて、歴史的にものを考えることのできるひとびとである。そういうひとびとの中に少なくとも一人、クールなのがいて、三十年戦争の終結、ウェストファリアの講和、ローマ帝国の解体、群雄割拠時代への突入を予見する。

「こいつはカーク・ダグラスのような風貌の男で」とボーツは声を大きくする――「剣を腰に下げていて、名前はコンラットとか、強そうな名前だ。みんな居酒屋の奥の間で会合しているんだ。百姓ふうのブラウスの女たちがジョッキを運び歩いていて、だれもが酔っぱらってわめいている。と、コンラットがテーブルに飛び乗る。群衆が静まる。『ヨーロッパが救われるか、救われないかは』とコンラットが言うんだ――『一にコミュニケーションの問題にかかわっている。そうだろう? われわれは無政府状態に直面している。嫉妬に狂ったドイツ君主たちが何百人となく陰謀、反陰謀、内ゲバを繰り返し、無益なつばぜり合いの中でヨーロッパの全勢力を浪費している。しかし、こうした君主たちの中で、コミュニケーションの連絡線を支配する者が君主たちを支配するんだ。そのコミュニケーションの網がいつの日かヨーロッパ大陸を統一することになるだろう。そこでおれは提案する——われわれは宿敵テュールン、タクシスと合体して——』。反対、絶対反対だ、裏切り者をつまみ出せ、などという叫び声。まもなく、コンラットを憎からず思っているホステスが（ちょっとした若手スターの役だ）いちばん大きな声で反対していた男の頭にジョッキで一撃を喰らわせ、気絶させてしまうと騒ぎがおさまる。『一つに合体すれば』とコンラットは言う——『われわれ二つの組織は無敵になれるだろう。われわれは帝国ぜんたいを基盤にしてやるのでなければ、業務を拒否することができるだろう。軍隊も、農産物も、何にしても、われわれの力を借りずして動かすことはできないだろう。どこの君主であろうと、自国の郵便組織を作ろうとする者がいれば、われわれはそれを抑制する。われわれは、かくも長いあいだ廃嫡の憂き目を味わって来たが、いまこそヨーロッパの嫡子になれるのだ！』。歓声がつづく」

「でも彼らはローマ帝国が崩壊するのを防ぎはしなかったわけよ」とエディパは指摘する。

「そう」とボーツは譲歩して「好戦派と保守派の争いは膠着状態になり、コンラットそのほか、幻視のひとたちの小グループは、親切なやつらだから、喧嘩を調停しようとする、何もかもふたたび片づくまでには、みんな疲れ果てて、帝国もケリがついて、テュールン、タクシスは話に応じないということになる」

かくして神聖ローマ帝国が滅亡すると、テューールン、タクシスの正当性の本源もほかのすばらしい妄想とともに永遠にうしなわれる。パラノイアのひろがる可能性がいたるところに現われる。トライステロが部分的にもせよ秘密を何とか維持して来たとすれば――テューールン、タクシスに自分たちの敵がだれなのか、その影響力がどこまで伸びているか、はっきりわかっていないとすれば――その場合、彼らの多くが信じるようになったにちがいないものは、スカーヴァム宗徒の信じた盲目の、機械的なアンチ・ゴッドに似ている。その正体が何であれ、それは彼らの騎手を殺害し、彼らの騎手の走る道に地響き立てて山崩れを起こさせ、ひいては新たに局部的競争を生み出すことにもなり、やがて国家による郵便の独占さえも生じかねない力をもっている、ということは彼らの帝国が崩壊するということである。それは彼らの時代の幽霊で、それが出現してはテューールン、タクシスを手ひどい目に遭わせるのだ。

しかし次の一世紀半のうちにはパラノイアが後退する。彼らが世俗のトライステロを発見するようになるからである。権力、全知、抜きがたい悪意、彼らが歴史原則、時代《ツァイト》精神《ガイスト》と考えたものの諸属性が、いまや人類の敵となったもののほうに繰り入れられる。そのため、一七九五年までに、トライステロがフランス革命ぜんたいを仕組んでおいたのだという説さえ出てくる。フランス革命は革命暦第三年霙月《みぞれづき》九日の布告を出して、フランスおよび低地帯におけるテュールン、タクシスの郵便事業独占の終焉を批准するだけのためのものだというのである。

「でも、その説、だれが出したんですか」とエディパが言う。「どこかで読んだことなんですか、それ」

「だれかがその問題を出していなかったかな?」とボーッは言った。「いなかったかもしれない」

彼女はそれ以上の議論はしなかった。何によらず徹底的に追いつめることに躊躇を感じはじめていた。たとえばジンギス・コーエンに対しても、例の専門委員会から彼の送った切手についての報告が来たかどうか、まだ尋ねていない。トート爺さんと、もう一度、彼の祖父の話をするためにヴェスパーヘイヴン養老院へ行けば、トート氏も亡くなったと言われるのだろう。あの不可解なペーパーバック版『急使の悲劇』の版元、K・ダ・チンガドー社に問い合わせの手紙を書くべきだと思いながら、書いてなかったし、ボーッが手紙を出したかどうかもきいてない。最低なのは、ばかばかしく苦労してランドルフ・ドリブレットを話題にしないようにしていることの多さである。通夜にいたあの女子学生が現われると、エディパは口実をつくってその集まりから出て行く。ドリブレットをも自分をも裏切っているような気がした。しかし、放っておいた。啓示がある程度以上に拡がってもらいたくないのだ。ひょっとして彼女よりも大きくなって彼女を呑みこんでしまわないともかぎらない。ある日の夕方、ボーツに、ニューヨーク大学で教えているダミーコを連れてきてもいいかときかれ、エディパはだめよと言ったが、いかにも性急、いかにも神経質な返事だった。彼は二度とそのことを言わなかったし、もちろん彼女も言い出さなかった。

けれども〈ザ・スコープ〉へはまた出かけてみた。ある晩、落ちつかなくて、ただひとり、どうなっていることかと警戒しながら。マイク・ファローピアンがいたが、顎ひげを伸ばしはじめて二週間、ボタン・ダウンのオリーヴ色のワイシャツ、裾の折り返しとベルト通しがなくて折り目のついている作業用ズボン、二つボタンの作業用上衣といういでたちで、帽子はなし。女性に取り囲まれて、シャンパン・カクテルを飲み、低い声でうめくように歌っていた。エディパを認めるとニッと大きく笑って見せ、手招きした。

「すごいわ、その恰好。いざ出撃、みたい。山の中で反乱軍を訓練してるんだ」。寸分の隙もなくファローピアンの体にまとわりついている女たちの目の敵意。

「革命を起こすための秘密だよ」と彼は笑い、両腕を振りあげ、二人の従軍売春婦をわきへ行かせた。「さあさあ、みんな行ってくれ。ぼくはこのひとに用事がある」。彼女たちが声の届かないほうへ行ってしまうと、彼はくるりと向きを変えて彼女を見つめたが、好意と当惑と、少しばかりエロチシズムの混じった表情である。「きみの探求はどうなった？」

彼女は手短に状況報告をした。彼は話をきいているあいだ無言で、表情がじょじょに変わり、これまでにない顔をした。それが気になった。ひと押ししてみようと思って「あなたがたもこの組織を使っていないなんて意外だわ」と言ってみた。

「ぼくたちが地下組織なのかい？」と彼は反論してきたが、口調は穏やかである。「屑なのかい？」

「そうじゃないの、私が言うのは——」

「ぼくたちはまだそれを知らないのかもしれない」とファローピアンは言った。「彼らはまだぼくらと交渉をはじめていないのかもしれない。あるいはぼくらもW・A・S・T・Eを使っているけれど、それが秘密になっているのかもしれない」。それから、電子音楽がバーに浸透しはじめるころ、「しかし、もう一つの見方もある」。彼女は彼が何を言おうとするのか察して、反射的に奥歯を嚙みしめようとした。この二、三日間に生じた神経質な癖だ。「エディパさん、こんな気になったことはない？　だれかが、きみを引っかけようとしている、これは何もかも悪戯《いたずら》で、インヴェラリティが死ぬまえに仕掛けたことかもしれないって」

そんな気になったことはある。しかし、いつかは死ななければならないという思いと同じで、エディパはいつも、その可能性を直接的に、あるいは、まったくの偶然と見る以外に、見ることを拒んできた。「いいえ」と彼女は言った――「そんなの、ばかげてるわ」

ファロ－ピアンは彼女を見守った。不憫でしょうがないという感じだ。「きみは」と静かな口調で、「ほんとに、きみは、そのことを考えてみるべきだ。否定できない事実を書き出すんだ。動かすことのできないもの。しかし、つぎにはきみの憶測、推測に過ぎないものを書き出す。その結果を見るんだ。最低それぐらいなことをしなくては」

「その次は」と彼女は言った。冷たい口調だった――「最低それぐらい。それなら、ほかには？」

彼は微笑する。いま音もなく壊れようとしているものが何であれ、その見えない罅割《ひび》れの網目模様がゆっくりと二人のあいだの空気を貫いて増殖しているのを救いあげようとしているのだろうか。「お願いだ、怒らないで」

「出どころを確かめろって言うんでしょ」とエディパは快活につづけた。「ね？」

彼はそれ以上何も言わない。

彼女は立ちあがり、髪は乱れていないか、除け者にされたような顔をしていないか、ヒステリー女に見えないか、二人は醜態を演じたのだろうか、と思った。「あなたがまえとは違っているだろうとは思っていたわ」と彼女は言った――「だって何もかもが私に対して変化して来ているんですもの。でも、私を憎むまでにはなっていなかった」

「きみを憎むだって」彼は首を振り、声をあげて笑った。

「腕章がいるとか、もっと武器がいるんだったら、高速道路のところにあるウィンスロップ・トレメインに当たってごらんなさい。トレメイン鉤十字章専門店。私の名前を出せばいいわ」

「もう接触があるよ、ありがとう」。彼女はその場を去り、彼はその変形キューバふうアンサンブルの服装で床を見つめたまま、女たちが戻るのを待っていた。

ところで、彼女の情報源はどうなったのか。そう、彼女はその問題を避けていた。ある日ジンギス・コーエンが電話して来た。興奮した声で、いま郵便、合衆国郵便で着いたものを見に来てくださいと言った。行ってみると、それは一枚の古いアメリカの切手で、消音器つきの郵便喇叭と腹を上に向けた狸の図案があって、さらにモットーがある――WE AWAIT SILENT TRISTERO'S EMPIRE（われら沈黙のトライステロ帝国の出現を待つ）。

「なるほど、W・A・S・T・Eって、この頭文字なのね」とエディパは言った。「どこで手に入れたの、これ？」

「友人です」とコーエンは使い古されたスコット社のカタログのページをめくりながら言った――「サン・フランシスコにいる友人からです」。いつもながら、それ以上に名前とか住所とかを訊くことはしない。「変ですね。友人はこの切手がカタログに記載されてないと言っていたのですが、ここに出ています。補遺ですが、ほら」。本の前面見開きに紙片が一枚貼ってある。この切手は一六三L一という番号がふられてあり、複写されているが、名前は「トライステロ速達便、カリフォルニア州サン・フランシスコ」となっていて、本来、地方切手カタログ番号一三九（ニューヨーク市の三番街郵便局発行）と一四〇（同じくニューヨーク市のユニオン郵便局発行）のあいだに挿入すべきものであった、とある。エディパは一種の直感的ハイの閃めきで、ただちに後部見返しを開くと、〈ザップフ古書店〉のラベルが貼ってあった。

「ええそうなんです」とコーエンは異議を申し立てるように「いつかメッガーさまにお会いするため、あっちのほうへ車で出かけたのです。奥さまは北のほうに行っていらしたときです。この本はスコットの〈特殊カタログ〉でしてね、アメリカの切手ばかり載せた巻ですから、ふだん私が目を通さないカタログです。私の専門はヨーロッパと植民地なものですから。でも好奇心にそそられまして——」

「ええそうでしょうねえ」とエディパは言った。補遺を貼りつけるなんて簡単なことだ。彼女は車でサン・ナルシソ市に戻り、インヴェラリティの資産項目をもう一度見た。思ったとおり、ザップフ古書店やトレメインの放出品販売店の入っているショッピング・センターぜんたいがピアスの所有だ。それだけではない、タンク劇場もだ。

なるほど、とエディパは室内を歩きまわりながら自分に言いきかせた。腹の中がからっぽになったみたいな感じで、何か真に恐ろしいものに仕えているようだ。なるほど。避けられないわけね？　トライステロに通じる道は同時にインヴェラリティの遺産へ戻る道ということか。エモリー・ボーツだって、あのブロッブの『遍歴』の本もそうだけど（もし質問したら、これもザップフの店で買ったものだと言うんだろう）、いまサン・ナルシソ大学で教えていて、この大学は死んだピアスに基金を大口にもらっているのだ。

ということは？　ボーツだって、メッガー、コーエン、ドリブレット、コーテックス、サン・フランシスコの入れ墨の船乗り、彼女が見たW・A・S・T・Eの配達人たちと同じで、——みんなピアス・インヴェラリティの部下？　買収されているの？　それとも彼が考え出した壮大な悪戯《いたずら》を、報酬なしで、面白半分に、忠実に実行したの？　それもこれもみんな私を当惑させるため、あるいは、恐怖に縮みあがらせるため、あるいは、倫理的に向上させるため？

あなたの名前をマイルズ、ディーン、サージ、および／または、レナードと変えなさいよ、ベイビー、とエディパはその日の午後の薄明の鏡台に映った自分の姿に向かって言った。どちらにしても、彼らはそれをパラノイアと呼ぶんだわ。彼ら。じっさい、あなたはLSDやそのほかのインドール・アルカロイド類の助けも借りずにさまよいこんだ——秘密の豊かさ、隠された濃密度の夢の世界に——未知数のアメリカ人が、自分の嘘や決まり文句の復唱や精神的貧困の不毛な露呈などは公的な政府郵便配達組織にまかせて、真のコミュニケーションをおこなう連絡網の中に――もしかすると、出口のなさ、人生に対する意外性の欠如（これがあなたの知っているアメリカ人ことごとくの頭を苦しめているのよ、あなただってそうなのよ）に真に代わるものの中に。そうでなければ、あなたはそれを幻覚している。そうでなければ、あなたに対して一つの陰謀が仕掛けられている。金をかけた、精巧な陰謀で、切手や昔の本を偽造したり、あなたの動きを絶えず見張ったり、郵便喇叭の図形をサン・フランシスコじゅうに配置したり、司書を買収したり、プロの俳優を雇ったり、そのほかいろいろピアス・インヴェラリティ以外に知るひともないことどもにかかわり、すべての費用は遺産から出ているのに、それが秘密裡におこなわれているか、複雑な手続きを経ているかして、法律にうといあなたの頭では、あなたが共同の遺言執行人であっても、わからない――じつに迷路じみているので、単なる悪戯《いたずら》以上の意味があるにちがいない。あるいは、そんな陰謀があるとあなたが勝手に空想している。だとすればエディパさん、あなたは頭がおかしくなっている。

いま直面してみれば、この四つの場合のいずれかに当たっているのだ。左右対称のこの四つ。どれとして気に入らないが、心の病いであればいい、それだけのことなんだと思いたかった。その夜は何時間も坐ったまま、あまりに呆然自失、酒も飲めなかった。真空の中での呼吸法を自分に教えるようなものだ。なぜというに、この状態は、おお神さま、真空です。だれも助けてくれるわけには行きません。世界中、だれも。みんな何かに中毒しているか、狂っているか、敵になる可能性があるか、死んでいるか、です。

歯の古い補塡物が傷んできた。サン・ナルシソの空のピンクの夕映えに照らされた天井を凝視して夜々を過ごすのだった。それ以外の夜は睡眠薬を飲んで十八時間も眠り、目が覚めると、けだるくて立ちあがることもできないくらいであった。新しく遺産に関する法律顧問になった、頭の切れる、早口の老人と打ち合わせていても、注意力の集中時間は秒単位で計れそうなことがしばしばで、話すよりも神経質な笑い声を立てていることのほうが多かった。五分ないし十分くらい続く吐き気が波のように、時を選ばず彼女を襲い、ひどい苦痛を与えたかと思うと、嘘のように消えてしまう。頭痛、悪夢、生理痛などもあった。ある日、彼女は車でロスへ行き、めくらめっぽうに電話帳から一人の医者を拾って、その女医のところへ行って、妊娠しているようだと告げた。検査の日取りを決めてもらった。エディパは自分の名前はグレース・ボーツだと言い、次の予約日には行かなかった。

かつては引っこみがちであったジンギス・コーエンが一日置きのように何か新しいことを見つけ出す——古いツムシュタイン・カタログの記載だとか、一九二三年にドレスデンで開かれた競売会のカタログで消音器つき郵便喇叭を見たという王立郵趣協会にいる友人のおぼろな記憶だとか。また、ある日は、ニューヨークの別な友人から送られてきたタイプ原稿があった。この原稿、ジャン＝バプティスト・モアンの有名な『切手愛《ビブリオテク》好家叢書《・デ・タンブロフィル》』の一八六五年号の翻訳だという。ボーツがやってみせた時代劇そこのけの筋の運びで、フランス革命のあいだに、トライステロの列伍に大きな亀裂が生じたことを述べている。最近発見され解読された、ヴージエ伯爵にしてトゥール・エ・タシ侯爵であったラウール・アントワーヌの日記によれば、トライステロの中の一分子は神聖ローマ帝国の死を認めたことがなく、フランス革命は一時的な狂気であるとした。同じ貴族の仲間としてテュールン、タクシス家が苦難を切り抜ける手伝いをしなければというので、この一派はテュールン、タクシス家が補助金をもらう気があるかどうか、探りを入れた。この進展で〈ザ・トライステロ〉は大きく二つに割れた。ミラノで開かれた会議で、一週間にわたり議論が白熱し、終生の敵が生じたり、家族が敵味方に分かれたり、流血を見たりした。会議の終わりで、テュールン、タクシス家に補助金を出すという決議案は否決された。多くの保守派は、この事態を自分たちに不利な、千年王国最後の審判と考えて〈ザ・トライステロ〉とのつながりを切った。「かくして」と、その記事は小ぎれいに結ばれる――「この機構は歴史における日蝕の影の部分へ入ったのである。アウステルリッツの戦いから一八四八年の窮地にいたるまで、〈ザ・トライステロ〉はそれまで彼らを支えてきた貴族の援助をほとんどうしなって漂流し、いまでは無政府主義者の通信を扱うのみとなった。その活動は周辺的なものにとどまり、たとえばドイツでは不幸な結果に終わったフランクフルト国民議会、ブダペストではバリケードの中で郵便配達、ひょっとするとジュラ山中の時計屋たちの郵便まで扱い、彼らにM・バクーニンの到来を受け入れる準備をさせていた可能性もある。しかしながら比較を絶する大多数は一八四九─五〇年の間にアメリカへ逃げ、現在この地でアメリカ独立革命の炎を消そうとしているひとびとに奉仕していることは疑いを容れない」

わずか一週間まえでも、もう少しは興奮しただろうほどの冷静さで、エディパはその論文をエモリー・ボーツに見せた。「一八四九年の反動から逃げ出したトライステロの亡命者全員がアメリカに来るんだ」というふうにボーツは言った──「希望に胸ふくらませて来るんだ。ただし、アメリカには何がある？」。これはほんとうの質問ではない、彼の考えたゲームの一部だ。「苦しみがある」。一八四五年ごろにアメリカ合衆国政府は一大郵政改革を実施し、料金を引き下げ、ほとんどの独立郵便ルートを廃止に追いこんだ。一八七〇年代、八〇年代になるまでには、政府と競合しようとする独立郵便業者はたちまち潰された。一八四九年─五〇年は、移住してきたトライステロのメンバーが、あとにして来たヨーロッパでやっていたことの続きをやろうなどと考える時期ではなかった。

「それで、彼らの存続は」とボーツ──「ただ単に陰謀という文脈の中だけのこととなる。ほかの移民は専制政治からの自由、文化に受け入れられること、文化に同化することなどを求めてアメリカへ来る。この、人種のるつぼへ。南北戦争が起こる。大部分の移民はリベラルなので北部を守るために兵隊になった。しかし〈ザ・トライステロ〉がそうした行動をとらなかったことは明らかだ。彼らのやったことは、敵にする相手を変えるというだけのことさ。一八六一年までには、彼らは相当に根を張り、容易に抑制されそうもない勢いだ。小馬速達便が砂漠やインディアンやガラガラ蛇に挑戦しているとき、トライステロはその従業員にスー族やアタパスカ族の方言を特訓している。インディアンに変装したトライステロの郵便配達人はゆっくりと西へ進む。太平洋岸に到達するが、毎回、消耗率はゼロ、体にかすり傷一つ作らない。いまや彼らの重点は完全に沈黙、偽装、忠誠を装って妨害、という方向に向かう」

「コーエンのところにある、あの切手はどういうことなんですか？『われら沈黙のトライステロの出現を待つ』って」

「彼らは初めのうちは公然とやっていたんだ。あとになってから、北部連邦政府の取締りが厳しくなってくると、一見正当なもののように見えて実はそうでないという切手を作り出したりした」

エディパには、そんな切手がどんなものか、よくわかっている。一八九三年発行のコロンブス博覧会記念（「大陸発見を報告するコロンブス」）の深緑色の十五セント切手では、切手の右側の、報告を受ける三人の廷臣の顔が微妙に修正されて、抑え切れない恐怖の表情になっている。一九三四年の母の日に発行された、〈アメリカの母〉の三セント切手では、ホイッスラーの〈母の肖像〉の左下にある花束がハエジゴク、ベラドンナ、毒ウルシその他エディパが見たこともない花に入れ換えられている。民間郵便事業の終わりの始まりを意味する大郵政改革記念の、一九四七年発行、郵便切手百周年記念切手では、左下の小馬速達便の騎手の頭部が生きている人間にはありえない不穏な角度で胴体につながっている。一九五四年発行の、濃い菫色の三セント通常切手では、自由の女神の顔が微かながら威嚇的に微笑している。一九五八年のブリュッセル博覧会記念切手には、空から見たブリュッセルの米国館の光景を示すものがあるが、他の微小な博覧会の客を少し離れて、はっきりと馬上の騎手のシルエットがある。そのほか、彼女が初めてコーエンを訪れたとき見せてもらった小馬速達便記念切手、U. S. Potsage とあるリンカーンの四セント切手、サン・フランシスコで入れ墨の船乗りから預かった手紙の、不気味な八セント航空便切手。

「うーん、おもしろいわ」と彼女は言った——「この記事が根拠のあるものならね」

「それを調べるのはむずかしいことではないだろうな」。ボーツは彼女の目をまっすぐに覗きこんで「きみ、調べてみたら？」

歯の痛みがひどくなってきた。夢に出てくるのは魅力のない悪意を秘めた、肉体から切り離された声の数々、何かが歩み出て来そうな鏡のくすんだ夕闇の色、自分を待っている、がらんとした部屋の数々。産婦人科医にも、彼女が何を妊娠しているのか、検査不能である。

ある日コーエンが電話で、インヴェラリティの切手コレクションの競売手続きが最終的に整ったと報告してきた。トライステロの「偽造切手」は競売ナンバー49として売りに出されるという。「ところで、ひとつちょっと気になることがあります、マーズさま。新しく一人、記帳入札者が登場してきたのですが、私も、この地域の業者も、聞いたことのない人物なのです。こんなことはごく稀なんです」

「何が登場したんですって？」

コーエンは、競売に直接立ち合う現場入札者と、付け値を郵送する記帳入札者とがあることを説明してくれた。郵送された付け値は競売会社が特別な台帳に記入するのでこんな名前が生まれたという。慣習として、その「台帳」で入札するひとの名前が公表されることはない。

「そんなら、どうしてその人物が知らないひとだなんて、わかるの？」

「噂が流れます。この人物は超秘密主義のやり方をしています。代理人のC・モリス・シュリフトを通じて手続きをしているんです。モリスはたいへん評判のいい、立派な人間です。モリスがきのう競売人たちに連絡してきて、彼の依頼人が私どもの偽造切手、つまり競売ナンバー49を前もって調べたいというんです。ふつうなら、競売品を見たいというひとがだれかわかっていて、郵送料と保険料を払う用意があって、二十四時間以内に全品を返却するというのであれば、問題ないんです。ところがモリスは、この件ぜんたいについては初めから謎めいた態度を取りましてね、依頼人の名前も言わず、依頼人について何も教えようとしないのです。モリスの知るかぎりでは、その人物は部外者だということしか言いません。それで、しきたりを重んじる競売会社のことですから、当然、お詫びしてこの申し入れを断わりました」

「あなたはどう思うの？」とエディパは言ったが、かなりのことは聞かなくてもわかっている。

「この不思議な入札者はトライステロの人間かもしれないということです」とコーエンが言った。「競売カタログでその競売品《ロット》の説明を読んだのです。それでトライステロが実在しているという証拠を、しかるべき権限のない者の手から遠ざけておきたいと思っているのでしょう。どのくらいの値段をつけてきますかね」

エディパは〈エコー屋敷〉へ戻ってバーボンを飲んでいたが、日が沈んで、もうこれ以上は暗くなりようがない暗さになった。それから外へ出て、車のライトを消したまま高速道路をしばらく走り、どうなるか見てやろうと思った。しかし守護天使が見守っていたのだ。真夜中を少し過ぎたころ、気がついてみると公衆電話ボックスの中にいた。サン・ナルシソ市のどこかだが、荒涼として、見憶えのない、街灯もない区域だ。サン・フランシスコの〈ギリシャふう〉に電話を入れ、電話口に出てきた響きのよい声に向かい、かつて店で話をした、にきびづら、和毛《にこげ》短髪《たんぱつ》の匿名恋愛中毒患者《イナモラート・アノニマス》の人相を告げて、待った。説明のつかない涙が目のあたりの水圧を高めてくる。三十秒ほどはグラスの触れ合う音、哄笑、ジューク・ボックスの音。そのうちに彼が出た。

「私、アーノルド・スナーブ」と彼女は言ったが、胸が詰まる。

「小人《こども》の男便所にいたんだ」と彼は言った。「大人の男便所は満員だったので」

彼女は手短に、一分とかけずに〈ザ・トライステロ〉についてわかったこと、ヒレリアス、ムーチョ、メッツガー、ドリブレット、ファローピアンの身の上に起こったことを話した。「だから、いま、私にはあなたしかいないのよ。あなたの名前も知らない、知りたいとも思わない。でも、どうしても知りたいのは、彼らがあなたと打ち合わせたかどうかってこと。偶然のように私に出くわして、郵便喇叭についての話をするように打ち合わせたのかってこと。だって、あなたにとっては悪戯《いたずら》かもしれないことが、私にとっては、数時間まえからそうでなくなっているの。酔っぱらってここらの高速道路を無謀運転したりしているところ。このつぎはもっと計画的にやりかねない心境。神さまでも、人間の命でも、何でもいいの、あなたが大事だと思うものに免じて、お願い。助けて」

「アーノルドくん」と彼は言った。バーの騒音が長いあいだつづいた。

「もうおしまい」と彼女は言った――「彼らが私を集中攻撃してるの。これからは彼らを閉め出すしかないわ。あなたは自由よ。お役ご免よ。ほんとうのことを言ってくれない？」

「手遅れだよ」と彼が言った。

「私が？」

「ぼくが」。その意味を訊こうとするまえに彼は電話を切っていた。もう硬貨がない。どこかへ行って札をくずしているうちに彼はいなくなるだろう。彼女は公衆電話ボックスとレンタカーのあいだにたたずみ、夜のしじまの中で、隔離状態が完成してしまったいま、海のほうに向こうとした。しかし自分の位置がわからなくなっていた。いっぽうの太いヒールを軸にして体を回転させたが、山脈も見えない。自分と、残りの国土とを遮るものがなくなったみたいだ。サン・ナルシソはその瞬間、消滅し（その消滅は純粋で、即時的で、天体的で、ステンレス製のオーケストラ用チャイムの音が星と星のあいだに支えられて軽く鳴る）、その独自性とエディパに思われたものの名残りも捨て、ふたたび名前だけになり、地殻とマントルのアメリカ連続体の中に呑まれてしまった。ピアス・インヴェラリティはほんとうに死んだ。

彼女は高速道路と平行して延びている鉄道線路の上を歩いて行った。あちらこちらで引き込み線が工場所有地へと走っている。ピアスはこういう工場も所有していたのかもしれない。でも、いまになってみれば、彼がサン・ナルシソをぜんぶ所有していたとしても、どうってことはない。サン・ナルシソなんて一つの名前。わが国の夢の風土記録中の一挿話。そして夢たちが我が国の集積された日光の中で変化したもの。一瞬のスコール前線、あるいは、もっと高度な、もっと大陸的な荘厳さの中でのトルネードのタッチダウン——集団の苦しみと貧困の暴風雨網、富の卓越風。真の連続性があるのだ、サン・ナルシソに境界線などない。だれもまだ境界線の引き方を知らない。彼女は何週間もまえから、インヴェラリティの残したものの意味を理解しようといっしょうけんめいだったが、その遺産がアメリカであるとは思ってもみなかった。

エディパ・マースは、それでも彼の女相続人なのだろうか。そのことが遺言状の中に、暗号化されて、入っていたのに、ひょっとしてピアスも、ほんとうは知らなかったのだろうか。遺言を書くころまでには、むやみやたらに自分を拡張し、どこかへ行って、何か明快な指示を与えることに夢中になり過ぎていたのだろうか。彼女はこの死んだ男をどんな形でも二度と呼び返すことができず、服を着せ、ポーズさせ、話しかけ、返答させるというわけにいかなかったけれども、同時に、彼が逃げ道を探そうとしていた袋小路に対し、彼の努力が産み出した謎に対し、新たな同情心を失うものでもない。

彼が彼女と仕事の話をしたことは一度もなかったけれども、仕事は彼の、割り切れることのない端数のようなもので、どんなに小数点を越えても切れず、永遠につづくものであることを彼女は知っていた。彼女の、いわば、かつての愛は、彼の欲求——所有しよう、国土を変えよう、新たなスカイラインをもたらそうという欲求——個人的な反抗心、存在しようとする成長率、そういうものと釣り合うことがなかったのだ。「いつもバウンドさせておくんだ」と彼は言ったことがある——「秘訣はそれだけ、ボールのように弾《はず》ませておくこと」。彼は知っていたにちがいない、遺言を書いているとき、妖怪に対面しているとき、やがてそのボールの弾みがとまることを。彼が遺書を書いたのは、かつての愛人を苦しめるだけのためであったかもしれない。自分が抹殺されてしまうことを冷ややかに確信していたために、何にせよ、それ以上を手に入れる望みをすべて捨て去ることができたのかもしれない。幻滅感はそれほど深かったのか。わからない。ひょっとすると、彼みずからが〈ザ・トライステロ〉を発見し、それを遺言に暗号化し、彼女が必ず認めるにちがいないだけのところを買収しておいたのかもしれない。あるいは一つのパラノイアとして、死を超えようとしたのか。彼が愛したひとに対する純粋な陰謀として。この種のあまのじゃくは、結局、死によっても潰されないほど強かったのか。終局的には陰謀があまりに精巧に作られたために闇の天使サタンも、その、ユーモアのない、副社長的な頭脳では、ただちにあらゆる可能性をつかむことができなかったのだろうか。何かがつるりと滑り落ちて、落ちたその分だけインヴェラリティは死を出し抜いたのだろうか？

にもかかわらず、頭を垂れ、石炭殻を敷きつめた路盤と、その古い枕木の上をよろめくように歩きながら、まだ例の、別な可能性のあることを彼女は知っていた。これがすべて真実なのだという可能性。インヴェラリティはただ死んだだけ、それだけのことなのだという可能性。たとえば、ああ、神さま、ほんとうにトライステロが存在し、私が偶然、ほんとうに出くわしたのだとしたら。もしもサン・ナルシソ市とその土地がほんとうにどんな町、どんな土地とも変わるところがないとするなら、その連続性によって、トライステロは彼女の国のどこにも存在し得たのだ——百の、そっと隠された入口、百の疎外を通じて、彼女が気をつけて見さえすればいいわけだ。彼女は鋼鉄のレールのあいだに、しばし立ちどまり、空気の匂いを嗅ごうとするかのように頭をあげた。足もとの、硬い、一筋に伸びているものを意識した——この線路がどんどん伸びて行ってほかの、さまざまなほかの線路につながることを、空に地図が示されたかのように知った。この線路が、自分を包んでいるこの大いなる夜をレース模様で織り混ぜ、深め、真実であると証明しているのだ。彼女が気をつけて見さえすれば。彼女はいま思い出す——古いプルマン式一等客車が何台か、資金が底をついたか、客が消えたかして放り出され、緑の農地の平たい中にあって、洗濯物が干され、煙が継ぎ煙突からのろのろ立ちあがっていたのを。あの客車に無断で住んでいた連中も、トライステロを通して、ほかのひとたちと連絡を取り合い、三百年にわたるトライステロ一族の廃嫡状態を押し進める一助となっていたのか？〈ザ・トライステロ〉が相続するはずだったものが何であったかは、今はすでに忘れられているにちがいない。エディパだって、いつの日か忘れられているかもしれないのだから。相続すると言っても何が残っているのかしら？インヴェラリティの遺書の中に暗号化されているそのアメリカ、それはだれのもの？ほかの、固定した貨車のようすを思い出す——子どもたちが床板《ゆかいた》の上に坐って、まるまる肥えて楽しそうに、母親の小型ラジオから流れてくる曲に合わせて歌っていた。また、ほかの無断の住人たちのこと——あらゆるハイウェイに沿ってほほえみかけている広告板の背後に帆布を張って片掛け小屋を作ったり、自動車廃棄場の壊れたプリマスなんかの何もかも剝ぎ取られた車体の中に寝ていたり、大胆に、電柱の上に架線工夫のテントを張って芋虫のように夜を過ごし、蜘蛛《くも》の巣のような電話線のあいだに揺られ、コミュニケーションの銅製索具、コミュニケーションの奇跡そのものの中に暮らし、夜もすがら電話線を何マイルとなく点滅して走る沈黙の電圧が何千という耳に聞こえぬメッセージとなっているのにわずらわされもしない。エディパは浮浪者に耳傾けたことを思い出す——アメリカ人たちがアメリカの国語をしゃべっていたのだ、注意深く、学者のように、まるでどこか目に見えない場所、にもかかわらず彼女の住む陽気な国とつながっているところから追放されて来ているみたいに、しゃべっていた。また、夜の道路を歩いているひとびと、こちらの車のヘッドライトにグーッと浮きあがりサーッと消えて、顔をあげることもせず、どの町からも遠いところで、ほんとうに目的地があるとは思えないようなひとたち。それから声たち、あの死んだ男の声のまえに、またあとに、もっとも暗く、もっとも進行の遅い時間帯に無作為に電話した声たち、ダイヤル数字の一千万もの組み合わせの中を休むことなく探し、あの魔法の〈他者〉を見つけようとする——〈他者〉は継電器のうなり、侮蔑、汚辱、幻想、愛などの単調な連禱《れんとう》中から立ち現われるというのだ。この連禱の狂暴に繰り返されているうちに、いつしか生じるのが、名づけることのできない行為、認識、〈御《み》言葉《ことば》〉の引き金。

どのくらいの数の人間がトライステロの亡命と、その秘密を共有しているのだろう？そのひとたちぜんぶ、その無名のひとたちぜんぶに、第一回の配当のようなものとして、何らかの遺産をばらまきたいと言ったら、遺言検認判事は何と言うだろう？ おもしろいわ。百万分の一秒のうちに怒り心頭、私の遺言認定書を無効とし、私をののしり、このオレンジ郡全域に私は再分配主義者のアカだと公告し、〈ウォープ・ウィストフル・キュービチェック・アンド・マクミンガス法律事務所〉の例の老人を未管理遺産の管理人にし、暗号だの、星座だの、影の遺産受取人などという戯言《たわごと》はおしまいということになるだろう。わかったものじゃない。私だって、追いつめられて、やがては、トライステロじたいにも（それが実在するとして）加わり、その薄明、その超然ぶり、その待機の世界に入るかもしれない。なかでも、その待機の世界に。この国土のもっとも柔らかい肌に、反射運動もせず叫びもあげず、サン・ナルシソのようなものを甘受してしまうように米国を条件づけてきた、もろもろの可能性、その可能性に取って代わる別な一連の可能性を待機する。そうでなければ少なくとも、最低限のところ、左右対称をなしている選択肢が崩れ、非対称になるのを待機する。中間の脱落ということをずいぶん聞かされてきた。中間が脱落しては、だめなのだ、そういうのは避けなければいけない、と。なのに、どうしてこの国にそんなことが起こったのか？　かつては多様性を産み出す公算が豊富だったのに。それがいまは大きなデジタル・コンピューターのマトリックスの中を歩いているみたいなのだ。無数の0と無数の1が頭の上に対になって並んでいて、右にも左にも、前方にも、ぎっしりと、果てもないほど、バランスのとれたモビールのようにぶらさがっている。神聖文字のような街路の背後には超越的な意味が存在するか、もしくは、単なる大地があるか、いずれかだ。マイルズ、ディーン、サージ、レナードの歌った歌には真実の神霊《ヌーメン》的な美のかけらがあるか（それをいまのムーチョは信じている）、もしくは、単なる電力スペクトルがあるか、いずれかだ。鉤《かぎ》十字章販売人トレメインが類焼死を一時的に免れたのは不当なことであるか、あるいは、風がなかったからか、いずれかだ。インヴェラリティ湖の底のＧＩたちの骨がそこにあるのは世界に対し重大な意義のある理由からであるか、あるいは、スキン・ダイビング愛好家と愛煙家のためにあるか、いずれかである。1たちと0たち。そんなふうに1と0がヴェスパーへイヴン養老院にも並ぶわけで、ある種の重々しい雰囲気の中で、〈死の天使〉と取り決めができているか、あるいは、死と、死ぬための、日ごとの退屈な準備があるか、いずれかである。明白なるものの背後に別な様式の意味が存在するか、あるいは存在しないか。エディパは真のパラノイアという旋回飛行の恍惚状態にいるか、あるいは、真のトライステロに捉えられているか。なぜなら、アメリカという遺産出現のかなたにトライステロがいるか、あるいは、ただのアメリカがあるだけか、いずれかであって、ただのアメリカがあるだけだとすれば、そうだとすれば、エディパが存在を続け、少しでもアメリカにつながるようにして行く唯一の道は、一人の異邦人として、畝《うね》を立て溝を作れることとなく、完全に一めぐりして、何かのパラノイアに呑みこまれることだ。

翌日、失うものはもう何もないというときになって初めて自分に備わっていると気づく種類の勇気をふるい起こして、彼女はC・モリス・シュリフトと連絡を取り、彼の不思議な客のことを尋ねた。「お客さんは、ごじしんが競売に出かけることになさいました」ということ以外にシュリフトは何も教えてくれなかった。「競売会場で出くわすかもしれませんよ」。そうなるかもしれない。

競売は予定通りに、ある日曜日の午後、サン・ナルシソ市最古とも思われる、第二次大戦前に建てられたビルの中でおこなわれた。エディパは開始時間の数分まえに到着した。ただひとりで来て、杉の木の床板が光を反射し、ワックスと紙の匂いのする、冷えびえとしたロビーでジンギス・コーエンに会ったが、彼は心底どきまぎしている様子であった。

「どうか公私混同などとおっしゃらないでください」と母音を引っぱったしゃべり方で熱心に言う。「どうにも誘惑に勝てないような、美しいモザンビークの三角切手が何枚か出まして。失礼ですがマーズさまも入札のためにおいでですか」

「いいえ」とエディパは言った。「私はただの野次馬」

「私どもは運がいいんです。ローレン・パサリンと言えば西海岸で最高の競売人ですが、そのひとが本日叫ぶことになっています」

「何をすることになっているんですって？」

「われわれのあいだでは、せり値をつけることを『叫ぶ』というのです」とコーエンが言った。

「あなた、ズボンの前があいてます」とエディパはささやいた。件《くだん》の入札者が姿を現わしたとき何をするか、エディパは確信がない。ただ漠然と、一騒ぎ、警官を呼ばなければならないほど猛烈に騒げば、その結果はこの入札者の正体が明らかになるのではないかと考える程度であった。彼女は小さな日だまりの中に立ち、きらきら光って上下する小さな埃の点々に囲まれて、少し暖まろうとしながら、果たしてそれをやってのける気になるだろうかと思った。

「競売開始の時間です」とジンギス・コーエンは言って、腕を差し出した。競売室の中の男たちは黒いモヘアの服装で、青白い、冷酷な顔をしていた。彼らはエディパが入ってくるのを見守り、どの顔も自分の思いを隠そうとしている。ローレン・パサリンは台の上に、人形使いのように浮かび、目を輝かせ、その微笑は商売用の無情なものであった。彼は彼女を凝視して微笑している。まるで、ほんとうに来たのですね、驚きました、と言っているようだ。エディパはひとり部屋のうしろ近くの席に坐って、うなじの列を眺め、自分の標的、自分の敵、ひょっとすると自分に与えられる証拠でもあるものはどれか、推測しようとした。助手がロビーの窓をふさぐ重いドアを閉め、日の光をさえぎった。鍵がカチッと掛かる音がし、その音が一瞬反響した。パサリンは両腕をひろげた。どこか遠方の文化圏の聖職者のジェスチャーのようだ。地上に降下する天使のジェスチャーかもしれない。競売人は咳ばらいをした。エディパは椅子に深く坐りなおして、競売ナンバー49の叫びを待った。

競売ナンバー49の叫び・解注

1

✣**ある夏の日の午後（八頁）**という始まり方は、（たとえば『ふしぎの国のアリス』のような）おはなしの始まりのように聞こえるが、第5章に出て来るカリフォルニア大学バークレー校のキャンパスの描写（一四三―一四五頁）から考えると一九六五年夏のことと考えるのが至当である。「おはなし」的なものと小説的なものが叙述に混じり合うのは二十世紀アメリカ小説の伝統とも言えよう。

✣**エディパ・マース** Oedipa Maas が主人公の名前だが、エディパという名前はソポクレスの悲劇の主人公オイディプスの語尾を女性名詞的に変えたもの。スフィンクスの謎を解いてテーベの王となってのち、おのれが何であるのかを探る、という解明、探求のひととしてのオイディプス王と同様に彼女は寓喩的《アレゴリカル》である。エディパなどという名は現実には存在しそうもないが、マースは珍しくない姓である。がんらいはオランダ語で「網目」を意味するほかに発音の類似から「質量」あるいは「ミサ」の意（mass）を読み取ろうとする批評家もいる。

✣**タッパーウェア製品**は日本にも支社があって出まわったから、実物をすでにご存知であろうけれども、このプラスチック製品の特徴は飲食品を中に密閉して、いったん蓋を閉じれば、その容器をどのように置いても、決して中の液体を外に洩らすことがないということである。

外の世界と隔離した内の世界というイメージにこの製品が結びつくこと。次にこの製品のがんらいの販売方法は通常の流通機構を経ず、ふつうの家に主婦たちが集まって小パーティを催し、その場でタッパーウェア社のためにアルバイトする主婦が製品（新しい種類が次々に作られる）を説明し、売るという方式を取っていたこと。いわば地下の組織を作って流通し、地上のマーケットを経由しないものであることにおいて、エディパがのちに知る世界と類似的なものをもつ。

そのタッパーウェア・パーティに行って、出されたフォンデュ料理にキルシュ酒が少し入り過ぎていて、帰宅後、ピアスの遺言執行人に指名された通知を見てからは、そのキルシュ酒に酔おうと努力しても酔えないという叙述にしても、のちにエディパが手にするさまざまな情報のなかに必ずしも彼女の求める「トライステロ 系《システム》」には（一見かかわりそうでいて）かかわらないものがあり、その情報に迷わされないエディパを予示するとも言えよう。

✣死んだ富豪、**ピアス・インヴェラリティ** Pierce Inverarity は、実在の有名な切手蒐集家ピアスに掛けたもので、「ピアスさん、インヴァース・ラリティ（印刷が逆となっているような珍種切手）を見せてください」という客の声をもじったという説もあるが、すなおに取るならピアスは英語の動詞「突き刺す」であり、インヴェラリティはその目的語としてインヴェラシティ inveracity（真実でないもの）に掛け、「虚偽を突き抜けて真実に向かう」の意をこめているとも言えよう。この小説中には、一つの世界が別の世界を突き刺す、突入する、侵入する、貫く、そういう動きを示す言葉が多く、奇跡とは「この世界に別な世界が侵入すること」(一七四頁)だというヘズース・アラバルの言葉に示されるように「奇跡」という宗教的な単語とともにこの小説の鍵となる概念にかかわっているだろう。

✣電流の流れていないテレビの画面も、情報の断絶のテーマとして発展する。**神の加護をもとめる言葉**というのは単にエディパが「ゴッド!」と感嘆詞的に言ったに過ぎないことの説明だが、この作品には〈神〉という語が思いのほか多く出てくる(訳文では感嘆詞的に使われている場合、「神よ!」というわけにもいかないこともあって、全部が「神」として訳出されてはいない)。〈神〉も〈奇跡〉とともにキイ・ワードである。パタンと閉まるドア(これは恐らくピアスとの情事の終結を意味するだろう)、目を覚ます小鳥たち、見えない日の出など、映像を写していないテレビとともに、〈他の世界〉を感じ取ろうとするエディパの姿勢に、すでに結びついている。

✣**マサトラン**はメキシコの太平洋岸にある観光地。

✣**コーネル大学(九頁)**は、(明言されないが)エディパの出身大学であろう。同時にそれは作者ピンチョンの出身大学でもある。

✣**バルトークの『管弦楽のための協奏曲』**はもちろん実在の曲であるが、バルトークがハンガリー人であることによって一〇頁のトランシルヴァニア領事館につながる。その第四楽章というのは、バルトーク自身が楽章づけをしてはいないので、正確な呼び名と言えるかどうか疑問がある(読者はエディパが次第に情報の信憑性を吟味しつつ体験を積んでいくように、テクストについて類似の吟味を強いられる)。第四楽章があるとすれば、それは「インテルメッツォ・インテルロット」と名づけられている部分で、その第二主旋律（ヴィオラ）がトランシルヴァニア地方の民謡に基づいていること、第三主旋律（クラリネット）がショスタコーヴィッチのパロディであることを注意しておきたい。後者は、第3章（六三頁以下）のファローピアンのロシアに関する情報の不確かさにも関係するのであろう。

❖**ジェイ・グールド**（一八三六―九二年）は一代にして大富豪となった米国のビジネスマン。事典的説明をするなら――一八六〇年、ラトランド、ワシントン鉄道の株を買うことを手はじめに、小さな鉄道会社の株を買っては売るという操作により金儲けをつづけ、一八六七年にはイーリー鉄道の重役となり巧みな株券発行等によりヴァンダービルト勢力を押さえ、財産をふやしつづける。一八六九年には金の市場を買い占めようとし、ついに連邦政府が介入して難を避けるが、このとき、グールドは「全米において最も憎まれている男」と呼ばれた。一八七二年グールドはイーリー鉄道を追われるが、のち数百万ドルを会社に返すことによって復帰。その後は西部の鉄道に目をつけ、彼の勢力下に入った鉄道はユニオン・パシフィック、カンザス・パシフィック、デンヴァー・パシフィック、ミズーリ・パシフィック、セントラル・パシフィック、テキサス・アンド・パシフィック、セント・ルイス・サウスウェスタン、ウォバッシュなど多数。一八八〇年までに全米の鉄道の株の十パーセントを所有すると言われるようになった。一八八一年以降はウェスタン・ユニオン・テレグラフ・カンパニーを買い占めたり、ニューヨーク高架鉄道を牛耳ったりした。彼の資産は七千二百万ドルと評価された。

このグールドの像を飾っていたピアスにはグールド同様ビジネスマンとして悪辣さがあるだろうし、ひょっとしたら全米一の憎まれ男とも呼ばれる男であることを読者は感じなければならない。また鉄道網、電信電話網のイメージがこの作品の色調と結びつく。連邦政府がコントロールする郵便を利用することを避けて私企業である鉄道便を使う話（七〇頁）、そして何よりも二五一頁以下の鉄道線路を歩いているエディパの瞑想につながる。

✣**ウォープ・ウィストフル・キュービチェック・アンド・マクミンガス法律事務所**（The law firm of Warpe, Wistfull, Kubitschek and McMingus）というのは、四人の弁護士によって始められた法律事務所で、民族的にはチェコ系（キュービチェック）だのアイルランド系（マクミンガス――少しアメリカ・インディアンのミンゴー族の血が入っているのかもしれぬ）だのも加わった、多民族的な組織を暗示するが、ウォープは、日本語の科学用語「ワープ」の原語 warp（歪み）と同音であり、その単語はまた織物の経《たて》糸をも意味する。エディパの姓マースはオランダ語の Maaswerk にもつながっていて、それは「緯《よこ》糸」を意味するから、エディパと、この法律事務所が結びついてこの本のテクストが織り出されて行くことの暗示でもある（フランスのピエール＝イヴ・ペティヨンおよびオランダのジョージアナ・コーヴィルの説）。この小説の経糸はインヴェラリティの遺言の執行であり、緯糸はマースの〈トライステロ〉の秘密追跡である。それはレメディオス・バロの「大地のマントを刺繍する」にもつながるものである。ウィストフル（物思いに沈む）はこの小説の進行につれてエディパのおちいる心理状態であり、マクミンガスには、かつてインディアンの住んでいた土地アメリカの暗示が、キューービチェックにはチェコ的な尺度（cubit）の暗示があるかもしれない。

❖メッガーというユダヤ系弁護士の名は現実にあり得る苗字だが、ドイツ語の原意「肉屋」も意識していい。ドイツの肉屋は昔喇叭を使い郵便夫の役も果たしたという。

❖キナレット・アマング・ザ・パインズ――「松林のなかのキナレット」――というのが、エディパとムーチョの住んでいる町の名前だが、これは架空の固有名詞。このあと作品中では「キナレット」と略称が使われている。

❖フォート・ウェイン市十七世紀室内楽団の演奏する、集注版レコーディングによるヴィヴァルディ『カズー笛協奏曲』（一〇頁）　バロック時代の作曲家ヴィヴァルディは『カズー笛協奏曲』などというものを作っていない（先のバルトークを説明しながら言ったように、エディパのみでなく、読者も情報の信憑性を吟味しなければならない）。そもそも「カズー笛」なるものは英語圏で最大の辞書、オックスフォード大辞典にも入っていなくて、『附録』の第二巻が出版されたときにはじめて入った語である。この、楽器というよりはオモチャと呼ぶべきものはヴィヴァルディの時代には存在せず、ジャズ・ミュージシャンが今世紀になってはじめて楽器的に使用した。ピンチョンの好きな小道具の一つで、『V.』にも『重力の虹』にも出現する（オックスフォード大辞典、『附録』はピンチョンの『競売ナンバー49の叫び』のこの部分を『カズー』の用例に収録している――そのことはオックスフォード大辞典の原則に反している、それはピンチョン作品における初出でないのだから。材料の吟味に欠けているこの大辞典のこの項を読みながらピンチョンは微笑しているであろう。ピンチョンは最近二度オックスフォード大辞典からの引用を含むエッセイを書いていることからも同大辞典の情報の利用者であると察せられる)。

「集注版」というのは古典について楽譜の解釈に諸説があるものを綜合し勘案して演奏するのであろう。それは、のちにエディパが探求する『急使の悲劇』のテクストの註のさまざまを吟味する事態を微《かす》かに予示する。フォート・ウェイン市は十七世紀には存在しなかったインディアナ州の工場の町で、使い捨ての産業文明の発展とともに生まれた。フォート・ウェイン市に十八世紀音楽を専門とする合奏団《アンサンブル》があるなどと聞いたことはない。フォート・ウェインの名は、第3章（八四頁）で再出する（その郊外にピアスの関係した煙草会社のフィルターの材料として人骨が保管されていたというのである）。ソロイストの**ボイド・ビーヴァ**も架空名。

✣**マジョラムとスイート・バジル**のようなハーブを料理の薬味用に、庭にハーブ・ガーデンを作って栽培するのは一九六〇年代あたりから文化人のあいだに流行する。

✣『**サイエンティフィック・アメリカン**』**誌**は一般人向けの科学雑誌で、これに連載されたマーチン・ガードナーのエッセイは有名なもの。この書評欄に七年ほどのちピンチョンの次作『重力の虹』の書評が出ることになるが、奇妙な、テクストの内外の呼応である。

✣夫の名**ウェンデル**はがんらい「さすらいびと」の意であり、通称のムーチョはスペイン語の「たくさん」であるから、マースがスペイン語のマス（*más*）にも掛けてあって「もっとたくさん」の意にも取れるかもしれず、やがて彼がたくさんのパーソナリティに消えてしまうことの暗示があるとも考えられる。

✣〈ハントリー・アンド・ブリンクリー〉ニュース・ショーはチェット・ハントリーとデイヴィッド・ブリンクリーをニュース・キャスターとする午後七時からのNBCテレビの番組（一九五六―七〇）。

✣逃げた蝙蝠　トランシルヴァニアを舞台とするブラム・ストーカーの『ドラキュラ』に掛けている。

✣オマンコだのオカマだのと（一一頁）　原文ではchingas and maricones. chingaは英語のfuckに当たる。英語のファックと同じように原意を少し離れて罵倒語として、この種の単語を混ぜながら喋ったのである。なおエディパがのちに手に入れるペーパーバック版『急使の悲劇』の出版社は「K・ダ・チンガドー社」（二一五頁）で、チンガドーはthe fucked「ファックされた者」の意である。エディパの夫ムーチョの現在の勤務先**KCUF放送局**（一六頁）が、カリフォルニアのラジオ局のコール・サインらしく見せながらFUCKの逆綴りであるのと趣向を一にする。

✣ゲシュタポの将校　第5章でエディパの精神分析医ヒレリアスが第二次大戦中ナチに協力した罪の意識から発狂するエピソードと呼応する。

✣『ザ・シャドウ』の金持ち弁護士ラモント・クランストンの声　『ザ・シャドウ』は一九三〇年代から流行した大衆小説（シリーズもの）の題名で、一九四〇年代には同名のラジオ・ドラマとして有名になった。その主人公ザ・シャドウと通称される人物は「犯罪と不正をあばく正義のひと」で、彼が世間の目をあざむく仮の名がラモント・クランストン。表向きは金持ちの弁護士、ザ・シャドウとして活躍するときは「蝙蝠のような黒装束」で、警察もお手あげの社会の闇を相手に闘う（この黒装束は第3章以下のトライステロ暗殺団の装束と響き合う）。ラジオ・ドラマの『ザ・シャドウ』が大当たりになるのは二十二歳のオーソン・ウエルズがクランストンを演じるようになって以来である。ラジオ版にのみ**マーゴ**（一一頁）という女性の相棒が出る。この番組は、日本のFEN放送でも時に聞くことができた。

『ザ・シャドウ』はユング心理学とも響き合う──「個人の無意識の内容はその個人の一生のあいだに獲得されるのに対して、集合無意識の内容は決まって、初めから存在した元型なのである。……経験的観点から明確に特徴づけられる諸元型は、エゴに対して最も頻繁に最も妨害的な力を振るってきた型である。つまり『シャドウ』『アニマ』『アニムス』である。このうち最も理解しやすく経験しやすいのは〈ザ・シャドウ〉である。なぜならその性質の大部分を個人の無意識から推定できるからである。……〈ザ・シャドウ〉はエゴの性格全体に挑戦する倫理的問題である。なぜならいかなる人間も相当な倫理的努力をせずに〈ザ・シャドウ〉を意識することはできないからである。それを意識するようになるということはパーソナリティの暗い諸相が存在し実在することを認識することにつながっている」。これは原著が一九五一年発行の『アイオーン──自我の現象学』の英訳から引用したのであるが、『競売ナンバー49の叫び』はエディパが社会の影《シャドウ》を意識するための倫理的努力の書であるとも言えよう。

ピアスがクランストンの声をまねるというのは、現実のレベルで言えば、オーソン・ウェルズの個性的なセリフまわしをまねるということだ。なお**ウェストン総監**は『ザ・シャドウ』シリーズの登場人物であるが、**クワッケンブッシュ教授**はマルクス兄弟の映画の中の人物ハッケンブッシュ教授に掛けているらしい。

✣**ジャック・レモン（一三頁）**は日本でもよく知られている映画俳優（一九二五―二〇〇一）。

✣**ファンク（一七頁）**Funch は同音の funk（「落ちこみ」「臆病者」「悪臭」、ジャズの「ファンク」など）を連想させる。

✣**ヒレリアス先生（一九頁）**Hilarius は「陽気な」hilarious という形容詞と同根である。「陽気」先生がやがて陽気どころではなくなるのが第5章後半の事態である。なお四世紀から五世紀にかけて「ヒラリウス」という名の聖人が三人いるが、そのうち「アルルの聖ヒラリウス」は越権行為を犯しており、「ポチエールの聖ヒラリウス」は新プラトニストから改宗した点において、この「ヒレリアス先生」につながるかもしれない。

✣**おなじみの、合衆国政府を擬人化したサムおじさんの肖像（二〇頁）**有名な兵隊募集のポスターである。六〇年代にも郵便局に貼られていた。「サムおじさん《アンクル・サム》」は米国の連邦政府の俗称（次頁　図版1参照）。

✣**彼のくれた薬など、のんだらおしまい**　本書第5章の終わり近くで、そのヒレリアスのくれたＬＳＤをムーチョがのんでいることをエディパは発見する。

（図版１）ジェイムズ・モンゴメリー・フラッグ作「合衆国陸軍へ来れ！」（1917年）

✣TAT（二一頁）は Thematic Appreciation Test の略。ロールシャッハ・テストと同じように投射テストであるが、一枚ではなく一連の曖昧な画像を見せて、それがどういうストーリーになるかを言わせる。ヘンリー・マレーによって考案された。

✣フー・マンチュー　イギリスの大衆小説家サックス・ローマーが一九一三年以来四十冊ほどのスパイ小説シリーズで作りあげたのが、世界征覇の野心に燃える中国系の悪漢フー・マンチュー博士で、その野心があわや成功しそうになるところで、イギリス情報部員のネイランド・スミスによって妨げられる（フレミングのジェイムズ・ボンドもののはしりである）。ここではその映画版でボリス・カーロフやクリストファー・リーなどが中国人ふうのメイク・アップをしてその役を演じたものを連想しているのだろう。ピーター・セラーズの最後の映画も、セラーズ扮するフー・マンチューものであった。

✣ペリー・メーソンの番組　ペリー・メーソン・シリーズの原作はE・スタンレー・ガードナーで、一九三三年以来一九七三年まで発表された、法廷専門弁護士ペリー・メーソンが陪審員たちを前にして弁説さわやかに難しいケースを勝ちに導くという大衆小説だが、テレビ・シリーズ（一九五七―六六年）としてレイモンド・バーがメーソンを演じて以来日本でも親しまれるようになった。

✣グリム童話のラプンツェル姫（二四頁）　ラプンツェルをピンチョンは『V.』でも使っている。ここでは『V.』の場合以上に、それを下敷きにした喩えなので、念のためあらすじを紹介しておこう。

ながらく子種に恵まれなかった夫婦にようやく神の恵みがおりる。夫婦の家の裏窓からはすばらしい花畑、野菜畑が見渡されるが、それは高い壁に囲まれていてだれも中に入ろうとはしない場所であった。それは世界中が恐れる魔女の所有する土地であった。ある日、妊娠中の妻が裏窓から、そこに見事な、ラプンツェルと呼ばれる種類のレタスの畑ができているのを見た。以来彼女はそのレタスが食べたくて健康にも異常を来たす。夫は病気かと心配する。「ああ、裏の畑のレタスを食べなければ私は死んでしまう」。夫は妻を深く愛していたので、どんな犠牲をはらっても、と決心し、夕方、壁を乗り越え、いくつかのレタスを取ってくる。妻はただちにそれをサラダにして貪り食った。彼女は、翌日になると、まえ以上にそのレタスを食べたいという。そこで夕方、夫は再び壁を越えて入ったが、目のまえに魔女が立っていた。「申し訳ありません。絶望のあまりの仕わざなのです。妻が裏窓から見て、これを食べなければ死ぬというのです」。魔女は怒りを柔らげ「それなら一つの条件つきで、好きなレタスをもって行ってよい。条件とは、生まれる子どもを私にくれること。私が母親のように面倒を見ることにする」。

子どもは生まれ、魔女はその子を連れ去り、ラプンツェルと名づける。ラプンツェルは美少女となる。十二歳のとき魔女は彼女を森の中の、ドアもなく階段もない塔に幽閉する。彼女の幽閉されている高い場所には小さな窓があり、魔女が訪問するときには下に来て「ラプンツェル、ラプンツェル、あなたの髪をおろしなさい」と言うのだった。すると金糸のような長い髪をラプンツェルはほどいて窓のところにあるフックに一巻きして二十フィート下の地面におろし、それをつたって魔女はのぼる。

数年後、王の息子が森に入り塔のそばを通り、ラプンツェルの美しい歌声に聞きほれる。ラプンツェルは孤独のときを歌にまぎらせていたのだった。王子は塔に入ろうとしたがドアが見つからず居城に帰った。しかし歌声が忘れられず来る日も来る日も森に入り歌声を聞いた。ある日、木の蔭から魔女がラプンツェルを訪れるのを見た王子は、次の日、運を天にまかせて「ラプンツェル、ラプンツェル、あなたの髪をおろしなさい」髪がおりて来て王子はのぼって行った。

ラプンツェルは男の姿に愕くが、王子は優しくしゃべり、彼女の歌に感動して会いたくなった次第を語る。王子が私を夫にしてくれないかと訊いたとき、彼女は、このひとのほうが老いた名付親よりももっと私を愛してくれるだろうと思い、はいと答えて手を彼の手に重ねた。「いっしょにまいりとう存じますが、ここからどうやって出たらいいものか。おいでになりますときごとに絹糸を一桛《ひとかせ》ずつもって来てください。それで梯子を編んで、梯子が完成したら塔を出ることができます」。その日まで王子は毎晩通うことになった。(魔女は昼に来る)。魔女は何も知らずにいたが、ある日ラプンツェルが口をすべらす――「あなたはどうして上ってくるのがこんなに大変なのでしょうか。若い王子さまは一瞬のうちに上ってしまいますのに」。魔女の怒り。ラプンツェルは髪を切られ、原野に捨てられる。

王子が塔の下で呼びかけると魔女は切ったラプンツェルの髪をおろす。中にいたのは愛する姫ではなく恐ろしい目をした魔女。「はっはあ」と魔女の嘲りの声――「恋人をつれに来たのかね。小鳥は巣を飛び立って歌を忘れたよ。猫が小鳥をつかまえた、おまえの目も引っ掻くよ。二度とラプンツェルを見ることはないだろう」。王子は絶望のあまり塔から飛びおりる。死にはしなかったが茨の棘が両の目を突き刺した。盲目の王子は木の根や実を食べながら、妻を求めて悲しみつつ彷徨する。何年も惨めに彷徨したのち、原野の中で男女の双子を生んで貧しく暮らしているラプンツェルに会う。王子の耳を離れないでいた歌声でそれとわかったのだ。その声のほうに王子は進み、ラプンツェルは彼を見て抱き締めて泣く。二粒のラプンツェルの泪《なみだ》が王子の両目を湿《うるお》し、目が見えるようになる。王子は彼女を王国に連れ帰り幸福に暮らす。

✣レメディオス・バロ（二五頁）Remedios Varo（1908—63）はスペインからメキシコに亡

命したシュールレアリストの女流画家。彼女の『大地のマントを刺繡する』も実在の画（次頁2）で、その画を熟視していただくと、先のラプンツェル姫の塔のイメージの発展として、ピンチョンが作品内に引き入れた絵画作品の重ね方のうまさに感心するだろう。このあたりの説明としてデイヴィッド・カワートが『トマス・ピンチョン』（一九八〇年）で述べていることの主旨を紹介しておきたい――

この画がエディパに大きな力をもって迫るのは、彼女がつねに「いたるところに」存在する塔の中にとらわれているラプンツェルであるというふうに自分を見てきたからだ。ピアス・インヴェラリティは彼女を救出するつもりでも――彼女をメキシコへ連れて行っても――塔の「魔法」には勝てない。エディパはこの画の中に自分自身の心理的・実存的問題が描出されているのを見る。彼女の入れられている塔は「彼女のエゴと同じく偶然のものに過ぎない」のであるが、その塔の中で自分とは同質性のない世界を刺繡する。その世界の中にメキシコ旅行も、ピアス・インヴェラリティという大金持ちの恋人も、あるいは他の恋人たち、ほかの旅行なども入ってしまっているだろう。

この絵画がピンチョンの作りあげたものでないことをまず注意したい。バロはスペインから亡命し一九六三年に死ぬまでメキシコ・シティで生活し仕事をしていた。ピンチョンは一九五〇年代末から一九六四年にかけてメキシコ・シティの画廊の個展のいずれかに出かけてバロの作品に親しんでいたかもしれない（生前のバロは日本では個展をやったはずだが、米国内では知られていなかった）。ピンチョンの個人生活について知られているわずかな事実

（図版２＝上）レメディオス・バロ
「大地のマントを刺繡する」
（３部作の中央パネル）
Remedios Varo
Bordando el manto terrestre 1961

（図版３＝左）

出典：Janet A. Kaplan, *Unexpected Journeys: The Art and Life of Remedios Varo*
(Abbeville Press, 1988) より
上図の左、垂れ下がる布の真ん中あたりにある部分を拡大すると左図になる。

のうちの一つは、彼がメキシコで過ごす時間が多かったということであるから、たとえば一九六二年六月のファン・マルティン画廊の個展に行ったかもしれない(その個展こそエディパの回想する展覧会であろう。一九六二年以前に三部作は完成していなかった。バロの死後、一九六四年にも展示されるが、それではエディパの回想する時点に近過ぎる)。ピンチョンはこの画を見て感銘したか、あるいはカタログを買ったかして、そのシュールレアルなバロの世界に、エディパ・マースのために創造しつつある世界の反映を発見したのかもしれない。いや、バロの表現法や、バロの生涯についてピンチョンの知り得た情報が彼の書こうとしている小説のイメージと主題に影響したとも思われる。

たとえばオクタビオ・パスとロジェ・カイヨワ共編の『レメディオス・バロ』(一九六六年メキシコ・シティの出版)所収の作品複製を見ながら『競売ナンバー49の叫び』を読んでいると両者のイメージの平行すること、雰囲気の類似することに打たれてしまう。たとえばバロの画においては、しばしばテーブルの上部や椅子の背もたれから、なかんずく破れかけたり貼り重ねられた壁紙などから人物の姿が不気味に出現する。それは「冷光を放つ神々の……断片を、壁紙に印刷され汚れた葉飾り模様の中にかいまみた」(一七七頁)とピンチョンが書くときの挿画になりそうだ。最も興味深いのは「呪文(インヴォケーション)」と題する一九六三年のバロ作品(左頁)で、小さな女の子の背後に何人もの大きな幽霊のような姿が形をとりつつあるように思われ、少女は降霊の力をもつと思われる郵便喇叭をもっている。この画の神秘感を更に深めるのは分類カタログにこの画の所有者名が表示されていない

（図版４）レメディオス・バロ「呪文（インヴォケーション）」*Invocación* 1963

出典：レメディオス・バロ展　図録（東京新聞編 1999）より

ことだ。

ピンチョンがその表示されない所有者ではないにしても、彼はその所有者にふさわしい。この画はピンチョンのこの小説の要約とも言える。エディパも郵便喇叭の力を通して、たくさんの影のひとびとに接触するのだ。しかしエディパは彼女の郵便喇叭ならびにそれが暗示するすべてのものの経験的現実性を疑う理性をもつ。実際エディパは「大地のマントを刺繍する」を目の前にしての啓示の結果として、経験的現実性を総じて疑うのだ。

エディパは精神的ラプンツェルで、自分自身という認識論上の「塔」の中に閉じこめられ、現実に存在するものと符合するように思われるものについて確信がもてない。この苦境を意識して彼女は「一つの世界を投射」する（一一二頁）ことをのちに躊躇するようになる。投射する人間も、刺繍する人間と同じに現実ではなく幻想を産み出す。それではどうしたらよいのか。「そのような囚われの乙女は」とピンチョンは書く（一一六頁）――「迷信に頼るか」（自分の問題を「魔法」のせいにする場合）あるいは「刺繍のような実用的な趣味を身につけるか」（画の中の女たちの場合）あるいは「発狂するか」（この可能性は小説の終わり近くの彼女にも強い）あるいは「ディスク・ジョッキーと結婚するか」（それがピアスと別れたのちに彼女の実行したことである）ということになる。「塔がいたるところに延び、解放してくれるはずの騎士が魔法を解いてくれるという証拠がない以上、ほかにどうしたらよいというのか？」。しかし上の選択肢から何かをえらび取るわけにも実はいかない。それはすべて唯我論的《ソリプシスティック》な塔に留まることにつながるのだから。だが、「エディパが〈トライステロ・システム〉……と……呼ぶようになるものを発見した背後に一つの目的があって、それが彼女の塔に幽閉されている状態に終止符を打つ」（五七頁）ことになるかもしれないのだ。ピアスの遺産の重要性はそれが彼女の意識を高め、何らかの意味でついにその塔を脱する手段となるかもしれない、というところにある。

エディパが塔を脱出する可能性を理解するためには、レメディオス・バロが塔を出たその脱出法が参考になるかもしれない。「大地のマントを刺繡する」の中の塔はバロの過去に基づいているからだ。バロが塔を描くのはこれが唯一の例ではない。こういう象徴的な塔や城はおよそ百点の作品中、少くとも十四点に顕著に見られる。このモチーフの典型的な例をあげれば比較的初期の「塔」（一九四七年）だ。この画の中には細い塔が一種の堀の中に立っていて、その堀はまた別な塔の頂上を満たしているのだ。その堀には小さな帆船があって救出者と思われる人間が乗っている。大きいほうの塔の壁には梯子が立てかけてあって、それを降りると道路が遠くにつづいている。その道を逃げて行く小さな女の子がレメディオス・バロである。こうしたものが彼女の作品にたびたび現われるということは、彼女にとって真の自由が未決の問題でありつづけたことを暗示する。

『レメディオス・バロ』の寄稿者の一人で、彼女をよく知っていたジュリアナ・ゴンサレスは塔や城がバロの個人的象徴であって一つの精神状態とそれによって限定された生き方とを示すのだという。バロはスペインのカタロニアの小さな町アングレスに水力工学技師の娘として生まれたが、故郷の文化の中で成長することは困難であった。父は家族を連れてスペインや北アフリカをビジネス旅行に行ったりもしてくれたが、レメディオスは息の詰まる思いをしつつ生活した。美徳という壁に囲まれた、いかめしい世界を永続させるよう強制されていると感じた。伝統的世界というマントを刺繍させられている塔の中というのは彼女がスペインの娘として送った生活の視覚的な隠喩である。それは影の世界、恐怖、古い家具、永年にわたる技巧で刺繍されたマントなどの世界、すべてが居心地よく、かつ、運命づけられるようにと、即席の行動が許されぬ世界であったとゴンサレスは書いている。レメディオスはスペイン内乱が脱出を不可避にする時点まで、そういう伝統世界のマントを刺繍しつづけた。パリへ出て彼女は解放の騎士を見つけた。ブルトン、エリュアール、マックス・エルンスト、イヴ・タンギイ、ジョアン・ミロなどの仲間であるシュールレアリスト詩人バンジャマン・ペレである。一九四二年、ペレとともにナチを逃がれてメキシコに移住した。

　こういう自伝的なつながりがバロの三部作となった。左パネルは「塔に向かう」で背景に城が見え、前景に同じ服装をした一群の乙女たち。その中の一人を除いて、すべて催眠術にかかっているように見える。これが中央パネルの塔で作業をしている乙女たちである。そこにはエディパの目にうつった以上のものもある――塔の外に出て行った一枚のタペストリーには、ごく小さい影のように男がこの乙女と共に逆さまに立つ（二七七頁図版3）。バロは、彼は催眠術にかかっていない、乙女の恋人であると言った。この乙女は、もしすべての現実《リアリティ》が刺繍されたものであるとすれば、塔自体も織りつむがれたものにちがいないのだと悟ってか、恋人のところへ逃げて行くための落し戸《トランパ》を刺繍している。彼女はそれに成功し、右パネル「逃亡」では恋人といっしょにいる。二人は新たな現実に向かって出発するのだろう——またもバロらしい風変わりな帆船に乗って。

エディパは三部作の中央パネルによって自分の問題を認知はするけれども、それが解決ではないと感じ、この孤立を突き抜けることのできぬ思いに泣く。三部作の語るところを追ってハッピー・エンドの右パネルを見ても気が楽にはならないだろう。彼女は塔をあとにすることができそうもないし、彼女の解放騎士は無力と思われる。とすれば〈トライステロ〉が彼女の周囲に展開していくとき、いささか宿命論的にもなろう。エディパの唯我性が強まれば次の論理的必然は幻覚であり妄想であるということにならないだろうか。彼女の頭の中でピアスの遺産について、さらにも魔術幻灯的な様相を織りつむいでいるのかもしれないというエディパの恐怖、第5章の冒頭部でもう一つのバロの作品の複製に出会っても（一四〇頁）消えるとは思えない。

その、聾唖者がいっぱいのドイツ・バロックふうホテルの部屋の壁の複製はおそらく「出会い」と題される作品のそれではないか。一つの部屋にたくさんの小箱があって、一人の女性がその一つの蓋を開けると、中から自分自身の顔がこちらを見つめている。この作品についてバロは書いている——「このかわいそうな女性は、小箱を開けることに好奇心と希望がいっぱいだったのに、自分自身に出会っただけなのです。背景には、棚にもっと小箱が載っていますが、その小箱を開けたって新しいものになど出会えるものやら」。ゴンサレスはこの考えをさらに押し進めて『出会い』で、レメディオスはレメディオスと出会う。彼女は小箱の一つを開けて自分の顔を熟視している……レメディオスはひとり、自分に没頭している。ナルキッソスの孤独。……他の箱には彼女の自棄と無力の新たな輪郭図が入っているのだろうか」と言う。

エディパの泊まった部屋のバロの画がこれではなかったにしても、ここまで話が進んでからもう一度バロの名が出るということは、サン・ナルシソであろうとバークレーであろうとサン・フランシスコであろうと、彼女が見つけるもののことごとくは彼女の塔で作られていたのかもしれないということに気づかせる一助である。エディパが気づかないことは刺繍をすることが必ずしも悪くはないということ。問題はどの程度まで自由にそれを行うかである。無意識のうちに、ある是認された形の現実を織ったり刺繍したりしていないかということである。〈ザ・トライステロ〉は存在するかもしれないし、しないかもしれないが、それが発見であろうと妄想であろうとかかわりなく、エディパの救いとなるだろう。因襲的な死んだ現実の世界を脱出して、もっと個人的に豊かな現実の世界に赴くために刺繍した落し戸《トランパ》なのだ。〈ザ・トライステロ〉も『競売ナンバー49の叫び』という織り布のぜんたいも、エディパの頭の中で織られていようといまいと、大した問題ではない。大きい問題は彼女が自分の心が刺繍するタペストリーに責任をもつようになるということだ。

2

✣〈シック・ディックとフォルクスワーゲンズ〉の新曲「あなたの足にキスしたい」“I Want to Kiss Your Feet”... by Sick Dick and the Volkswagens（二七頁）イギリスの〈ビートルズ〉が一九六三年に発表した“I Want to Hold Your Hand”（「あなたの手を握りたい」――日本では「抱きしめたい」の訳名で知られる曲）に掛けている。ドイツの国民車フォルクスワーゲンの英語圏での綽名《あだな》は「ビートル *Beetle*」（カブトムシ）である。なお第3章「急使の悲劇」でファッジオの善人公爵が宮廷の礼拝堂の聖ナルシソス像の足に毎日曜日のミサにあたり口づけするならいであると説明されていること（八七―八八頁）に注意。

✣サン・ナルシソ市　San Narciso という名前はサン・フランシスコ市が聖フランシスをイタリア語で言ったのにならい、聖ナルシソスをイタリア語ふうにした架空の地名。聖ナルシソスは紀元二世紀末のエルサレムの司教で、初期キリスト教会における重要な人物とされるが、彼のおこなった奇跡の言い伝えのうち最も有名なのは水を灯油に変えた話である（本書、一七九頁でこのことに言及がある）。あるイースター前夜祭のとき恒例の点灯装飾のためのランプの油が切れてしまった。ひとびとはこれを不運の兆と考えて嘆いたが、ナルシソスは助祭たちに水を汲んでもってくるよう命じ、その水に祈りをあげ、助祭たちに心の底からの信仰をもってそれをランプに入れるように言った。水は油に変わった。この、奇跡の油の少量がながく教会の宝として保管されたという。ナルシソスは人格高潔、志操堅固であったため、邪まな生活を送っている者たちが彼に裁かれることを惧れ、逆にナルシソスを中傷する挙に出た。彼は悪質な犯罪を犯したと非難され、その非難を立証する三人の証人が出てきた。ひとびとが三人の言を信じようとしないのを見て、一人は自分の言うことが真実でないなら焼け死んでもいいと誓い、一人はハンセン病になってもいいと言い、もう一人は盲目になってもいいと誓言した。それでもなおひとびとに証言を信じさせることはできなかった。しかしナルシソスは、この中傷に苦悩し、また、この非難を信じる者もあるだろうと思い、自分の善行を勧める力の弱まることを危惧して、司教をやめ、砂漠の中の遠い地方に隠退し、だれにも知られぬ隠遁所で数年間修道生活を送っていた。ナルシソスが見つからないので近隣地区の司教たちはエルサレム管区には司教が欠けたことを宣し、後任司教にディウスを決めた。ディウスの次の司教はゲルマニコス、その次の司教はゴルディウスであった。ゴルディウスが司教のとき、ナルシソスは（ゴルディウス伝によれば）「あたかも死者のあいだから蘇ったかのごとく」現われた。

ナルシソスが砂漠に姿を消してまもなく、彼に対する非難は虚偽の主張であることが証明された。三人の証人は誓った言葉の通りに、焼け死んだり、ハンセン病になったり、盲目になったりしたのである。そのことをついに耳にしたためナルシソスは自分の管区に帰ってきたのであろう。懇望されて再び彼は管区の長となった。

紀元二一二年、カッパドキアの司祭アレクサンドロスが、ある祈願を果たすため聖なる都市エルサレムを訪れると、老いた司教ナルシソスは彼を司教補に、やがては自分の後継者に選んだ。これははじめナルシソスの夢に現われ、つづいて教会の主要メンバーたちの夢に現われたことに従ってなされたという。エウセビウスの記録するところによれば、アレクサンドロスがアンティノス管区民に宛てた書簡の断片が残っていて、その書簡の中で、ナルシソスと私は一心同体であると考えよと言っている。またナルシソスは現在百十六歳で、実際は退職しているのと同じであると書いている。エピパノスによればナルシソスはアレクサンドロスが司教補になってのち十年間、紀元二二二年まで存命したという。

❖**この町がピアスの住居であり、司令部だった……（二八頁）** サン・ナルシソ市がピアスの住居だという喩えは注意してよい。ここから二九頁まで、エディパが初めてやってきて見おろすサン・ナルシソ市の印象はエドガー・アラン・ポーの名作『アッシャー家の崩壊』の冒頭で語り手が馬の背からアッシャーの家を見たときの印象と類似する。「わたしは眼前の光景を眺めた——さりげない建物のたたずまい、あたりのそっけない風物……をまこと滅入りきった心地で眺めたが、この心地をなにか現世の感覚にたとえるとするならば、まずはアヘン常用者の酔いざめ心地——日常生活復帰へのつらい推移——ヴェールが落ちるときのおぞましい感じ。……その正体は何か——とわたしは立ちどまって考えた……それはまさしく解けざる謎であった……」というトーンは実にこのあたりの叙述のトーンに近い。二十世紀後半のエディパは馬には乗っていないが、彼女の自動車はGMのシボレー分社が製造する〈インパラ〉号——インパラとはアフリカにいる大型カモシカだから、動物名である点では馬に近い……などと考えさせる。ポーのアッシャー屋敷はロデリック・アッシャーの作った詩『幽霊宮』に反響するが、エディパのサン・ナルシソ市のイメージは、ピアスの作った宅地造成のテレビ・コマーシャルに反響する（三八―三九頁）。『アッシャー家の崩壊』において、ロデリックもマデラインも、屋敷も、ついには語り手自身も同質的になって行くが、エディパも目にするさまざまなものに同質性を感じるようになる。『アッシャー家の崩壊』には作中の作品としてサー・ランスロット・キャニングなる著者による中世ふうロマンス『狂おし《マッド・》の出会い《トライスト》』があるが、『競売ナンバー49の叫び』には作中の劇として『急使の悲劇』があり、その中で謎の人物トライステロが「トライステロとの出会い《トライスト》」というセリフで言及されるのも偶然の類似とは言えないだろう。

❖**神聖文字的《ヒエログリフィック》**　古代エジプトの神聖文字がいかなる重要性をもってアメリカ文化にかかわっていたかについては「アメリカン・ルネッサンス期におけるエジプト神聖文字」の副題をもつジョン・T・アーウィンの『アメリカン・ハイエログリフィックス』（一九八〇年）が特にポーとの関係において二百頁ほど論じていることを注目したい。

❖**聖職者が聖油、香炉、聖杯をあつかう……身振り（二九頁）**　これはカトリックの儀式を比喩に使ったのだが、聖ナルシソスのイメージにもつながる。ピンチョン家は十七世紀以来、ピューリタン的伝統の中にある名家であるが、トマス・ピンチョンの母親はアイルランド系のカトリックだと言われる。

❖**ヨーヨーダイン株式会社（三〇頁）**　この会社は前作『V.』でその歴史が語られる。社長はクレイトン（通称ブラディ）・チクリッツ。一九四〇年後半には、ニュージャージー州ナトレー市郊外にある「チクリッツ玩具社」と呼ばれる小さな製造会社であって、そのころジャイロスコープ型のコマに目をつけ大量に作り始めたが、小学生の言葉にヒントを得てジャイロコンパス製造に切り換えた。政府の援助を得て、たちまちミサイルのジャイロコンパスのみならず、遠隔計測器やらコミュニケーション用小器具などを作るようになり、十年足らずのうちに大会社となった。「ダイン」というのが力の絶対単位名であると聞いたチクリッツは、会社発足当時のつつましやかな状況と、力、企業性、工学技術、あらけずりの個性を象徴する〈チクリッツ帝国〉の呼称として「ヨーヨーダイン」という会社名を考え出した。

✣**ニンフ像……〈エコー屋敷〉（三一頁）**　ニンフはギリシャ神話で海、川、泉、山、森などに住む半神半人の女性たちであるが、その一人にエコーというニンフがいて、美青年ナルシサス（ナルキッソス）を恋してしまう。エコーは、ゼウスが山のニンフたちとたわむれることができるよう、嫉妬ぶかいヘラの気をそらすため長い話をしてきかせ、その罰としてみずから発話することができず、他人の叫びを繰り返すことしかできなくなる。ある日、鹿を獲りに出かけて森の中で道に迷ったナルシサスのあとを秘かにつけるが、自分から発話することができずに隠れていると、ナルシサスが「だれかいないのか、ここに」と叫ぶ。エコーは「ここに！」と言って姿を現わしナルシサスを抱擁するが、彼はその手を振りほどいて逃げてしまい、以来エコーは寂しい谷間に住んで恋と屈辱にやつれ衰え、やがてその声だけの存在になってしまう。

青年アメイニオスもナルシサスを恋してやまないが、叶わぬ恋に苦しみ、神々に復讐を願って自殺する。願いを聞いた女神アルテミスは誇り高きナルシサスを恋に陥らせ、しかもその恋が成就不能であるようにと、水面に映った自分の姿に恋をする苦しみを味わわせる。エコーはナルシサスを許してはいないが、このような目に遭っているのを見て嘆きを共にする。エナルシサスがその苦しみに耐えず「ああ！」と言って自殺するとき、エコーも「ああ！」と悲しんだ。ナルシサスが自分の胸を短剣で突いて流れた血は地面に吸い込まれ、そこから白い水仙が生えた。

エディパの見たニンフ像が手にしている**白い花**は水仙だろう。なおエコーは以前に牧神パンと関係して一子を儲けている。サン・ナルシソという、ギリシャ神話のナルシサスと同名の聖人の名を取った町に来たエディパが、エコーの像と「よく似ていた」ことに注意。

✣襟なしの上衣（三二頁） ムーチョが「ただでさえ細い襟幅なのにさらに異常に細く」（一三頁）することはすでに叙述に出たが、ラペルがだんだん細くなるのは一九六〇年代前半の傾向で、ついにラペルなしの一つボタンが先端的なファッションとなった。

✣フルーグ、スイム（三二–三三頁） 一九六〇年のツイストの流行以来、パートナーと離れて踊るディスコ向きダンスの新型が次々と出現した。フルーグもスイムも当時の若者に流行したダンスの型である。

✣ボナンザ（三五頁） 一九五九年から七三年までつづいた連続テレビ西部劇。

✣ベイビー・イゴール 映画版の『フランケンシュタイン』でフランケンシュタイン博士の助

手をするのがイゴールである。一九三九年のフランケンシュタイン映画ではイゴールは意識を失っているモンスターの面倒をみる狂気の羊飼いである。イゴールの脳をモンスターに移殖するというストーリーの映画もあるらしい。

✣**『軍隊から追放されて』（三六頁）** Cashiered をそのように訳したが、この語は Kasher（**ユダヤふうに浄める――三五頁**）と発音が近い。それでエディパは「あなたとお母さんの話？」と訊く。

✣**ガリポリ（三七頁）** は今日のゲリボルー。ダーダネルス海峡北側の半島で、一九一五―一六年に英米軍が上陸に失敗したところ。

✣**ファンゴーソ（三八頁）** はスペイン語の形容詞で「泥水の」の意。

✣**聖体示現《ヒエロファニー》** hierophany **（三九頁）** は比較宗教学者ミルチャ・エリアーデの造語である。「宗教的人間にとって空間は均質でない。空間は断絶と亀裂を示し、爾余の部分と質的に異なる部分を含む。……かくて或る聖なる、すなわち〈力を帯びた〉意味深遠な空間が存在し、一方には聖ならざる、したがって一定の構造と一貫性をもたない、要するに〈形をなさぬ〉空間の領域がある。……空間が均質でないという宗教的経験は、一つの原初的体験を表わすものであって、われわれはこれを〈世界の創造〉と同一視してよかろう。……聖なるものが聖体示現によって開示されるとき、それは……空間の均質性を破るばかりでなく、さらに周囲の無限に広がる非現実に対立する絶対的現実の啓示をもたらす。……何の目じるしもなく、見当のつけようもない無限に均質の空間のなかに、一つの絶対的な〈固定点〉、一つの〈中心〉

が聖体示現によって露われてくる」（エリアーデ『聖と俗』風間敏夫訳による）。

✣**死者の書**　古代エジプトのそれと、チベットのそれと二種ある。エジプトのそれは墓に埋められるためパピルスに書かれたもので、目的は死者に永遠の生を得させることにある。再生と不死の信仰はオシリスの伝説と結びつき、第4章に出てくるトートという名前にも結びつく（トートはオシリスの弟と考えられたりするので）。チベットの『死者の書』はチベット仏教が死者にも生者にも教えるために書かれたとするもので、死んでから再生までの四十九日間の魂の在り方にかかわる。『競売ナンバー49の叫び』という題名の数字は、おそらく、ここにも関連するであろう。日本の「四十九日」の法要もここに源をもつ。

✣**ジュスティーン**　サド侯爵の同名小説の主人公に掛けているだろう。

✣**ニンフェット**　ナボコフの『ロリータ』によって広く使われるようになった、早熟な少女に対する呼称。第6章の冒頭部〈サージの歌〉にも『ロリータ』への言及がある。ピンチョンはコーネル大学でナボコフに教わっている。

✣**マニー・ディ・プレッソ**（四一頁）「マニー」は、八一頁でメッガーが改まって一度だけ「マンフレッド」と呼ぶので、マンフレッドの通称だとわかるが、ディ・プレッソというイタリアふうの姓とつづけて Manny Di Presso と言えば、いやおうなしに manic-depressive（躁鬱病患者）という単語に近くなる。

✣**ボッティチェリ式ストリップ**（四五頁）Strip Botticelli「ボッティチェリ」はイニシャルを示され、質疑応答によって有名人の名を当てるゲームらしい。ボッティチェリ式ストリップは、その名を当てそこなうごとに身につけているものを脱ぐ方式でボッティチェリをやることだが、ポーカーのゲームなどにも応用されることがあるらしい。

✣**Aライン・スカート（四六頁）**　A字形をしているところから名づけられる。一九五〇年代後半からの流行。

✣**鏡の……花（四七頁）**　ナルシサスの神話につながるイメージ。

✣**ホーガン後宮（四九頁）**「ホーガン」はナバホ族のインディアンの建てる住居を言う。

✣**悪運は七年つづく……そうしたら私、三十五になっちゃう（五三〜五四頁）**　ということはエディパはこの時二十八歳、ピンチョンと同じ年齢の設定である。

3

✣**トライステロ（五七頁）**〈ザ・トライステロ〉の創始者トリステロについては二二七頁に説明があるが、この架空の名前 Tristero は tryst（密会）、terror（恐怖）、イタリア語の tristo（邪悪な）、triste（悲しい）などを暗示し、接尾の ero は「私がなるであろう」の意のラテン語尾である。

✣**未成年者強姦（五九頁）**　カリフォルニア州の法律で十八歳以下の女性との性交は強姦と見なされ厳罰である。

✣**ポッツマスター（六〇頁）**　Potsmaster はポストマスター Postmaster の誤植という形であ

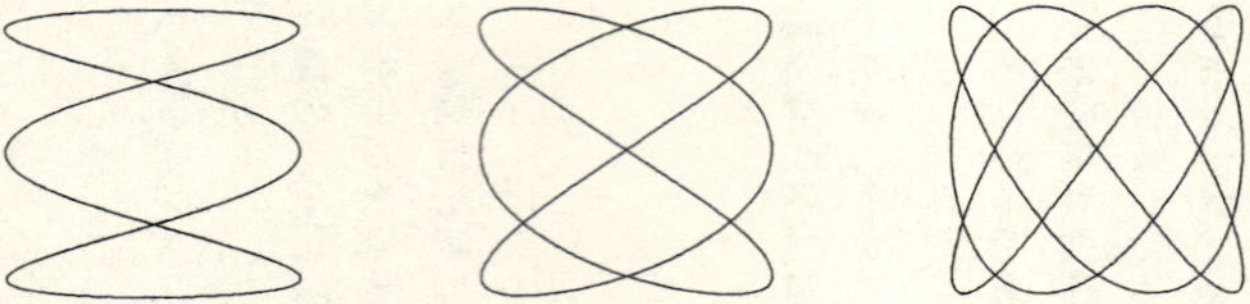

（図版５）リサジュー図形

るが、ポッツは「マリファナ煙草」の意の俗語であり、マリファナ吸飲は、初心者はしかるべきひとから教示されることによって初めて充分なハイの境に入ることができるグループ行動であるとされる。そういうときの導師《グルー》の立場にある者がポッツマスターであろう。

✣**リサジュー図形（六一頁）** 二本の吊り糸で下げた振り子を、砂を入れた容器をおもりにして、砂をこぼしながら振らせるとき、砂が描く模様が「リサジュー図形」の最も簡単なもの。ふつうはブラウン管オシロスコープと発振器を使ってこの図形を描かせ、広告などに応用することがある（図版５参照）。

✣**ケルン放送局（六二頁）** 一九五〇年ドイツのケルンに電子スタジオが設立され、ケルンがシュトックハウゼン（一九二八—二〇〇七）その他の作曲家の電子音楽を育てたと言ってよい。「電子音楽の音の素材は……すべて電気装置から発振させます。いわゆるサイン波といわれる純正振動から、あらゆる度合に倍音をまぜあわせた、つまりおよそあらゆる音色の単音を、五十サイクルから五万サイクルにわたって連続的に変化させることが可能です」（柴田南雄）。

✣**ファローピアン（六三頁）** ファローピアン・チューブと言えば「輪卵管」のことである。ただしこの男の送り出す卵ならぬ情報はいささか腐り気味であることが読者にわかるだろう。例えば次項——

✣**ロシア皇帝ニコライ二世（六四頁）**は一八九四年から革命まで皇帝で、アメリカの南北戦争時の皇帝はアレクサンドル二世（一八一八—八一）であり、**一八六一年に農奴を解放（六六頁）**したのもニコライ二世ではなく、アレクサンドル二世。

✣**ポポフ**　アンドレイ・アレクサンドローヴィッチ・ポポフ（一八二一—九八）は一八五四年太平洋艦隊を指揮した。

✣**サンクト・ペテルブルク（六五頁）**のちペトログラード、そのあとレニングラードと改名され、一九九一年ふたたびサンクト・ペテルブルクに戻った。**クラスニー記録保管所**はサンクト・ペテルブルクにある。

✣**ジョン・バーチ・ソサエティ（六六頁）**極右的反共団体。一九五八年、退職した会社重役ロバート・ウェルチによって創立。一九六一年の『ジョン・バーチ・ソサエティ教書』に「われらの敵は共産主義であり、その事実を一分間といえども見失ってはならない。われらは共産主義者と戦う——他に相手はいない」とウェルチは書いている。ジョン・バーチはバプティスト派の伝道師であるが、第二次大戦中は空軍将校であった。一九四五年、中国で合衆国情報部員をしていて中国共産党に射殺された。ウェルチはバーチこそ共産主義による最初のアメリカ人犠牲者であるとした。

✣**WASTE（六八頁）**「ウェイスト」は「廃棄物」の意でもあるが「沈黙のトライステロ帝国の出現を待つ」ひとびと、体制によって切り捨てられた人間の願望を示す頭文字を並べた符号であることがのちに判明する。

❖**PPS（六九頁）**「ピーター・ピングイッド・ソサエティ」の頭文字。

❖**バーボン通り（七二頁）** ニュー・オーリンズのストリップ・ショウの中心地。

❖**トライマラン〈ゴジラ二世〉号（七六頁）** トライマランは三つの船体を合わせた形のモーターボート。日本映画の『ゴジラ』は一九五〇年代末に米国で人気を博し、スーザン・ソンタグが「キャンプ趣味」と呼んだものとマッチすると考えられた。**アール・ヌーヴォー（七四頁）**の復活も「キャンプ趣味」の一部である。

❖**信仰あるものよ、来たれ（七七頁）** Adeste Fideles はクリスマスの讃美歌、英語では O come all ye faithful, joyful and triumphant と始まる歌詞が一八四一年に作られた。

❖**コーザ・ノストラ（七七頁）** イタリアのマフィア（暴力団）でシチリア島のコーザ・ノストラ（「われらのもの」の意）は、米国ではニューヨークその他東海岸で活動。マフィアには他にナポリの「カモッラ」、カラブリア州の「エンドランゲタ」、プーリア州の「サクラ・コロナ・ユニタ」が大勢力であるが、コッポラ監督の映画『ゴッドファーザー』によって「コーザ・ノストラ」は有名。ニューヨークおよび東海岸の都市では、マフィアは Cosa Nostra（「われらのもの」の意のイタリア語）と呼ばれた。

❖**ダロウ弁護士（七八頁）** クラレンス・ダロウ（一八五七―一九三八）は圧迫された労働者のために戦った。また一九二五年、テネシー州公立学校で進化論を教える権利を弁護したスコープス裁判は有名。映画『風の遺産』（一九六〇年）でスペンサー・トレイシーがダロウ弁

（図版6）ジャガー・XKEタイプ

護士を演じた。

✣**XKE（八〇頁）** イギリスの〈ジャガー〉の車で、XKシリーズの五番目。一九六五年頃最も高性能なものとして高く評価されたのがXKE。トニー・ジャガーから〈ジャガー〉で逃げるという駄洒落が入っている（図版6参照）。

✣**『急使の悲劇』……リチャード・ウォーフィンガーの作品（八六頁）** 以下数ページにわたって述べられる。この作中劇は架空だが、マッシンガー、ターナー、ウェブスター、フォード、ヘイウッドなどの芝居から合成したのであろう。ターナーの『復讐者の悲劇』（一六〇七年出版）が雰囲気において近いと言われる。

✣**数年先に……内乱（八七頁）** 一六四二年に始まった英国の大内乱（ピューリタン革命）を指す。

✣**テュールン、タクシス家（八九頁）** 一二九〇年に北イタリアのベルガモ地区（ミラノの近辺）でアマデオ・タッソが郵便事業を始めた。その子孫と、別なイタリアの家系であるデッラ・トルレス家が郵便制度を発達させ、十五世紀中葉までにヨーロッパの大部分をカバーした。両家は結婚によって合体し、神聖ローマ帝国（九六二―一八〇六）公認の郵便事業に指定されたのを機に名前をドイツふうに改め「テュールン・ウント・タクシス」とした。その郵便配達人はアナグマの毛皮を身にまとい、ひとつ輪の喇叭をもった（なおタクシス家の子孫と親しかったバヴァリアの詩人リルケはピンチョンの次作『重力の虹』で取りあげられる）。

✣聖霊《パラクレート》（九一頁） Paraclete 神と人とのあいだに存在する「助け主」――「ヨハネによる福音書」十四章のイエスの言葉に次のようにある。「もしあなたがたがわたしを愛するならば、わたしのいましめを守るべきである。わたしは父にお願いしよう。そうすれば、父は別に助け主を送って、いつまでもあなたがたと共におらせて下さるであろう。それは真理の御霊《みたま》である」「助け主、すなわち、父がわたしの名によってつかわされる聖霊は、あなたがたにすべてのことを教え、またわたしが話しておいたことを、ことごとく思い起こさせるであろう」

✣聖霊降臨節《ペンテコステ》 ユダヤ教で五旬節と言われた日（「過ぎ越しの祝い」の二日目から数えて五十日目の祭）に十一人のイエスの使徒の上に生じた奇跡を祝うことである。「使徒行伝」第二章に次のように述べられている。「五旬節の日がきて、みんなの者が一緒に集まっていると、突然、激しい風が吹いてきたような音が天から起こってきて、一同がすわっていた家にいっぱいに響きわたった。また舌のようなものが、炎のように分れて現れ、ひとりびとりの上にとどまった。すると一同は聖霊に満たされ、御霊が語らせるままに、いろいろの他国の言葉で語り出した」。つまり使徒たちは「舌がかり（glossolalia）」によって自分の知らない言葉で神の教えを説いた。この日がイエスの復活を祝うイースターから四十九日あとの日曜日とされる。『競売ナンバー49の叫び』の数字はこのことにも関わっているだろう。つまり「ナンバー49」として売られる切手のグループが競売に出るとき、おそらくトライステロ・システムの実在が証明されるという含みである。

✣類人猿……ぬいぐるみ……シャンデリア（九三頁）　このエピソードはE・アラン・ポーの『ちんば蛙』に想を得ていると思われる。

✣ジェンナーロ　この名前はナポリの守護聖人ジェンナーロに掛けているにちがいない。千七百年まえのジェンナーロの尊い殉教の血がガラス製の聖器におさめられ、ふだんは粉末状であるが、毎年五月と九月の二回、溶けて液状になると言い、血が溶けないときはナポリ市民にとって不運の前兆、溶ければ吉兆とされる。

✣アンジェロ……絶望……残っているだけの使用人や美女を集め……すべての出口に鍵をかけ……酒宴を始める（九九頁）　ポーの「赤死病の仮面舞踏会」の設定を思わせる。

✣〈ロードランナー〉のマンガ映画（一〇一頁）　はワーナー・ブラザーズのマンガ映画「ロードランナーとワイリーコヨーテ」のこと。監督チャック・ジョーンズ、脚本マイケル・マルティーズで一九四八年から六四年まで続いたシリーズ。コヨーテはロードランナーを捕えようとし、ロードランナーはつねに巧みにコヨーテの魔手を逃れるというパターンで話が進む。

✣ドリブレット（一〇二頁）　Dribletteには「少量（の水）」の意が入っている。

✣ハップ・ハリガンのマンガ　Hap Harrigan Comicsは、正確にはHop Harrigan Comics

で、一九四一年に新聞に連載されたという。そのあと数年ラジオ劇として放送された。

✣**土曜日の午後……ジョン・ウェインが**　第二次大戦を扱ったジョン・ウェイン（一九〇七―七九）主演の戦争映画がしばしば土曜日の午後のテレビで放映されたことを指す。

✣**好奇心の強い女（一〇四頁）**　このころ話題となったスウェーデン映画 *I Am Curious* に掛けていると思われる。

✣**ゴール・ラインの小ぜりあい（一〇七頁）**　このあたりはアメリカン・フットボールの試合を比喩に使っている。

4

✣**ヨーヨーダインの株主総会（一一二頁）**　ピンチョンは一九六〇年から六二年までボーイング航空機メーカーのエンジニアリング・エイドとして働いたので、軍事工業組織内の経験があり、株主総会にも出席したことがあるかもしれない。

✣**コーネル大学の校歌（一一三頁）**　作者のピンチョンはコーネル大学の卒業であり、エディパも卒業生であると考えられることはすでに述べた。卒業生でなければ面白さのわからぬ替歌を作ったのは同窓の読者へのプライヴェートな挨拶だろう。

✣**チクリッツ**については先の「ヨーヨーダイン」の解注に書いた。「チクリッツ」という語はチューインガムの商標名と同じ発音である。

✣**オーラ・リー**　この民謡はエルヴィス・プレスリーが「ラヴ・ミー・テンダー」として歌ったので有名になった。

✣**コーテックス（一一五頁）** Koteks は女性のための生理ナプキンの商標名 Kotex と同音である。

✣**ネファスティス（一一八頁）**は「神聖ならざる」「禁制の」の意のラテン語から作った名前であろう。

✣**ジェイムズ・クラーク・マックスウェル**（一八三一―七九）は熱力学の分野のパイオニア。**〈マックスウェルの悪魔〉**という考えは一八七一年『熱の理論』で非常に微小な想像上の生物を想定し「その生物は非常に俊敏な能力をもっていて各分子の動きを捉えることができ、しかも現在のわれわれには不可能なことを行うことができる……今、次のような想像をしてみよう。一つの容器があり、その容器は小さな隙間のある間仕切りによってA、B二つの部分に仕切られている。そして個々の分子を見分けることのできるこの生物は、この隙間を次の要領で開閉する。比較的速く運動している分子だけをAからBへ行かせ、比較的遅い分子だけをBからAへ行かせる。この生物はかくして熱力学の第二法則〔エントロピーの法則〕に反して、仕事量の損失なしにBの温度を上げ、Aの温度を下げることができる」とした。この想像上の生物のパラドックスに友人の物理学者ウィリアム・トムソンは「マックスウェルの悪魔」という綽名をつけた。

マックスウェルの悪魔について、くわしくは都筑卓司『マックスウェルの悪魔』（講談社

（図版7）ジェイムズ・クラーク・マックスウェルの横顔

ブルーバックス）をお読みいただきたい。一般人のための、わかりやすい、熱力学および情報理論におけるエントロピーの入門書である。マックスウェルの悪魔は「選り分ける」ことを仕事とするが、エディパもこのあたりから特に、おびただしい情報の中で選り分けることをやらなければならない。読者も読者の立場から情報を選り分けつつこの作品を読んで行くことになる。

✣**おなじみの、キリスト教義普及協会の写真、あのマックスウェルの右横顔（一一九頁）**この写真は一四八頁以下の説明から判断すると図版7の写真ではないかと思われる。

✣**トム・スイフト（一二二頁）**ヴィクター・アプルトンの筆名でハワード・ゲーリーズらが書いた四十冊の少年読物の主人公。一九一〇年から四一年にかけて出版されて人気を呼んだ。トム・スイフト少年は四十冊のシリーズのどの一冊においても一つの大発明と少くとも六つの小発明をする（プロットとしての興味は発明が成功するか否か、ライバルの科学者や盗賊に盗まれないか、それが友人や社会やお国の役に立つか、などにある）。彼の発明は、いつもほんの少しだけ時代に先行するものと言ってよく、少年読者は多少不正確ながらかなりの科学知識を仕入れることができた。トムの発明品中、現実の世界で発明されていないものはゴルフ・ボールほどのダイヤモンドを作る機械、飛行機の爆音を消す機械などであるという。トム・スイフトについては『スロー・ラーナー』所収の「秘密のインテグレーション」にも言及がある。

✣ウェルズ、ファーゴ社（一二三頁）　西部劇映画でおなじみの初期の米国の運送会社で、ウェルズとファーゴが一八五二年設立。一八六六年以降極西部における最も大きい会社となった。ウェルズ、ファーゴ社は乗客、荷物、郵便物を運搬したが、西部の鉱山からの金と銀の輸送に主力をそそいだ。一八六九年、セントラル・ユニオン・パシフィック鉄道完成後は没落。一九一八年、他の六社の運送会社と合併してアメリカ鉄道便会社となった。

✣ヴェスパーヘイヴン（一二五頁）「夕べの憩いどころ」の意。

✣レオン・シュレシンジャー漫画　シュレシンジャーはワーナー社のプロデューサーで、『ポーキー・ピッグ』シリーズや『バニー・バッグズ』シリーズなどのマンガ映画を製作した。

✣トートさん　Mr. Thoth トートもしくはソースについてはエジプトの『死者の書』の説明で触れたが、ここではフランセズ・イエーツの『ジョルダーノ・ブルーノとヘルメス学の伝統』の説明を引用しておこう。「エジプトの神トートは神々の書記であり、叡智の神で、ギリシャ人はこの神を彼らの神ヘルメスと同一と考え、ときに『きわめて偉大なる』という形容辞をつけて『ヘルメス・トリスメギストス』と呼んだ。ローマ人もこの伝統を受けてトートをヘルメスないしメルクリウスと同一と考え、キケロは、実はマーキュリーは五体あって、第五のマーキュリーがアルゴスを殺しエジプトに亡命し、そこでエジプト人に『法と文字を与え』トートというエジプト名になったと説明している。ギリシャにおいてはヘルメス・トリスメギストスの名のもとに大量の文献が生まれ、占星術やオカルト科学、植物や岩石のもつ隠れた力、その力を知ることによる交感術、あるいは星の力を引き寄せるための護符つくりなどを論じた……』。トートさんは大昔の記憶につながるという意味において、その名にふさわしい。

✥**小馬速達便《ポニー・エクスプレス》（一二六頁）**ミズーリ州セント・ジョーゼフとカリフォルニア州サクラメントを結ぶ、馬の乗りつぎによる速達便制度で一八六〇年三月に始まった。そのルートは有名なオレゴン・カリフォルニア・トレイルを走ってワイオミング州のサウス・パスに入り、ワイオミング州のフォート・ブリッジャーで道を離れ、グレート・ソールト・レークの南へ出て、そこから真西に砂漠を越えシエラ・ネヴァダ山脈に向かってネヴァダ州のカースン・シティに出る。このルートはふつうの道よりも六十キロ短く、馬を乗りつぐための駅は十六キロないし二十四キロごとに作られた。乗りつぎの時間は約二分間、駅は百九十、駅に働くひとびとは計四百名、馬は四百頭、配達人は八十名といわれる。配達の騎手はインディアンや盗賊にそなえるピストル二梃とナイフを身につけ、夜昼の別なく、いかなる天候においても走った。郵便物は革の防水郵袋《ゆうたい》に入れられ、鞍の前後にのせた。最初の小馬速達便は三千百六十四キロを走るのに十日かかったが、のちには八日ないし九日に短縮され、他の便にくらべて十二日ないし十四日短かった。一八六〇年十一月リンカーンが大統領に選出されたニュースを伝えるときは、この距離を六日で走るという記録を樹立した。小馬速達便は一八六一年十月二十四日で終止符を打った。電信が太平洋岸まで達するようになったためである。

✣**ジンギス・コーエン（一三〇頁）** Genghis Cohen 成吉思汗《ジンギスカン》に掛けた滑稽な名前。コーエンは最も典型的なユダヤ系の姓である。

✣**マーズさん**　コーエンがマースをマーズと濁るのは（原文では Mrs. を Miz と発音）「夏風邪気味で」「アデノイド気味」のため。

（図版８）テュールン、タクシス家発行の切手

✤この切手はテュールン、タクシス家が発行した……切手……四隅を飾っているのは、ひとつ輪の喇叭（一三四頁） 図版8を参照。

✤ポッツエージ（一三五頁） Potsage は、Postage ポステジ（郵税）の誤植ととらなければ「マリファナ時代」の意となる。

5

✤J＝K・セイル（一四二頁） おそらくコーネル大学におけるピンチョンの友人 James Kirkpatrick Sale（のちに政治ジャーナリスト）をからかっているのだろうという説がある。

✤エモリー・ボーツ Emory Bortz は Emory Boards に掛けている。それは爪を切ったあと、ぎざぎざを滑らかにするヤスリのような器具である。ボーツ教授はのちにエディパの〈トライステロ〉に関する情報の呑み込みにくい部分を滑らかにしてくれる。

✤別世界（一四三頁） 五〇年代と一九六五年をくらべて、エディパは「別世界」の感を深くする。一四四頁でもこの言葉が繰り返され、強調される。

✤〈ホイーラー・ホール〉 この建物の中にカリフォルニア大学バークレー校の英文科がある。

✤FSM＝Free Speech Movement――カリフォルニア大学バークレー校にFSMが結成されたのは一九六四年十月である。したがって、この情景は翌年の夏であると考えられる。YAF＝Young Americans for Freedom　VDC＝Vietnam Day Committee.

✣**国務長官のジェイムズだの、フォスターだの（一四四頁）** Secretaries James and Foster——国防長官（一九四七—四九）のジェイムズ・フォレスタルと国務長官（一九五三—五九）のジョン・フォスター・ダレスを指すのであろう。

✣**上院議員のジョーゼフ**は第3章にも出た、赤狩り旋風で有名なジョーゼフ・P・マッカーシーであろう。

✣**ワツージ（一四五頁）** フルーグ（既出）などと同じく当時ディスコで流行した踊り方。

✣**一方の方程式は一九三〇年代にできたものだが、他方の方程式とじつに似ていた（一四六頁）** アン・マンゲルによればHをエントロピーとすれば熱力学の方程式は$H = -\sum_j p_j \log p_j$で、情報理論の方程式は、

$$\text{average information/symbol} = -\sum_j p_j \log p_j$$

✣**隠喩が騒がれているきょうのこのごろ（一四七頁）** 五〇年代末から隠喩の研究は盛んになって現在に至っている。ピンチョンは『V.』でも文学者のファウストー・マイストラルに隠喩のことを語らせている。

✣**後頭部に奇妙な突起（一四八頁）** 図版7を見よ。

✣**「ヨギ・ベア」……「マジラ・ゴリラ」……「ピーター・ポタマス」** 「ヨギ・ベア」は一九五八年以降放映、「ピーター・ポタマス」は六四年以降。

✣**〈ムスタング〉（一五〇頁）** 一九六四年からフォード社が販売し始めたスポーティな乗用車。

✣**ルース・アトキンズ（一五三頁）** 一八六五年開業のサン・フランシスコの洋服店のしにせ。

特にカリフォルニア・スタイルのスポーツウェアが有名。

✤**〈フィノキオ〉（一五四頁）**は実在する。ドラッグ・ショーで有名なクラブ。

✤**IA（一五七頁）**(Inamorati Anonymous) は、実在するAA（Alcoholics Anonymous）「アルコール依存症者匿名会」をもじった架空の会。

✤**スタック（一五九頁）**はサン・フランシスコの高層ビルの名前らしい。

✤**ザカリー・オール製の背広（一六〇頁）**ザカリ・オールはチェーン店で、大衆向きの既製服を売る。

✤**ジッポ製ライター**は堅牢で安価で、どんな風の中でも火のつくことをキャッチ・フレーズにした注油式ライター。

✤**弾道学の法則（一六五頁）**四行まえのローラーコースターの疾走を指す。

✤**癲癇性の〈言葉〉**〈言葉〉とは真理を告げる神の言葉の意。癲癇《てんかん》の発作の最中に受ける啓示と言うに等しい。一三二頁を参照。

✤**ヘズース・アラバル** Jesús Arrabal（一六六頁）「郊外にいるイエス」の意味に取れるメキシコのスペイン語。ヘズース（＝イエス）というファースト・ネームは珍しくないらしい。メキシコで郊外《アラバル》とは最も貧しい、見捨てられた人々の住むところだとされる。

✤**フロレス・マゴン兄弟（一六七頁）**はエンリケとリカルドとヘズース。二十世紀初頭に反政府プロパガンダを発行して投獄され、出獄後は米国に逃げて新聞『新生』を発行しつづけた。

✤**聖母マリアさまがインディアンのところにおいでになった（一六八頁）**南米の民話にそうい

う奇跡の話がよくある由。

✣**日付は一九〇四年（一六九頁）**『新生』新聞は一九〇一年にメキシコ政府によって廃刊させられたが、一九〇四年にテキサス州のサン・アントニオで再刊された。合衆国連邦政府はこの新聞に高い郵送料を課することにより妨害をはかったと言われる。

✣**シティ・ビーチ（一七〇頁）**ゴールデン・ゲート公園の西端にある浜辺。

✣**香《こう》のようだ（一七一頁）**第2章の初めに出たカトリック儀式のイメージ。

✣**AC－DC（一七二頁）**通例は「交流、直流」の意だが、俗語では「異性愛者、同性愛者」の意もあるのに掛けた。アラメダ郡はサン・フランシスコ湾に接する郡の一つ。

✣**どんな蠟燭の燃えさしが……中空を回転（一七七頁）**カトリック教会礼拝堂のイメージ。

✣**聖人の画……井戸の水をエレサレムのイースターのランプに使う油に変えている（一七九頁）**先に説明したように聖ナルシソスの奇跡。

✣**不可逆の進行（一八〇頁）**熱力学の第一法則が可逆であるのに対し、第二法則（エントロピー）は不可逆。

✣**喜ばしい球や脅迫的な球の中に組織化されている真のパラノイド（一八一頁）**一九六三年、歴史家ホフスタッターは英国オックスフォード大学での特別講演でゴールドウォーターなど右翼政治家や、バーチ・ソサエティなどに触れながら「アメリカ政治におけるパラノイド型」という講演をしている。その冒頭でパラノイアの定義にウェブスター大辞典の定義を引用している――「迫害されているという、そして自分は偉大であるという組織化された妄想によって特徴づけられる慢性の心の病気、時に幻覚をともなう」。迫害されているという妄想は自我を取り巻く「脅迫的な球」であり、自分は偉大であるという妄想は「喜ばしい球」である。

✣地口を言えばその言葉が……真理の立坑《たてあな》と横坑《よこあな》を探る たとえばわが国の出口王仁三郎が「神《かみ》」とは「火《か》」と「水《み》」の結合であると地口的に説明しているが、それがヨーロッパの中世の、火と水の結婚という錬金術的変成のテーマであったことなどを考えていただきたい。

✣溝をはずれ、横滑りしてキーッと レコードの針が溝を横滑りして戻って行くイメージ。

✣グロージング「もっともらしい説明」の意味がある。

✣ブラム（一八七頁） Blamm は「愚行」の意のドイツ語に掛けているのだろう。

✣シュペール（一八九頁） ヒットラー政権下、ゲーリングの次に勢力のあった軍需大臣で、軍備品製造と強制労働態勢の責任者。

✣気むずかしいユダヤ人の亡霊 フロイトのこと。

✣ビーダーマイアーふうの家具（一九〇頁） 一八二〇年代から三〇年代にかけてドイツで流行した。

✣名前はツヴァイ（一九一頁） Zvi を同じ発音のドイツ語 Zwei（＝2）に掛けている。この青年は分裂症（統合失調症）になるから1ではなく2なのである。

✣ブーヘンヴァルト（一九三頁） 第二次大戦中ドイツ強制収容所があった。

✣ほんとうのナチだったらユングを（一九四頁） ユングはユダヤ系ではない。

✣アウシュヴィッツ（一九五頁） 第二次大戦中ポーランドにあったドイツの強制収容所。ここのかまどで多くの収容者が殺された。

❖**プチ・フール**　食後用の砂糖菓子。

❖**リンゴ・スター（一九八頁）**ビートルズのメンバーの一人。**チャビー・チェッカー**はツイストの曲を流行させた。**ライチャス・ブラザーズ**はグループ・シンガーの名。

❖**ブラザーズN（一九九頁）**グループ・シンガーの〈ブラザーズ・フォア〉に掛けた。Nは不定の数字をあらわす。

❖**紙に印刷のない、例の紙巻き煙草**　マリファナのこと。

❖**『あの娘《こ》はきみを愛してる』（二〇三頁）**She Loves You はビートルズの、一九六三年にヒットした曲名。日本では原語のまま「シー・ラヴズ・ユー」と呼ばれた。

❖**nada《ナーダ》（二〇五頁）**というスペイン語はヘミングウェイが短篇「清潔な照明のよい場所」で中心人物である年長のウェイターの意識の中で、「主の祈り」を「神」や神にかかわる単語の代わりにnada という語を入れて、神の存在しないニヒリズム感を出したことで有名になった。それをふまえてピンチョンは書いている。

6

❖**ウィナー（二一二頁）**「勝者」の意。

❖**フォルクスワーゲン車がいたらぶっつけてやろう**　ナチ・ドイツに対する反感から。フォルクスワーゲン工場はナチ時代に始まった。

✣**自分という精巧なお菓子の家の中（二一七頁）** グリム童話の『ヘンゼルとグレーテル』を連想させる。

✣**ロバート・スカーヴァム……スカーヴァム派（二二〇頁）** 架空の存在であるが、ネッド・ラッドとラッド派というのは十八世紀末から実在した機械文明嫌いの人たちであることをピンチョンは一九八四年十月二十八日付の『ニューヨーク・タイムズ』書評欄に書いているから、それがヒントになっているかもしれない。

✣**ダイオクリーシャン（二二二頁）** はキリスト教徒を迫害したローマ皇帝の名。ブロップは「ろくでなし」の意を含む。

✣**王は首をはねられる寸前だ（二二四頁）** チャールズ一世は一六四九年に処刑された。

✣**モトレーの『オランダ共和国の擡頭』（二二五頁）** アメリカの歴史家モトレー（一八一四―七七）が一八五五年に出版した名著。

✣**いきさつは次のとおりである** 以下の歴史的叙述はトライステロ創立者に関する部分を除き史実である。

✣**オレンジ公ウィリアム** 英語ふうの表記。「オランニェ公ウィレム」と同じ。

✣**ヘルナンド・ホアキン・デ・トリステロ・イ・カラヴェラ（二二六頁）** スペイン式のフル・ネームだから「トリステロ」と「カラヴェラ」が両親の姓であろう。カラヴェラはスペイン語で「されこうべ」の意、すなわちイエスが処刑された場所と同名である。

✣ナパ・ヴァレー産のマスカテル・ワイン（二二八頁） 地元の甘口の白ぶどう酒。

✣地下六フィート 棺は地下六フィートに埋められる。

✣はかない、翼ある形（二二九頁） は死者の霊のことを言っているが、ニューイングランドの古い墓石に刻んである図柄のイメージである。図版9参照。

✣カーク・ダグラス（二三二頁） ピンチョンは短篇「秘密のインテグレーション」（一九六四年二月『サタデイ・イーヴニング・ポスト』誌に発表）でキューブリックの監督した映画『スパルタカス』（一九六〇年）に言及している。そのスパルタカスを演じたようなカーク・ダグラスを考えているのだろう。

（図版９）ニューイングランドの古い墓石

✣**革命暦第三年霙月《みぞれづき》九日（二三五頁）**は一七九四年十一月二十九日に当たる。

✣**スコット社のカタログ（二三九頁）**アメリカで最も定評のある切手カタログ。

✣**フランクフルト……ブダペスト（二四五頁）**どちらも一八四八年のことで、ドイツにもハンガリーにも革命が試みられていた。

✣**M・バクーニンの到来**バクーニンはスイスのジュラ地方を一八六九年に訪れた。バクーニンを信奉するジュラ地方のリーダー二名は時計製造業者であった。

✣**一八四九年の反動**一八四八年、ヨーロッパ各地の革命を反動勢力が打ち負かした。そのため、翌年、多くの革命派リーダーがアメリカに亡命した。この年はまたゴールド・ラッシュの始まった年であり、「競売ナンバー」の49とも響き合う。金鉱熱に浮かされた四十九年組《フォーティ・ナイナーズ》と、それより二十年後に全米の金のマーケットを買い占めようとしたジェイ・グールド（既出）とも重なり合う。

✣**ホイッスラーの〈母の肖像〉（二四七頁）**〈母の肖像〉は俗称で、正式には『灰色と黒の編成――芸術家の母の肖像』（一八七一年）。

✣**彼女は……鉄道線路の上を歩いて行った。（二五一頁）**以下ピアス・インヴェラリティの遺産としてのアメリカを考えるエディパ・マースは、F・スコット・フィッツジェラルドの『偉大なギャツビー』の最後で、ギャツビーの遺産としてのアメリカを考えるニック・キャラウェイを連想させる。エディパの場合、鉄道線路を歩きつつ、線路が網目模様を描いておおっているアメリカを考えていることを注意したい。かつて全米の鉄道に勢力をもっていたグールドがいたが、ピアスはそのグールドを尊敬して第二のグールドたらんとしたのであろう。

✣闇の天使サタン……副社長的な頭脳（二五三頁） キリスト教的に考えれば唯一絶対の神が社長で、サタンはいかに神に逆らってみても、結局は神に勝てず、かえって神の栄光を増すことにしかならない存在だから副社長的。

✣オレンジ郡（二五六頁） ロサンジェルス付近の郡。政治的保守勢力地として有名。ジョン・バーチ・ソサエティ本部もここにある。

✣中間の脱落（二五七頁） excluded middles　三段論法における middle term「中概念」「媒概念」「中間項」に掛けている。

「すべての人間は死を免れぬ」「すべてのギリシャ人は人間である」「ゆえにすべてのギリシャ人は死を免れぬ」という三段論法において「人間」が「中間項」もしくは「媒概念」である。これが脱落したら大前提（「すべての人間は死を免れぬ」）が決論（「すべてのギリシャ人は死を免れぬ」）につながらない。

✣デジタル・コンピューターのマトリックス デジタル・コンピューターはバイナリー（二進法）だから、0と1でコードが作られる。

✣パサリン（二五九頁） passerine　スズメの類の鳴鳥をそのまま名前に使った。競売人は「叫ぶ」から鳴鳥に似ている。

文庫版訳者あとがき

解注と名付けた右の数ページは、注というには少し丁寧すぎるのでそんなふうに名付けてみたのですが、もとはと言えば、本書の最初の出版社であるサンリオ文庫の希望で、本文が短いから何とか少しページを増やしてくれないかと言われて書いたものです。本文に寄生する回虫に引っかけた自嘲の命名で、こんなものは無きに如かずと言われるのを覚悟でした。そのせいかどうか、出版社はこの本を出すと同時に倒産、訳者に原稿料は一文もなく、十数冊訳書は送られて来ましたが、それを売ろうという気にもならず、私と同郷の男がやっているらしい会社なんかを信用したのが間違いだった、などと呟いている私に同情してくれた筑摩書房編集部の郷雅之さんがハードカバーで出す案配をしてくださった。それが一九九二年のことで、それをこんどはもう一度文庫版にしようと前々からお世話になっている井口かおりさんに勧められて、もう一度本文も見直し、「解注」にも少し手を入れたところです。

『競売ナンバー49の叫び』は、ピンチョンの《ノヴェル》の中では最も短くて、もっともストーリーが簡潔、その上しんみりと情に訴えるものがあると言われています。にもかかわらず、彼の他の作品同様、この作品も全体としてはいろいろな解釈が可能なので、あらすじを述べることは躊躇され、読者のめいめいがメッセージを読み取られるよう、その便宜のためにも「解注」を書いた、そんな気持ちもありました。しかし今回はストーリーの全体的展望をここに追加してみましょう――

この小説はエディパ・マースという二十八歳の女性に見えてきた一九六四年の米国の風景であると言えるでしょう。それは、それまでの彼女に見えなかった風景なのです。

中流の比較的教養ある女性が、今はカリフォルニア州のキナレットという町に住んでいて、もと中古自動車のセールスマン、いま近くの放送局に勤めている夫と暮らす。まずは平和な生活だったのですが、かつてエディパの恋人だったのは大富豪のピアス・インヴェラリティ。そのピアスの顧問弁護士事務所から、ピアスが急死し、その遺言書によって、彼女が遺産管理執行人になったという知らせが来ます。顧問弁護士の助けを借りながらピアスの関わった事業を調査しなければなりません。同じカリフォルニア州にあるサン・ナルシソ市がピアスの活動の中心地だったので、エディパはそこへ赴き遺産の調査中にさまざまな経験を重ねる。そうした経験はすべてアメリカ合衆国の、表面には見えなかった反世界につながっているように思われます。その反世界の一部を象徴的に瞥見させるのが、ピアスの収集していた切手のうち特に珍しい偽造切手のコレクションです。

米国は、言うまでもなく「ユナイテッド・ステーツ」、すなわち五十の州が集まっている国だけれど、一つの州が一つの国（ステート）のようなもの、各州がそれぞれ独自の法規をもっていて、一般州民はその法規に従って生活しています。それらの州をまとめて中心となっているのがワシントンＤＣにある連邦政府（フェデラル・ガヴァメント）です。一つの州には、一方に連邦政府の任命による警察署長（マーシャル）がいると同時に、他方、州の任命による保安官（シェリフ）がいるという具合になっています。そうして郵便事業は州や私企業の管轄ではなく、連邦政府が中央集権的に統括しているのです。

そこで、日常生活において、一般の州民が中央政府の存在を最も感じるのは郵便制度の利用においてだと言っていい。そのため連邦政府に反感をもつ者が、郵便を使わず、鉄道会社（これは私企業です）の鉄道便を使ったり、あるいは秘密のルートによったりしてコミュニケーションを行なう、などということがあるのをエディパは知るようになります。そして、そのような反体制コミュニケーションに使われたと思われるのがピアスの切手コレクションの中の偽造切手のさまざまなのです。この反体制コミュニケーションの歴史をさかのぼれば、どうやらヨーロッパの中世にも至るであろうというエディパの発見は、しかし彼女の心理状態に必ずしも常に正常とは言えない要素が働いているだけに、彼女じしん、果たして現実と言えるかどうか定かでないと感じています。

疑いだせば、ピアスの法律顧問事務所のひとびとも、切手鑑定の専門家も、その他、エディパの経験するさまざまな出来事も、どこまで信憑性があるか不明です。しかし少なくとも彼女は、それまで当然としていた一九五〇年代的米国社会に裏側があることを感じ、その裏側をかいまみることができた。この、ピアスの遺産の一部である切手の、競売ナンバー49として偽造切手ばかりを集めた「ひとやま（ロット）」に、エディパが、競売カタログを見た上で電話を通じ異常な興味を示した人間がいることを知ったエディパが、競売場で、その人間が登場するに違いないと、待っている。そのエディパの前で、いよいよ競《せ》り師の叫びが始まろうというところで小説は終わります。

というわけで、読者はこの小説を解決のない探偵小説のように読むこともできましょう。エディパという名前はエディプス（またはオイディプス）の女性形と考えられます。ギリシャのエディプス王の悲劇は、彼の自己探求の物語、それを探偵小説の祖であると考えるひともいます。ゴシック小説も、探偵ものも、ファンタジーも、つまりエドガー・アラン・ポウが好んだような文学手法はピンチョンの好みでもあります。ピンチョンの最近作『内在的欠陥 *Inherent Vice*』（二〇〇九年）はロスの私立探偵が主人公です（ただし、この本、チャンドラーばりにロスが舞台ですが、探偵小説としては、私には詰まらなかった）。『競売ナンバー49の叫び』における〈自己探究〉は結局、エディパの米国探究の物語になるわけで、そこにこの小説のなみなみならぬ迫力の源があります。

探偵もので小道具が切手と言えば、オードリー・ヘプバーン、ケーリー・グラント主演の『シャレード』——原作小説、脚本、ともにピーター・ストーン——を思い浮かべる向きもあるかと思います。ウォールター・マソー、ジェイムズ・コバーン、その他、一癖も二癖もある男たちが出て来て、しかしヘンリー・マンシーニの軽快な音楽でまとめられている。映画好きと思われるピンチョンですから、この映画が切手のアイデアを与えたかもしれません。しかし、もっと文学的なものはないかと考えていたとき、偶然ですが、ある洋書店で再版された英国作家ロバート・グレイヴズの小説『アンティーガ島、紫色の一ペニー切手』（*Antigua, Penny, Puce*）（一九三六年）を目にし、手にとって見れば、何と世界に一枚しか残っていないというアンティーガ島の切手をめぐる兄妹の争いの物語。切手競売の描写（しかも競売ナンバー49が偽造切手のロット、ナンバー50が稀少切手のロットというアイデア）やら、精神分析医や、再生紙巻タバコの話など、ピンチョンがこれに刺激されたと言えそうな設《しつら》えもあります。グレイヴズの有名な論考『白い女神』（一九四八年）がピンチョンの『V.』の中で言及され、利用されていることは確かですけれど、そのグレイヴズの比較的知られていない小説も自分のテクストの中に織り込んでいるのだと思われます。テクストの織り込み屋としての面目が鮮やかです。

最後にピンチョンの主要作品の一覧を左に——

V. (1963)『V.』国書刊行会
The Crying of Lot 49 (1966)『競売ナンバー49の叫び』本書、筑摩書房（ちくま文庫）
Gravity's Rainbow (1973)『重力の虹』国書刊行会
Slow Learner (1984)『スロー・ラーナー』［短編集］筑摩書房（ちくま文庫）
Vineland (1990)『ヴァインランド』新潮社／河出書房新社（世界文学全集）
Mason & Dixon (1997)
Against the Day (2006)
Inherent Vice (2009)

なお、この翻訳にはリピンコット版（一九六六年）を底本に、バンタム版（六七年）、英国ピカドー版（七九年）、デイヴィッド・リクター編注『ノヴェラの形式』所収版（八一年）を随時参照した。

二〇〇九年十二月十六日　　志村正雄

付録

殺すも生かすもウィーンでは

MORTALITY AND MERCY IN VIENNA

レイチェルにもらったアドレスに着いたとたん、また雨が降り出した。一日中、ワシントン市には雨雲が低く、あぶなっかしく垂れ込めて、ワシントン大統領記念塔のてっぺんに修学旅行でやってきた高校生たちの展望を台なしにし、にわか雨を送って、観光客たちにキャーキャー言ったり、ののしったりしながら雨宿りの場所を探させ、咲いたばかりの桜の花のデリケートなピンク色を鈍《にぶ》らせるのだった。アドレスはデュポン・サークルの近くの静かな通りにある小さなアパートで、シーゲルはその建物のロビーへ駆け込んで雨を避けたが、スコッチのびんを、国家の機密でもあるかのようにしっかりと抱きかかえていた。いまはスコッチのびんを抱きかかえているものの、去年なんかは――アヴェニュ・クレベールで、ヴィアレ・デッレ・テルメ・ディ・カラカッラで――同じツイード服の腕にブリーフケースを抱きかかえ、雨に当たらないようにしたり、締切りに間に合うように急いだり、お役所の用に立つようにしたりしたものだった。そうしたときはたいがい、とりわけ前の晩の酔いが残っていたり、仲間の若手外交官どもが間違いなくスゲエ娘《こ》だぞと誓った相手が、間違いないどころか結局は飲んだ酒の値段だけの価値さえないとわかったときなど、一つのものが二つに見えるのを抑えようとする酔っぱらいのように首を振ったものだ。急にブリーフケースの重さを意識するようになり、その中身の無意味さかげん、こんなところで、レイチェルのそばを離れて、人目にはつかないが明瞭にマークされた道を、差し押え証書、宣誓供述書、証言聴き取り書などのジャングル掻き分けて進んで行くことの愚かさを意識するようになっていたのだ。〈ヨーロッパ派遣委員会〉に加わった最初のころ、いったいどうして自分がいかなる意味においても癒し手《ヒーラー》であるなどと考えたんだろうと思ったものだ。癒し手《ヒーラー》──実は予言者にほかならないのだ、そもそもそういうことに多少なりと関心があるなら、癒し手《ヒーラー》は予言者と一体にならざるをえないのだから──なんかには貸借対照表も法的な錯綜も問題じゃなくて、そんなものに関わりを持ったとたんに、癒し手《ヒーラー》も予言者も、それ以下のものになってしまうわけだ……医師とか、占い師とか。彼が十三歳のとき──ユダヤ教の成人式《バル・ミツバ》を済ませて一か月も経たないうちに──従姉のミリアムが癌で死んだのが、そのころではなかったろうか──中央大広場を見下ろす薄暗い部屋のオレンジ色の棺のところに坐って喪に服し、十三歳だというのに思いにやつれ、カナダのジョン・バカン総督のような英雄気取りがないでもなく、自分の黒いネクタイの中ほどがカミソリの刃で象徴的に切られたのをじっと見つめていた──こうした意識が成長し始めたのは。なぜというに、今も思い出すのだ、ミリアムの夫が医師のツァイトを、手術に金を浪費したことを、そうしてアメリカ医師協会ぜんたいをののしって、日除けをおろしたあの薄暗い暑い部屋の中で恥かしげもなく泣いているのを。若きシーゲルは動揺ただならず、兄のマイクがイエール大学の医学部進学課程へ行ったとき、まずいことになるのではないか、わが愛するマイク兄さんも、ツァイトのようなただの医師になってしまうのではないか、いつの日か薄暗いベッドルームで、どこかの、服の切れた、乱心した夫に、同じようにののしられるのではないかと思った。それゆえ彼は通りに出ていて立ちどまり、動かずに、ブリーフケースをしっかり抱え、靴をぬいでの身長が4フィート10インチ(約1メートル48センチ)のレイチェルを想うのだ。レイチェルの首《うなじ》は白くてすべすべしていて、モジリアーニの描く首、その眼は対称でなく両眼が同じ方向に傾いて濃褐色で底の知れないような深さを湛え、しばらくして彼は水面に再浮上し、ブリーフケースの中のデータは十五分前に事務所にあるべきなのにこんなことを思いわずらっている自分に苛立つのだった。そうして不承不承ながら、こうやって時間と競争すること、歯車、彼の英国幕僚ふうな外観に似合う〈委員会〉のプレイボーイ的分子の歯車といおうか、活力といおうか――悪ふざけといってもいいくらいだ――そういうものの一部であるという意識、午前二時の地下のジャズ・バーで、ペンションで、ブランディ・ソーダを飲みながらつづく部局間の陰謀やら逆陰謀やらさえも、結局のところは面白いじゃないかと悟るのだった。前夜、二日酔を防ぐためにビタミンBを飲むのを忘れたときだけ、こうしたファンキーな過程が生じるのだった。たいがいは瞳のあかるい、落ちついていられないシーゲルのことだ、自己主張して、こうしたファンキーな日なんて短期の異常に過ぎまいと思いなすのだった。つきつめたところ、行動することは愉快なのだ。軍隊では〈曹長に犯されるまえに曹長を犯せ〉の黄金律によって生活した人間だ。除隊後、大学に入ってからは食券を偽造し、抗議騒動や女子寮襲撃を煽動し、大学新聞を通じて学生の意見を操作した。これも母親から受け継いだものの一部なのだ。十九歳のときヘルズ・キチン市のどこかにある安アパートで、ある晩、自分の魂と戦った母親は、密造ビールに酔ったあげく、トマス・アクィナスに異議を唱え、ローマ・カトリック教会を捨てた。夫を見てはやさしく笑って、このひとは女の奸計には決して勝てない罪のないノロマだと言い、シーゲルには、絶対に非ユダヤの女とは結婚するな、良い、おとなしいユダヤ娘を見つけなさい、そうすれば少くとも助走スタートができるのだからと助言したものだ。そのために大学二年次のとき彼のルームメートは彼をスティーヴンと呼び、そのころもまだ小さいイエズス会ふうの声でしゃべるのを無慈悲にあざけったのだが、その声のおかげで彼はいじめられることもなければ、罪を意識することもなければ、キャンパスに集まる他のユダヤ系男子学生の多くのように無力である（とルームメートのグロースマンは思っていた）こともなかったのである。「それになあ、グロースマン」とシーゲルは反駁した——「この声のおかげでお前のようなバカなユダヤ人にならないで済んでるんじゃねえか」。グロースマンは笑い声を立てて教科書に視線を戻す。「それが身を滅ぼすことになるんだ」と彼はつぶやくのだった——「家の意に反しての分裂というやつか。なあ」というわけで、いま、ここに三十歳の彼が専門職への道を歩《あゆ》んでいるのだが、滅びを特に意識していないのは、それに名前を与えることも顔を与えることもできないからだ。ひょっとしたらレイチェルが俺の身を滅ぼすか。いや、そんなことはあるまい。ビンを腕に抱えて階段を二つ昇ったが、彼を襲った雨のしずくの幾粒かはツイードのコートのもつれた毛先に光っている。彼女は七時ごろと言ったように思うのだが——早く着き過ぎたら間が悪いに決まっている。3Fと書いてあるドアの前でブザーを鳴らして待った。中は静かなようで、もしかすると彼女は八時ごろと言ったんだっけ、と思い始めたあたりでドアが開き、野蛮な顔つきの、ひょろっとした男が、険しい眉毛で、ツイードの上衣を着て、豚の胎児かと思われるものを片手に抱えてこっちを睨んでいる。男の背後の部屋には誰もいなくて、シーゲルは困惑し、しまったと思い、三十年というのは長い時間だな、これがボケの最初の徴候かと実感した。二人は向かい合っていた。少しばかり歪んだ鏡にうつった像のようだ——ツイードの柄が違う、こちらのスコッチのビンに対して豚の胎児、だが身長は一致している。シーゲルは不安と畏怖の入り混じった気持を経験し、分身《ドッペルゲンガー》という言葉が心に浮かんできたとき、相手の眉毛が飛びあがって対《つい》の放物線を描き、あいているほうの手を突き出して「早いけど、入ってください。ぼくデイヴィッド・ルーペスキューです」と言った。シーゲルは握手し、自分の名前をつぶやき、魔力は解けた。ルーペスキューの腕に抱えられているものを眺めると、ほんとうにそれは豚の胎児だった。微かにフォルマリンの臭いがして、彼は頭を掻きながら「酒をもってきたけど、ごめん、レイチェルは七時と言ってたと思っちゃって」。ルーペスキューは曖昧に微笑して、うしろ手でドアを閉めた。「いいんだよ、そんなこと」と彼は言った――「こいつをどこかへ置かなくちゃ」。身振りでシーゲルに坐るように言い、テーブルから古風なコップを取り、近くの椅子を持ちあげ、キッチンと思われる場所の入口までその椅子を引っぱって行き、椅子の上に立ってポケットから画鋲《がびょう》を取り出し、豚の胎児の臍《へそ》の緒《お》に差してから、入口の上の蛇腹にとめ、コップの底でそれを打ちつけた。椅子から跳びおりると、彼の頭の上に胎児があぶなっかしくぶらさがっている。彼はそれを眺めた。「そこから落ちないでくれよ」と彼は言って、それからシーゲルのほうに向き直って「惹《ひ》かれるだろう？」。シーゲルは肩をすくめた。「一九一九年のクリスマス・イヴに、パリのダダ展示会で」とルーペスキューは言った――「こういうのをヤドリギを飾る代わりに使ったんだ。けど、十中八九まで、きょうのグループはこんなもの、目にもとめやしないだろうな。ポール・ブレナン、知ってる？あいつの目にはとまらない」

「ぼくは誰も知らない」とシーゲルは言った。「ちょっと接触がなかったもんだから。先週、外国から帰ってきたばかりなんだ。昔の仲間はみんなどこかへ行ってしまったみたいで」

ルーペスキューはポケットに両手を突っ込み部屋を見まわして考え込んでいる。「うーん」と真剣な顔つきで「大きな人事異動があった。でも人間の型は変わらない」。彼はキッチンのほうへ歩いて行き、中を覗いてから、またフランス窓のところへ戻ってきて、それから急にシーゲルのほうを向いて人差指をシーゲルに突き出した。「きみだ」と彼はどなるような声を出した――「もちろんだ。文句の言いようがない」威嚇するようにシーゲルのほうに進んできて、彼のところに立ちはだかった。「やれやれ」とシーゲルはいささか畏縮した。「わが同胞《モン・サンブラーブル》」とルーペスキューは言った――「わが兄弟《モン・フレール》」。彼はシーゲルを見つめている。「しるし」と彼は言った――「しるしがある、解放だ」。ルーペスキューの息にアルコールの匂いがするのをシーゲルは感じ取った。「何ですか」とシーゲルは言う。ルーペスキューは部屋中を歩きまわり出す。「時間の問題というに過ぎない」と彼は言った――「今晩だ。もちろん。なぜ。いいじゃないか。豚の胎児。象徴。うん、何という象徴。いまだ。自由。解放」と彼はわめき散らす――「霊鬼。ビンの中。何百年も何百年も経って、シーゲル、魂の漁師シーゲルがコルク栓を抜く」。彼は部屋中を走りまわり始めた。「レインコート」と言ってソファーからレインコートを取りあげたかと思うと「ひげそり道具」と言ってしばらくキッチンに姿を消し、一泊旅行用具一式を持って出てきた。レインコートを着用している。彼はドアのところに立ちどまった。「いっさい、おまかせします」と彼は言う――「きみがホストになったんだ。ホストとしては三位一体の仕事がある――「㈠客を迎える」と指を折って順番をつけながら――「㈡敵を迎える。そうして㈢彼らに対して聖なる体と血を外面に顕示すること」

「待ってくれ」とシーゲル――「いったいどこへ行こうっていうんだ」

「外へ」とルーペスキュー――「ジャングルの外へ」

「だけど、おい、そりゃだめだよ。ぼく、ここへ来る人をぜんぜん知らないんだもの」

「そこが面白いとこ」とルーペスキューは快活に――「すぐに馴れるよ」と言ったかと思うとドアを出て行って、シーゲルに返答を考えているひまを与えなかった。十秒後に再びドアが開いて、ルーペスキューが顔を突き出し、ウィンクした。「ミスター・クルツ――あのひたァ死んだ」としかつめらしい顔で告げたかと思うと、消えてしまった。

シーゲルは椅子に腰をおろして胎児を睨んだ。「やれやれ、何ちゅうこった」と彼はゆっくり言った。立ちあがって部屋を横断して電話のある場所へ行き、レイチェルの番号をダイヤルした。彼女が出ると、彼は言った――「ごりっぱだね、きみの友だち」

「どこにいるの」と彼女。「あたし、いま帰ってきたとこなの」。シーゲルは説明する。

「そう、電話してくれて、よかったわ」とレイチェルは言う――「あなたのとこへ電話したけど留守なんだもの。連絡したかったのよ、サリーの義理の兄さんの妹が、かわいらしい十四歳のガキなんだけどさ、ヴァージニア州にある女子学校からやってきたんだけど、サリーはジェフと出掛けちゃっているもんだから、あたし、ここにいて、サリーが帰るまで彼女のお相手していなけりゃならないの。あたしがそっちへ行ける時間になるまでには、もうお酒なんか残っていないと思うの。ルーペスキューのパーティなんだもん」

「おいおい」とシーゲルは苛立って「そんなのってあるかい。ルーペスキューの友だってのがあいつに似ているって言うなら、この場所は狂乱した精神異常の大群に襲われることになるわけだ。その仲間を俺はだれ一人知らないんだぜ。なのに、きみはこっちへ来もしないなんて」

「あら、いい人たちよ」と彼女は言った――「少し変わっているかもしれないけど、あなたも気に入るような人たちよ。そこにいなさいな」。急に激しくドアが蹴りあけられ、よろめくように入ってきたのが太った、血色のいいティーンエイジャーで、水兵服を着て、女の子をおぶっている。「ルウペエスキュウウ」と水兵は叫んだ。「どこにいるんだよう、乳離れのしねえルーマニア人め」

「待ってくれ」とシーゲル。「何だって」と彼は水兵に向かって訊いた。水兵はおぶってきた女の子を床におろしていた。「おい、おれあルウペエスキュウウはどこにいると言ったんだ」と水兵が言った。「うええ」とシーゲルは電話に向かってしゃべる――「やってきたぜ、あいつら、もう流れ込んできやがった。どうしよう、レイチェル、ろくに言葉もしゃべれない人間たちだ。船員ふうのやつが来たけど、人間のしゃべるような言葉じゃないんだ」

「あんた」と、レイチェルは笑いながら――「戦争映画のセリフみたいなこと、言わないで。それはきっとハーヴェイ・ダックワースよ。アラバマからきたひとよ、魅力的な南部訛りのひと。仲よくなるわよ。うまく行くから。あした電話して、どんなふうになったか教えてね」

「待て」と絶望状態のシーゲルは言ったが、彼女はすでに「バイバイ」と言って電話を切っていた。彼は切れた受話器を持ってそこにいる。ハーヴェイ・ダックワースはどたばたと別の部屋を歩きまわってルーペスキューの名を呼んでいた。いっぽう女の子はとても若くて長い黒髪で、大きなフープ・イヤリングをつけ、スエットシャツにリーバイスのジーンズ――シーゲルには四〇年代の女ボヘミアン型の完全なパロディと思われた――それが立ちあがってシーゲルを見つめた。「あたし、あんたと寝たい」と彼女はドラマチックに節《ふし》をつけて言い、シーゲルはたちまち元気づいた。受話器を戻すと微笑して「ごめんよ」と優しさいっぱい――「未成年者強姦で引っぱられちゃうからね。飲みものをもってきてあげようか?」。返事を待たずにキッチンへ行くと、ダックワースが流しに坐ってワインを開けようとしている。急にコルク栓が飛び出してビンが滑り、ダックワースの白い服をキアンティがびしょぬれにした。「じぎしょう」とダックワースは言って紫色の汚れを凝視した。「ろくでなしのイタ公ども、ワインのビンもまともに作れねえんか」。ブザーが鳴ってシーゲルは叫んだ――「出てくれない、おねえさん」。

それから床のキアンティのビンを拾いあげた。「まだ入ってるぜ」と彼は陽気に言った。楽しくなり始めていた、無責任なほど楽しくなり始めていたのである。この楽天気分はヒステリーの第一段階かもしれないと感じたが、それよりも彼をヨーロッパ大陸でこの二年間支えてくれた、あの昔なじみの暢気《のんき》さの名残りだと思いたかった。別な部屋では客引きの合唱のような声が猥褻な戯歌《ざれうた》をうたっている。さっきの女の子が入ってきて言った――「まあおどろいた。ブレナンと仲間たちよ」

「ああ、いいぞ」とシーゲル。「声がよく出てるみたいだ」。じっさいそうだった。とつじょ人当たりがよくなってしまったシーゲルに、その歌の、チーヴァーという若い男がビーヴァーと情事をしたという話が〈深い人間的な意味〉を帯びてきて一種超越的な光に輝き『ファウスト』の最後の三重唱を思い出させた――金色の階段が降りてきてマルガレーテが天に昇って行くシーンだ。「じつにすばらしい」と彼は感慨ひとしおだった。女の子はうんざりしたようにダックワースを見て、それからシーゲルに明るく笑いかけ、「ちなみに」と言った――「あたしはルーシー」

「やあ」とシーゲル。「ぼくの名前はクリアンスだけど友だちはシーゲルって呼んでいる――同情してくれてるんだ」

「ところでデイヴィッドはどこにいるの。あんな薄ばかのブレナンを呼んだなんて、とっちめてやらなくちゃ」

シーゲルは口をすぼめた。ちぇっ、何ということだ。誰かを信用しないわけにいかない。彼は彼女の手を取って寝室へ案内してベッドに坐らせた。「いや」と早口で彼は言った――「きみの考えていることをやろうっていうんじゃないよ」。ルーペスキューが急に出て行ったことを話すと彼女は肩をすくめて言った――「それはいいことだったのかもしれないわ。いずれは変になったに違いないんだもの、土着民みたいになっちゃってさ」

「そりゃ奇妙な言い方だな」とシーゲルは言った。だって、首都ワシントンＤＣで土着民？　もっとエキゾチックな土地の話ならともかく。そういうのは彼も見てきた。彼は『ニューヨーカー』誌に出ていた、いつも気に入っているピーター・アーノーの漫画を思い出した。アパッシュふうの衣裳を着た女の子が歩道のカフェの下劣な顔つきのフランス男の膝に腰かけている。するとその女の子の旧友が、見るからにアメリカ人観光客の姿で、カメラ、ショルダー・バッグ、ガイドブックに身を固め、憤慨した表情で言っている――「でもさ、メリールー、ブリンモーア女子大学には戻らないつもり、ぜったいに？」。しかしそれ以上にふしぎなことも起こったのだ。ハーヴァード大学で過ごした二学期の間に、シーゲルはルームメートのグロースマンが次第に堕落して行くのを目撃した。シカゴ生まれの誇り高き頑固者で、クック郡以外の文明の存在は何であろうと否定した男なのだ。ボストンなんかはオーク・パークよりひどいところで、全く退廃的なもの、ピューリタン的なものの権化のようなものだと思っていた。グロースマンはずっと独身で、威厳をもって拗《す》ね、行き当たりばったりの生活だったが、ある年のクリスマス・イヴに彼とシーゲルと何人かの友人たちと一群のラドクリフ女子大生がいっしょになってビーコン・ヒル高級住宅地でクリスマス・キャロルを合唱して歩きまわることをやった。持って行った酒のせいか、それともグロースマンがサンタヤーナの『最後のピューリタン』だけでなくかなりの分量のT・S・エリオットを読み終えていた――その結果、一般的には伝統にいつもより少し感じ易くなり、特定的にはビーコン・ヒルのクリスマス・イヴに感じやすくなっていたかもしれない――せいか、それとも単にラドクリフ女子大生といっしょにいるとセンチメンタルになるというグロースマンの厄介な傾向のゆえか、感動してその夜、あとになってからシーゲルに言ったのだ、何やかやと言ったがボストンにも何人かは人間がいるかもしれない、と。そうしてこれが、そのときまで闘牛のトレーロがケープを離さずにいるように身につけていた、あの中西部の傲慢さに、初めてちょっとばかり綻《ほころ》びの生じたときであった。彼はその夜からすっかり下り坂になって行った。グロースマンはラドクリフやウェルズリー女子大生の最も貴族的なタイプのみをえらんで月夜の散歩をするようになった。コンコードの独立戦争民兵像の背後にすばらしい口説き場所を発見した。黒い傘を持ち歩くようになり、派手な衣服はすべて人にやってしまい、その代わりにけちのつけようのない高価なツイードとウーステッドの服を着た。こうした変化にシーゲルはいくぶん当惑したものの、早春のある日の午後、ダンスターにある彼らの部屋に帰ってくると、思いがけなくグロースマンがいて、鏡の前に立ち、傘を片手に掛け、傲然と眉を吊りあげ、鼻を高慢にうごめかし、「I parked my car in Har-vard yard. ぼくは車をハーヴァード・ヤードに駐車してきた」と何度も何度も唱えているのだ。このときまでというもの、ルームメイトの崩壊のほどに驚きはしなかった。シーゲルがひそかに感嘆おくあたわざりし強く鼻にかかったr《アール》の発音は今や力をうしない色をうしなっていた。〔訳註　中西部ではすべてのrを発音するが、ボストンではイギリス風に、発音したりしなかったりする。先の英文中の五つのrはボストンではほとんど発音しない。〕そしてこの古典的な験《ため》しことばの中にシーゲルは哀れ無垢なグロースマンの白鳥の歌を聞いたのである。その一年後、シーゲルは手紙をもらった、最後の手紙であった――グロースマンはウェルズリー女子大生と結婚しマサチューセッツ州スワンプスコットで暮らしているというのだ。汝が上に地よ軽くあれ《シト・テルラ・レヴィス》、グロースマンよ。〔訳註　グロースマンはすでに故人であることを示す。〕しかしいったい誰にせよ、どうやってワシントンのように中流階級的でもありコスモポリタンでもある町に根をおろすことができるというんだろうとシーゲルは思った。ブルジョワになることはできる、国際的な仲間に加わることはできる。だがそんなことはどんな都市においても起こりうることだ。それとも土地には無関係で強迫観念に襲われているとでもいうのか――ゴーギャンとかエリオットとかグロースマンのような人々を結びつけたものが、ほかに選択の余地がないような理由が、あるとでもいうのか。それでそういうことが起こると、ボストンであろうと、今の場合、何と、ワシントンであろうと、シーゲルは不安を感じ、あんまりそのことを考えたくないのだ。この小さなイエズス会的な存在、この騒霊《ポルターガイスト》が彼の頭の中であばれまわり始める。ブリーフケースをもって歩いているうちに起こったのと同じなのだ。それが彼をほんとうの国へ呼び戻した。ここには混ぜ合わせるための酒があり、気楽に投げかける冗談があり、ときによれば介抱すべき酔っぱらいが一人か二人いる。今がその事態だ。それで彼はただルーシーをいぶかしげに見て言うだけだった――「さあわかんない。何となく時候あたりしているみたいだったけど。それに少しノイローゼ的でもあった」

女の子はしずかに笑った。もう和合しようという気はなくなっている。ベッドルームの種類の和合も。でも気づかっているのだ。彼女自身に考えていることがあるからだが、シーゲルはそれがどんな考えなのか知ろうという状態ではないし、それを処理できるだろうという自信もない。「少しノイローゼ的って、少し妊娠しているっていうのみたい。デイヴィッドを知らないでしょうけど、彼、元気なのよ、シーゲル、私たちの仲間で元気なのは彼だけ」。シーゲルは微笑した。「ぼくは何とも言えない」と彼は言った――「知らないんだもの。ねえルーシー、ここの人たちのことで少し僕の手助けをしてくれない？」

「あたしが手助け、あなたの？」。急に力が抜けた彼女の答え方は奇妙に無能と侮蔑をいっしょにしたようなものだったので、彼女自身の状態は大丈夫なのかと気になり出した。「いいわ、協定しましょ。相互扶助。ほんとうのとこ、あたし、肩にもたれて泣きたいのよ」。シーゲルは振り返ってちらとキッチンの中を見た。その一瞥《いちべつ》を彼女は見逃さず、「あのひとたちのことは心配することないわ」と微笑して「当分自分たちでやっていけるもん。どこに酒やなんかがあるか、わかっているんだから」。シーゲルは弁解するように笑って、ドアを押して閉め、彼女のそばのベッドに腰をおろして片肘をついた。クレーの原画が向かい側の壁にかかっている。ほかの壁にはブローニング自動ライフル銃が二梃、十文字に交差させてあり、猟銃やらサーベルやらも飾ってある。部屋は現代スウェーデンふうに家具が少なく、床ぜんたいに絨緞が敷きつめてある。彼は彼女を見て言った――「いいよ、ぞんぶん泣きたまえ」

「ほんとわからない、どうしてこんなことをあなたに話しちゃうのか」と彼女は話し始め、それはまるで彼女が「祈ってください、神父さま、わたくしは罪を犯しました」と言ったみたいなのだ。というのが、シーゲルはしばしば思うのだけれど、もしあらゆるガキ、酔っぱらい、恋愛中の女子学生、憂いに沈んだ兵卒など、そういう前説《まえぜつ》形式で彼のところにくる、あらゆる踏み倒され、不満を抱く人々の群が縦に並んだら、間違いなくここから遠くあの大中央広場、あのネクタイを切られた内気な、やせた脛《すね》の少年のところにまで到達するだろう。「でも」と彼女はつづける――「あなたってデイヴィッドに似てる。いじめられているようなひとに対してデイヴィッドと同じような思いやりがある、なぜかそんな気がする」。シーゲルは肩をすくめる。「とにかく」と彼女は言った――「ブレナンなのよ。ブレナンとあのコンシダインの女郎《あま》」。それから続けて言うことに、デビー・コンシダインという女性経済学者がオンタリオに派遣されて一週間まえに帰ってきたのだが、たちまちポール・ブレナンはまた彼女を追いかけ始めたらしい。彼女のアパートの外側、P通りに一本の木が生えていて、ブレナンはこの木に登って彼女が出てくるのを待ち、出てくると大声で、即席の無韻詩で彼女に対する熱情を宣言するのであった。たいがいちょっとした人だかりになり、とうとうある夜、警官が梯子をもってきて彼を引きずりおろし、連れ去った。「そのあと誰に電話を掛けて警察署へきて保釈金を払ってくれと言ったと思う？」とルーシーは言った――「あたしよ、あたしに電話して来た。給料日直前だっていうのに。あいつまだその金を返してないのよ。それに輪をかけたのは、彼がそのときまでに前科があったってこと。クリンクルズ・ポーシーノってひとが（ポールのルームメートなんだけど）二月ごろ、この、モニカって子と婚約したの。二人ともほんとに愛し合っていてね、ポールはこの二人を好きだったんでね、シビル――シビルって子がそのころデイヴィッドと同棲してたんだけど――この子がクリンクルズを追っかけて二人の仲を裂こうとしたの――ま、それはとにかく、この子がとうとうメイフラワーのロビーでポールと大喧嘩して、ポールがたまたま持っていたヴォッカのビンで彼女をなぐっちゃったもんで暴行罪で摑まっちゃったんだ。そいで、もちろんデイヴィッドはおもしろくないのよ、何に巻き込まれるのも嫌なひとなんだから。でもサム・フライシュマンは、このひと、ポールに百ドルのにせウラニウム株を買わされて以来ポールのずうずうしいのを憎んでいたから、デイヴィッドのことを気の毒がって中傷の手紙をシビルに出し始めたの。ポールをやっつける手紙よ。あたしたちが朝起きるとすぐに彼はその手紙を書くのよ、あたしが朝食を作っているあいだに。そうしてあたしたち二人とも笑って笑って。だってとってもおかしいんだもん」

「ほう」とシーゲル——「は、は」

「そいでポールが出てきたとき」と彼女は話を続ける——「何とハーヴェイが激怒してポールにぶっつかったのよ。なぜって彼はあたしがポールを愛していてポールがムショにいるあいだタバコだのクッキーだの、いろいろと差し入れしているのを知ってたから。そいである夜、ボースン・ナイフを持って劇場街を七ブロックもポールを追いかけた。これもおかしいみたいなことなのよね、だってハーヴェイは水兵服を着ていて、結局彼をおさえるのに憲兵が四人がかりなんだもん、それでも彼、憲兵の一人の腕をへし折って、もう一人は腹に重傷を受けてベセズダ海軍病院へ入ったの。そんでポールは保釈金で出てきて、モニカをやっつけるってわけ。なぜかっていうとモニカはサムと同棲しているからってわけなんだけど、仕方がないでしょ、クリンクルズは何週間も町を出てしまって、ヤクの習慣を治そうとしてるんだもん。問題はこのばかジャンキー、彼女がほんとにどんなに良い子なのか知らないってことよ、シーゲル。彼女がクリンクルズのバリトン・サックスを質に入れたのもほんの二日まえのこと。それってのが、かわいそうにサムがスミソニアン協会の職をクビになって、ほんとに餓死しそうになっているのを見つけて彼を泊めてやったのよ。この子は聖者」。彼女はこういう調子でさらに十五分も話を続け、むき出しにするのだ、下手な脳外科医のように、神経細胞接合部《シナプス》を、脳回《のうかい》を、露出さすべきでないものを。シーゲルに見えてくるのは思っていた以上に重症の病いの詳細だ――心の暗黒街、そこでは闇の部分が、不正確な自己分析の交錯した糸が、フロイト的謬論が、光と視界の摑みにくい通路が、あらゆる種類の悪夢の増感されたヒステリックな鋭さの中に人をぶちこんでしまう。この世界で人は目を開けていて見えるものは何によらず見なれたものばかりなのだが、にもかかわらず、閉じたドアのはしの背後に明滅し、部屋の隅《すみ》の椅子の下に隠れるように、名状しがたいまがまがしいものが存在し、人は大声をあげて目を覚ますという気配。

とうとう最後にブレナンの友人の一人、ルーシーがヴィンセントだと紹介してくれた男が、ぶらりと入ってきて、誰かがもうフランス窓から、それを開けもせずに、出て行ったよ、と告げた。それでもシーゲルはうんざりした気持で、ああ、そういった種類のパーティなんだなと悟り、いずれにしても、知りもしない女の子のそばに身を置いて三十分間にわたって泣きタオルの役割を演じたという行為によって、のっぴきならぬ事態に身を置いてしまった以上、まこと英国参謀将校ふうに「すごい鉄砲玉も受けとめて悪い事態をがまんして行こう」と決心した。

キッチンには一組の男女が流しに腰をおろしていちゃついていた。ダックワースはひどく酔っぱらって床に横たわり、ピスタチオ・ナッツを豚の胎児に投げつけていた。バーミューダ・ショーツの四、五人が車座になってプリンスのゲームをやっていた。ほかの部屋では誰かがチャチャチャのレコードを掛け、二、三組のカップルが自由に即興で踊っていた。おそらくは知的な会話と思われるものが、遠い稲光のように、まやかしの輝きを部屋にちらつかせていた——一分間ぐらいのうちにシーゲルは「禅」だの「サンフランシスコ」だの「ヴィトゲンシュタイン」などという単語を耳にして軽い失望感を味わった。まるで何か秘教的な言葉、アルベルトゥス・マグヌスか何かの言葉を期待していたかのごとくであった。あの豚の胎児のほかに、あと一つだけ、この全景の中に不協和音があった——浅黒い感じの人間が破れたカーキ色のズボン、古いコーデュロイの上衣で片隅に立っていて、まるで死の警告《メメント・モリ》か何かのようなのだ。孤立して陰気に立っている。「あれがコンシダインの最近のボーイフレンド」とルーシーが言った——「オンタリオから連れてきたインディアンよ。ねえ、すごいでしょ」

「悲しそうな顔だなあ」とシーゲルは言った。誰かがシーゲルに、古風なグラスに入れた得体の知れぬ混合飲物を手渡し、彼は無意識にそれをすすり、顔をしかめてそれを下へ置いた。「あのひと、名前はアーヴィング・ルーンっていうの」と彼女は夢見るように言った。

「アーヴィング何だって?」とシーゲル。

「ルーン。オジブウェー族よ。あらポールだわ。コンシダインに話しかけてる、あんちきしょう」。彼女は彼を案内して、小柄の若手重役タイプが、目にひどくマスカラをつけた、くねくねしたブルーネットの女性に熱弁をふるっている一隅へ連れて行った。デビー・コンシダインを一目見るとシーゲルは低くヒューと音を立て息を吸い込み、左手の四本の指を数回くねらせて、アーヴィング・ルーンだの、プリンス・ゲームのメンバーだの、酔っぱらい水兵のことなど忘れてしまった。「栗毛の女《マローネ》だ」と彼はささやいた。ルーシーは彼を睨みつけた。「あんたまでが」と彼女は語気あらく「みんなセックス・マシンなんだから」。彼が紹介されてしばらくするとルーシーは口実を作ってブレナンをうまく追い払い、シーゲルはこの女性経済学者と二人きりになった。「それでオンタリオの山奥はどうだったの」と彼は言った。彼女は伏目にした睫毛《まつげ》の下から彼を見て「とっても魅力的」とハスキーな超然とした声でつぶやいた。「オジブウェー族を知ってる?」と言われてシーゲルはいちもくさんに心の中のＩＢＭカードのスタックを調べ始めた。何かある、何か知っていることが。大学で習った。その情報を呼び出すことができないのが苛立たしい。大学で取ったコースの大部分というものがそれ以外の役に立ったためしはないのだ――少くともそれが学部学生時代の抗議意見であった――こんなふうなパーティで会話の材料になる以外の役には立たないものなのだ。オジブウェー・インディアン。オンタリオのどこか。何か変わったこと、何かおかしいこと、だけど何だっけ。どうしても突きとめられない。「あなたって共感力があるみたい」とデビーは不意に言った――「どこかゆっくり話のできるところがある?」。言われてシーゲル、IBMカードから引き離され、何ということだ、また始まったと思う。彼は彼女をベッドルームに連れて行ったが、このベッドルーム、何だか、片意地な装飾の懺悔告解室みたいに思われてきて、この部屋はデイヴィッド・ルーペスキューが故障した魂の声に耳かたむけた場所なのだろうかと思った。どうもそうだという感じがした。彼女は彼の近くに立って彼のシャリ織りタイをもてあそび、またも睫毛で控え目に攻めてくる。「あなた、同じよ」と彼女はささやいた――「ルーペスキューと同じとてつもない落ちつき方だわ。彼の生霊《いきりょう》じゃないの」

「さあ」とシーゲル――「どうなのかな。話ってのは?」彼女はためらい、彼はうながす――「神父さま、私のためにお祈りください……」

睫毛がパッと開いた。「デイヴィッドもそう言ったのよ。何者、あなたって?」

「今のところはきみの聴聞僧。何かな、わが子の悩みとは」

「アーヴィング・ルーンなの」と彼女はベッドに腰をおろし、持ってきた空《から》のハイボール・グラスをもてあそび、彼の皮肉など無視して言った――「彼、オンタリオではとっても楽しく暮らしていたの。稲刈りのときにはね、家族全員が集まって、みんな楽しくするの、オジブウェーの国の一心同体性ね。災厄、喧嘩、乱交さわぎ、コミュニティの合唱、成人式。あらゆる種類の地方色があってノートブックが次から次にいっぱいになって行く。それにアーヴィング・ルーン、身長十フィート、拳《こぶし》は石みたいで、あたしのようなあばずれ女の心も落ちつかなくさせる」。そう言って、驚くなかれ――シーゲルにとってはばつの悪い思いだが――国務省の仕事で訪問したあらゆる低開発地域における彼女のラヴ・アフェアを列挙しはじめた。非公式の統計の数ページぶんが、いささかあの『ドン・ジョヴァンニ』の〈目録アリア〉を歌うように聞こえた。彼女はどこへ行っても男性の見本を拾いあげて連れ帰り、数週間後に捨てる習慣があるらしい。彼女のもとボーイフレンドたちは〈仲間〉と同化するか、ほかの人たちの中に落ちつくか、完全かつ永久に消えるか、そのいずれかであった。ところがアーヴィング・ルーンは違うと彼女は力説した。彼には一種ジェイムズ・ディーン的に考えこむところがある。「彼は一晩中同じ片隅に立ってるの」と彼女は言った――「彼は二日間にわたって一語もしゃべらないことがある。あたしの感じでは――」と言って彼女の目はシーゲルの肩の後方を見つめていたが、どこを見ていたものやら――「それ、原始へ帰りたいというノスタルジアだけじゃなくて、まるで、どういうわけか、あっちのほう、奥地の、雪と森林と何匹かのビーヴァーとヘラジカぐらいしかいないところで、都会の住人が一生のあいだ知らないようなもの、それが存在することを知りさえしないようなものに彼は接近したことがあるみたいなの。それがないからなのよ、彼がさびしい思いをしているのは。都会が殺してしまうか、彼から隠してしまうかなの」。こいつは愕いたとシーゲルは思った。この女、本気だぜ。「それが、そのことをポールに教えることができないのよ、どうしても」と彼女は吐息して――「彼、アーヴィングのことをばかにするの、無知だって言うの。でもそれは神聖な鬱病《メランコリア》なのよ。だからあたし、彼についてそこを愛しているわけ」

愕いたな、そういうことか。鬱病《メランコリア》。全くの偶然で彼女はその単語を使った。「憂鬱《メランコリー》」と言わないで心理学者の用語を使ったのだ。小柄なミッチェル教授が人類学の講義で教壇の机に雀のようにちょこんと腰かけ、両手を上衣のポケットに入れ、いつに変らぬ皮肉な微笑で口の片側をひんまげながら、オジブウェー・インディアンにおける精神病について語っている。それだ、もちろん。記憶装置《メモリー・バンク》はやっぱりまだ機能しているんだ。「忘れてならないことはだね、このグループがいつも餓死すれすれのところで生きているということです」とミッチェルは言った。あの、すまなそうな、弁解めいた口調は、彼にとってあらゆる文化が同じ程度に狂気であると言いたいからなのだ。違うのは形式だけであって、内容に差異はないというのだ。「オジブウェーの気風には不安が沁み込んでいると言われている」——すると、同時に五十本のペンがそのセンテンスを逐語的に筆写する。

「オジブウェー族は幼時から飢えの訓練を受けます。男子の教育はすべて一つの目的に向けられている——偉大な猟師になるということです。大事なのは孤立していること、自給自足の精神です。オジブウェー族に感傷的なものはいっさい存在しない。彼らの送る生活は耐乏生活、厳然たるもので、いつだって死の間近にいるのです。成人の地位に達する前に男の子は数日間にわたって食事をせずにいて、幻視を体験しなければなりません。しばしばこういう幻視体験のあと、超自然的な伴侶を獲得したと感じ、一体感をもつ傾向があります。原野にいて、自分と餓死のあいだにあるのはわずかばかりのビーヴァー、シカ、ヘラジカ、クマぐらいであるというとき、オジブウェーの猟師は追いつめられた感じになり、えも言えぬ宇宙の力が彼に向かって、彼ひとりに向かって集中してくるのを感じる。冷笑的テロリストたち、残忍で道徳を超えた神々——」と言って、こんどは自責の微笑——「そうしたものが彼を殺そうとしているのですから、一体感が完成しても無理はない。そのようなパラノイド的傾向が、稲刈りや小果実摘みの時期における夏の村落の高度に競争的な生活により更に強化される、あるいは何らかの個人的な恨みを抱いたシャーマンなんかの呪いにより強化される、こういうときオジブウェーは例の有名なウィンディゴ〔人食い鬼〕病に極度にかかり易くなるわけです」。シーゲルもウィンディゴのことは確かに知っていた。むかしボーイスカウトのキャンプでふるえあがるほど怖かったのを憶えていた。炉辺で語られた話なのだが、氷でできた、高さが一マイルもある骸骨がカナダの原野を唸りをあげて走りまわり、人間を摑みあげてその肉を食べるというのだ。しかし少年時代の悪夢のイメージはもう卒業して、教授が語るのを聞いてくすくす笑うほどの大人になっていた。飢え死にしそうな猟師が、すでにいくぶん逸脱状態で、自分をウィンディゴと同一視し、みずからが逆上した人食いになって、近親者の体を貪り食ったあと、さらに餌食はないかと奥地を略奪してまわる話を教授はした。「わかるかい」とその夜、ヴェルツブルク・ビールを飲みながら彼はグロースマンに語った。「異常知覚だ。同時に、いたるところで、何平方マイルにわたって何百人、何千人のそういうインディアンたちが横目でお互いを見つめ合い、妻なり、夫なり、子供なりがぜんぜん見えてこないんだ。彼らに見えるのは大きな肥った多肉性のビーヴァーのイメージ。それでそういうインディアンたちが飢えているんだよ、グロースマン。いいかい、ほんとだぜ。大規模な集団精神異常。見えるものがみんな——」と彼はドラマティックな身振りで——「ビーヴァーなんだ。旨くて、汁気が多くて、脂肪が多くて」

「おいしそ」とグロースマンは顔をしかめて論評した。そう、おかしい、ひんまがった種類のおかしさだ。それに、それは人類学者が書く材料となり、パーティのひとびとが語り合う材料となった。おもしろいのだ、このウィンディゴ病というやつは。そうして奇妙なことに、その初期の特色は根深い鬱病《メランコリア》。それで彼は思い出した。語の併置、偶然。なぜアーヴィング・ルーンは二日も話をしていないんだろうと彼は思った。デビー・コンシダインはオジブウェーの性格のこの領域のことを知っているのだろうかと彼は思った。「なのにポールったらまるでわかろうとしないの」と彼女は言っている――「もちろん警察に訴えるってのもまずいけど、あたし、夜、眠れないのよ、彼がその木に登ってかがみこんでいると思うと。まるで邪悪な霊か何かみたいに、あたしを待っていると思うと。あたしって、たぶん、いつも何か、そういうのって怖いのね、何か不慣れなもの、何か、あたしに操作できないもの。ええ、そう」と、彼が眉毛を上げてみせたのに答えて「確かにあたし、何でも操作してきた。操作したいわけじゃないのよ、シーゲル、ほんと、したいわけじゃない。けど、しちゃうの」。シーゲルは「マスカラをもう少し薄くするか何かしろよ」と言いたくなったが、ルーペスキューが出て行ってからずっと心のどこかにあった意識に急に抑えられた――ルーペスキューがこのグループに対して占めていた役割についてのハッキリしかけた印象である。そうして彼の代役なら絶対そんなことを言いはしないだろうと思ったのである。赦罪なり告解なりはしても、そんな実際的な忠告はしないだろう。心の司祭室のようなところにこぢんまりとおさまったイエズス会のクリアンス・シーゲル神父、ふむふむとうなずいた。「ちょっと話題を変えるけど」とシーゲル——「きみ知ってる、アーヴィングが何か言ってる、ウィンディゴについて？」

「あなたがそれを言い出すなんておもしろいな」と彼女は言った——「自然神か何かでしょ、彼らが崇拝してる。あたしは人類学関係じゃないけど、人類学関係だったらいろんなことを言えるんだけどね。でも、最後にアーヴィングがしゃべっていたとき——彼って英語はとっても上手よ——一度言ったの、『ウィンディゴ、ウィンディゴ、ぼくのそばにいてください』って。あのひとのこの詩的な、宗教的な性質がとっても感動的なの」。ところで、このあたりからシーゲルはほんとうに不安になってきた。このような、ちょっとした、腹立たしい不協和音を耳にするとは。詩的だと？　宗教的だと？　は、は、だ。「あたしって」と彼女は言っている——「とても鬱になっちゃうの、疲れ果てて。小さいときにも流れ星がぶっつかるんじゃないかって怖かったっけ。ばかみたいでしょ。そういう不慣れなもの、そういう神か何かの勝手な仕業《しわざ》を恐れる気持。それがひどくなった、ほんとにひどくなったのが二年前で、そうしたものをことごとく整理するためにデビー・コンシダインは行動した——処方箋以上の量のセコナールを呑んだの。それから、それが成功しなかったんで、こんどは別な波の頂点に乗っちゃって、それが二年つづいて、いままた落ち込む時が来ているのね」

　シーゲルは急に坐りなおして真直ぐまえ、壁に飾ってある交差したブローニング自動ライフル銃を睨みつけた。こんな話はもううんざりしてきたのだ。ルーペスキューの言ったことは違っている。こんな種類のことは短時間のうちにできるものではない。それはゆっくりした経過をたどるもので、事態が推移するにつれて自分自身ばかりか仲間をも破壊しかねないだけに危険である。彼は彼女の手を取って「さ」と言った――「ぼくはアーヴィングに会いたい。きみは悔悛の行《ぎょう》として〈賛えよマリア〉を十回唱えて、きちんと〈痛悔の祈り〉をすることだ」

「あーら」と彼女はささやくように「ほんとうにごめんなさい……」と言ったが、ほんとうにごめんなさいと思っているらしくはあったけれど、その理由はたぶん面談が切り詰められたからなのだ。二人はキッチンに何人か、不活発な身体が存在するあいだを縫って進んで行った。チャチャチャの曲が終わって、レコードはバルトークの『管弦楽のための協奏曲』を演奏し、シーゲルはその時宜に適していることを感じて不快な微笑を浮かべた。この狂ったハンガリー人の曲を聴いていると必ず苛立ってきて、弦楽部ぜんたいが不意に逆上してマンダラゲがひっこ抜かれたときみたいな金切り声をあげ、身を掻き切るようにするものだから、彼のうちなる鋭敏な小マキャベリが攻撃し始めようとするのだ――たったいま思春期を捨てたばかりで、デビー・コンシダインやルーシーや自分自身やその他の死者のような者のためにいつまでも喪に服しているお方《かた》を。そのお方に何とか行動を起こさせようとするのだ。それに、ひょっとしたらルーシーがルーペスキューの事態を診断したのは当たっていたのではないか、また、いつか自分（シーゲル）がどこかの鏡の前に立って片腕に豚の胎児を抱きかかえてフロイト的決まり文句をひとり暗誦し、然るべき抑揚を正しく言おうとしているなんてことがあるのではないかと思った。「アーヴィング・ルーンよ」とデビーは言った——「こちらはクリアンス・シーゲル」。アーヴィング・ルーンはじっとしていて、二人が来たことに気づかないように見えた。デビーは手をこのオジブウェー・インディアンの腕に載せ愛撫した。「アーヴィング」と彼女は優しく言った——「お願い、何か言って」。ちきしょう、魚雷が飛んで行くぞ。フル・スピードになるぞ。「ウィンディゴ」と彼は静かに言い、アーヴィング・ルーンは氷のかけらを首ねっこに落とされたかのように跳びあがった。彼はじっとシーゲルを見つめ、とつぜんその黒い、鋭い目で探っている。それから視線をデビーに移して力なく微笑した。彼は腕を彼女の腰にまわし、彼女の頰に顔を寄せた。「デビー」と彼はささやく——「ぼくの美しいビーヴァー娘」

「何て優しいんでしょ」とデビーは言い、振り返ってシーゲルを見た。こいつはいかん、とシーゲルは思った。だめだ。ビーヴァー？　待て待て。誰かシーゲルの上衣の袖を引っ張っている者があり、さっと苛立って振り向くとブレナンだった。「ちょっと話したいんだが」とブレナンは言った。シーゲルは躊躇した。アーヴィング・ルーンとデビーはいちゃついた言葉をかわしている。「うん、いいとも」とシーゲルは上の空で言った。

二人はフランス窓の割れたガラスを踏んで小さなバルコニーに出たが、それは悪くなかった。シーゲルはベッドルームにいささか嫌気がさして来ていたのだ。雨は弱まって軽い靄《もや》のようになり、シーゲルは上衣の襟を立てた。「きみは共感力のあるひとだそうだけど」とブレナンが言い出す――「ぼくとデビーの状況は知っていると思う。実はあのインディアンのことが心配なんだ」

「そりゃぼくだって」とシーゲルは言おうとしてやめた。アーヴィング・ルーンがなぜ口を開かないのかについての、この理論は単に疑念のみに基づいているのだ。そうしてこの筋の通らない、シュールレアリスト的雰囲気が結局のところ想像力に働き掛けていて、抜き差しならぬところへ進むことがないとも限らない。それでその代わりにこう言った――「どんなところが心配なのかはわかるような気がする」。ブレナンは巧妙な言い方になった――「彼は彼女に催眠術を使っていると思うんだ」と打ち明けながら、すばやく室内に視線を投げ、誰かに聴かれていないかと確かめる。シーゲルは大きくうなずいた。ブレナンは引き続いて彼の立場から例の木登りエピソードを釈明し、その釈明が終わるころ、話に注意など払っていなかったシーゲルは、その夜はじめて時計を見て、すでに十一時近いことに驚いた。二、三人の客が去り、パーティは失速状態の最初の徴候を示している。シーゲルはキッチンにふらふらと入って行き、スコッチのビンに半分ウィスキーが残っているのを見つけてオン・ザ・ロックを作った。じっさい、到着以来、これが最初の一杯である。彼はキッチンに立ったまま、ひとり、状況を査定しようとした。第一段階、鬱病《メランコリア》。第二段階、直接的暴力。どの程度アーヴィング・ルーンは飲んでいるんだろう？　どの程度、いったん精神異常が始まった場合に飢えが異常と関わるものなのか？　そう思うとその重さにぎょっとした。なぜなら、もしこの予感が正しいとすれば、シーゲルはここにいる教区民に対して一種の奇跡を演じる力があるのだ。彼らにたいへん現実的な救いをもたらす力が。なるほど主人役《ホスト》のほうに関わる奇跡ではあるが、聖体拝受の祭餅《ホスト》なんかではない。アーヴィング・ルーン以外には、彼だけが知っているのだ。それに、と冷静な声が彼に気づかせるのだった——どうやら彼だけがウィンディゴ病のことを、オジブウェー族についての独占的情報として入手しているのだ。それは一般論的症例かもしれない、アーヴィング・ルーンについてはいろいろな事情がからんでいるかもしれない。でも、あるいは……良心の症例。ヴィンセントが近づいてきて話をしたいと言ったが彼は断った。もう告解は結構だとシーゲルは思った。前任者はどうして長いこと聴聞僧の役が勤められたものかと思った。いまになって考えついたことだが、ルーペスキューが別れぎわに言ったことは酔っぱらっての警句などではなく、あの男がほんとうに、クルツと同じように、闇の奥にとりつかれていたのだ——その場所では奥地から象牙が送られてくることはなく、その代わりに象牙収集人たちの一人ひとりが苦労して一かけらずつ寺院を建立し、その寺院は何らかの成像《イマーゴ》なり妄想なりを賛えるためのもの、寺院の内部は夢と悪夢の細工品で装飾され、最後には、敵対する森林に向かって閉ざされ、取扱人《エージェント》はいずれも自分自身の象牙の塔にこもってしまい、そこには外を見る窓など存在せず、次第次第に内向しながら祭壇の奥の小さな炎を大事にしている……。そうしてクルツもやはり、彼なりに聴聞僧だったのだ。シーゲルは頭を振って、こんな思いを振り払おうとした。誰かがほかの部屋でサイコロ賭博を始め、シーゲルはキッチン・テーブルに腰をおろし、片脚をゆさぶりながら、大勢のいるほうを覗いて「ご立派な仲間だよ」とつぶやいた。

結局のところ、こんなやつらには勝手にしやがれと言い捨ててレイチェルのところへ立ち寄るべきかなと思い始めたとき、アーヴィング・ルーンが豚の胎児の下から夢のように入ってきた。その目はまっすぐ前を凝視しながら何も見えていない。アーヴィング・ルーンがベッドルームへ入り、椅子を片方の壁に引っぱって行き、それに乗ってブローニング自動ライフル銃の一つを外す様子をシーゲルは麻痺状態で見守った。恍惚として、自分の行動に完全に没頭したまま、インディアンはルーペスキューの机の引出しを捜し始めた。慎重にシーゲルはテーブルから離れてベッドルームのドアに忍び足で歩いて行った。アーヴィング・ルーンは歌をうたいながら、三十口径の弾薬の箱を探し出して微笑している。愉しそうに彼は弾丸を弾倉に詰め始めた。シーゲルは彼が詰め込む弾丸を数えた。弾倉には二十発入るはずだ。よし、シーゲル、と彼は自分に言いきかせる——完了だ。真実の瞬間。剣《エスパダ》は折れ、赤布《ムレータ》と棒は奪われ、馬は腹を裂かれ、ピカドールは恐怖におびえている。午後五時、群衆は叫ぶ。ミウラ牛、とがった角《つの》、突進。決断するのに約六十秒と思われた。そのとき、あのいまも小さなイエズス会士の声。奇跡はやはり結局のところ彼の思いのままになる、ほんとうなんだ、と思う。シーゲルはかつて五百人のヒステリックになった大学一年生が女子学生寮に向かって前進して行くのを見たとき、自分がこれを煽動した本人なんだと思うと、同じような昂揚感を喜んだのであった。それに対して彼の別な、温和な部分は死者のための頌栄《カデシュ》を唱え、イエズス会士の幸福が死んだことを悲しんだが、この種の懺悔が何ほどのものでもないことはわかっていた。聖であれ、俗であれ、体と血にあずかると言っても、アーヴィング・ルーンだけのものであるのは不運と言わざるをえない。進むべき道はじっさい一つしかないと彼の両方の部分が同意するには五秒もかからなかった。

しずかに歩いてシーゲルはキッチンを抜け、居間を通り抜けた。ゆっくりと、サイコロ賭博の仲間に気づかれることもなく、ドアを開け、廊下へ出てから、うしろ手でドアを閉めた。彼は階段を降りて行く、口笛を吹きながら。一階の踊り場に着いたとき、最初の悲鳴が、足音の響きが、ガラスの割れる音が、聞こえた。彼は肩をすくめた。何だってんだ。ワシントンじゃもっと変なことだって起こってるんだ。通りに出てからようやく彼は最初のブローニング自動ライフル銃の発射音を聞いた。

付録
殺すも生かすもウィーンでは・解注

「殺すも生かすもウィーンでは」はピンチョンが「トム・ピンチョン」という署名で初めて活字にした作品である。現在も発行されているコーネル大学の文芸雑誌『エポック』の一九五九年春季号（第九巻第四号）に掲載された（次頁図）。六人の編集助手のリストの中にはピンチョンの友人リチャード・ファリーニャの名が見える。定価七十五セントと印刷された内表紙を見ていると、エディパではないが、「別世界」を覗いているような気がしてくる。

寄稿者解説には次のような言葉がある――「『エポック』今季号は二人のニュー・ライターズ、トム・ピンチョンとロナルド・スーケニックの初めて出版される短篇を掲載する。ピンチョンはコーネル大学の英文科創作科の学生で、来年の大学院のウッドロウ・ウィルソン奨学金を授与されている。スーケニックはブランダイス大学の大学院学生で今年はフルブライト留学生としてパリに滞在中である」

ピンチョンが自作短篇集『スロー・ラーナー』を出版したとき、他のすべての若書きの短篇小説を集めたのに、この作品だけは入れなかった。ということは、若書きを何十年も経って読み直して、いくぶん恥をしのびながらも、まずは読み直しに堪えると思ったのが『スロー・ラーナー』所収の短篇なのだろう。そのほかの理由として、作品内の状況設定が少しばかり「エントロピー」に似過ぎていて、それと並べて入れることを躊躇したことも考えられる。そんな作品を拾いあげて翻訳することは原作者に対して失礼だとも思うが、読者は酷なものである。真摯な読者の中にこの作品の翻訳を望む声があるということなので、ここに訳出した。以下、簡単に解説する。

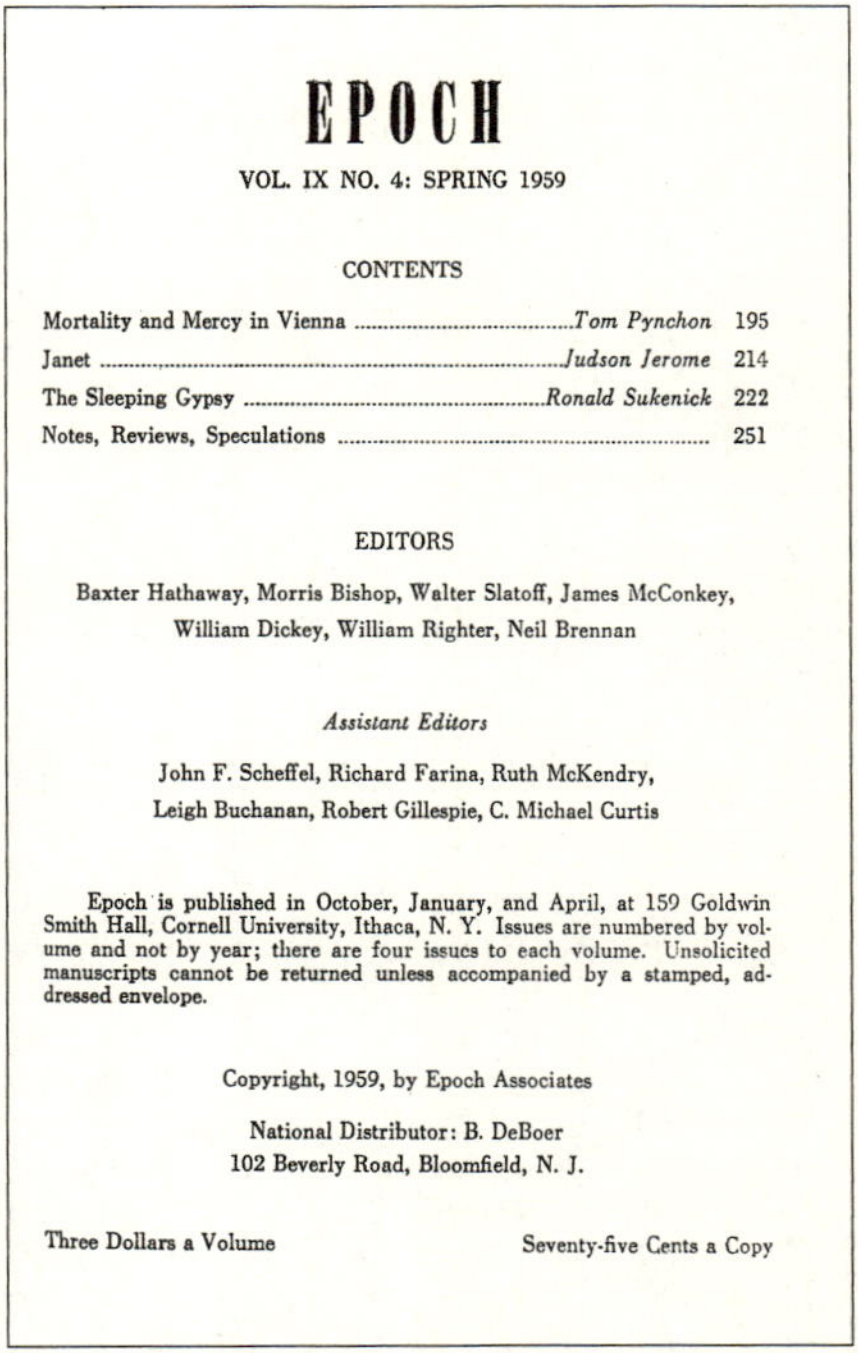

EPOCH

VOL. IX NO. 4: SPRING 1959

CONTENTS

EDITORS

Baxter Hathaway, Morris Bishop, Walter Slatoff, James McConkey, William Dickey, William Righter, Neil Brennan

Assistant Editors

John F. Scheffel, Richard Farina, Ruth McKendry, Leigh Buchanan, Robert Gillespie, C. Michael Curtis

Epoch is published in October, January, and April, at 159 Goldwin Smith Hall, Cornell University, Ithaca, N. Y. Issues are numbered by volume and not by year; there are four issues to each volume. Unsolicited manuscripts cannot be returned unless accompanied by a stamped, addressed envelope.

Copyright, 1959, by Epoch Associates

National Distributor: B. DeBoer
102 Beverly Road, Bloomfield, N. J.

Three Dollars a Volume　　Seventy-five Cents a Copy

「殺すも生かすもウィーンでは」が掲載された「エポック」誌目次

✣題名 Mortality and Mercy in Vienna はシェイクスピアの『以尺報尺』（『尺には尺を』）第一幕第一場、ウィーンの領主ヴィンセンシオ公爵が留守のあいだアンジェロという男に代理を依頼する言葉からの引用である。In our remove be thou at full ourself: /Mortality and mercy in Vienna/Live in thy tongue and heart... これを坪内逍遙は「わしの不在中は、十分わしに成り代ってくれ。ヰエンナ国内の生殺与奪はお前の舌次第、心次第である」と訳し、近年の訳は「わたしの留守中は十分にわたしの代わりをつとめてもらいたい。ウィーン領内の生殺与奪の権はまさしくひとえに君の言葉と心にかかることに相なるのだ」（平井正穂訳）、「私の不在のあいだ、十分私のかわりを務めてくれ。ウィーン国内の生殺与奪の権はいっさいおまえのことばと心にある」（小田島雄志訳）と、ほぼ坪内訳を踏襲している。しかし「ウィーンの生殺与奪」では果たして現代の読者に通じるものかどうか。私としては「人を殺すも生かすもウィーンでは君の言葉と気持にかかっている」と、いくぶん原文の語順を生かしてみた。けだし「ウィーンの生殺与奪」としたところで、それがシェイクスピアの引用であると直ちに読者にピンとくるわけのものでもなかろうと思ったからである。（ついでながら『以尺報尺』の悪人アンジェロは『競売ナンバー49の叫び』中の劇『急使の悲劇』の悪公爵アンジェロと響き合うところがある）。

❖すでにタイトルからして文学的アリュージョンであるこの短篇は文学作品への言及が目立つ。ルーペスキューが彼の代理を務めることになるシーゲルに発する言葉「わが同胞《モン・サンブラーブル》、わが兄弟《モン・フレール》」はT・S・エリオットが『荒地』で引用したボードレールの『悪の華』の序詞の言葉であり、「ミスター・クルツ――あのひたァ死んだ」も同じくT・S・エリオットが『うつろな人々』のエピグラフに使ったジョーゼフ・コンラッドの小説『闇の奥』の言葉である。かつて学生時代にシーゲルのルームメートが彼を「スティーヴン」と呼んだのはジョイスの『若き芸術家の肖像』や『ユリシーズ』のスティーヴン・ディーダラスに擬してのことである。

✣ピンチョンの他の作品との関わりで見ると、レイチェルという女性は『V.』のレイチェルに似たところがあり、バルトークの曲が出てきたり、主人公が自分の「記憶装置《メモリー・バンク》」が「機能している」と感じたりするところは『競売ナンバー49の叫び』に結びつけて考察することができよう。

✣「シーゲル」という名前の男はピンチョンの友人にいたらしいので、個人的ジョークを意図しているかもしれず、そのファースト・ネーム「クリアンス」は有名な大学生用の文学教科書の著者、ニュー・クリティックのクリアンス・ブルックスに掛けているのではないかという気がする。

✣ピンチョンはユダヤ系ではないが、シーゲルはユダヤ系という設定。しかも純粋なユダヤ系ではなく、母がユダヤ教に改宗する以前のカトリックのイエズス会派的な要素も残っているという想定。（それで同じイエズス会派のスティーヴン・ディーダラスに喩えられる）。三二五頁の回想は、ユダヤ教による葬式に「成人」として出席し、その慣習に従って、衣服（夫の場合）もしくはネクタイ（シーゲルの場合）を儀式的に切られているのだ。

✣アポカリプティックな終わり方は『重力の虹』を思わせると同時に、ピンチョンが興味をもっていたらしい三〇年代のシュールレアリスト的アメリカ作家ナサニエル・ウエストを感じさせる。現代最高の評価を受けている詩人ジェイムズ・メリルは、ピンチョンの文学的想像力と自分のそれとの類似を認めながら、しかし「ピンチョンの作品の中核にはまがまがしいものがある」点が異なると主張している。この「まがまがしさ」は、あるいはウエストに源をもつものではないかと私は思っている。

解説　パラノイド・スタイルの更新

巽孝之

一九六三年、弱冠二六歳の青年が発表した衝撃的な前衛長編小説『V.』が、同年最高のデビュー作品としてフォークナー賞を受賞した。六六年、二九歳になった彼は中編小説級の『競売ナンバー49の叫び』を発表する。前作が初期の最高傑作『重力の虹』(一九七三年)とも共通するグローバルな視点を貫く一方、本書はアメリカ西海岸でセックス、ドラッグ&ロックンロールに明け暮れる六〇年代対抗文化を生き生きと描き出す。にもかかわらずここでも、ピンチョンらしいエントロピー理論やデジタル哲学、中世以来の秘密結社、それに独特な陰謀史観には事欠かない。以来彼は七冊の長編と一冊の短編集をもつノーベル文学賞の常連候補だが、なおも本書は、ブラックユーモアともメタフィクションとも呼ばれるピンチョン文学最良の入門書だ。昨今では本書から啓発された我が国のユニット　t.o.L　が二〇〇二年に製作したアヴァンポップ・アニメ『TAMALA2010』も話題を呼んだ。

しかも本書を結節点とするピンチョンの西海岸カリフォルニア小説シリーズは、最新作に至るまで断続的に発展している。たとえば本書ヒロインの夫ムーチョが『ヴァインランド』(一九九〇年)でも再登場し、彼女に莫大な遺産を残す大富豪インヴェラリティの面影は『インヒァラント・ヴァイス』（二〇〇九年）における主人公ドクの元恋人シャスタの愛人たる不動産王ミッキー・ウルフマンの性格造型にも反映する、という具合に。

＊

『競売ナンバー49の叫び』の導入部はいささか風変わりだ。

読者はまず第一章の第一パラグラフにおいて、亡き大富豪インヴェラリティの遺言管理執行人に指名された元愛人エディパの意識の流れに招かれる。そこではメキシコのホテルやバルトークの楽曲とともに「コーネル大学の図書館がある斜面」が言及されるが、さらに第四章では「コーネル大学の校歌の節」による替え歌として、卒業後の作家自身が勤めていたボーイング社をモデルにしたと思われるヨーヨーダイン社の賛歌が合唱されるのに気づくだろう。基本的に西海岸を舞台とする物語に、奇妙にも東海岸の大学がくりかえし現れる背景には、作家が一九五三年にニューヨーク州北部の田園都市イサカに位置するアイヴィーリーグ校コーネル大学の理工学部に入り、途中で転部して、一九五九年に英文学学士号を得て卒業直後には、西海岸はワシントン州シアトルのボーイング社に入社したという経緯が反映している。大学時代の彼は文豪ウラジーミル・ナボコフの授業に出て刺激を受けながら、のちに同じく作家兼音楽家としても著名になるリチャード・ファリーニャという親友も得て青春を謳歌していたという。

ここでわたし自身が一九八〇年代半ばにコーネル大学に留学していた時代を想起する

なら、正確には「オーリン図書館」の玄関前からカユーガ湖を見下ろす美しい緑の「斜面」が広がっており、脇にそびえるマグロウ・タワーの鐘楼から定期的に校歌のチャイムが鳴り響いていた。ご参考までに歌詞冒頭は「カユーガ湖の青く波打つ水面を見下ろし、我が高貴なる母校が堂々と聳え立つ」。

さらに重要なのは、当時同大学で教鞭を執っていたフォークナー学者ウォルター・スレイトフ教授こそはピンチョンの指導教官であり(「クラスではおとなしいが文章は素晴らしい」と評していた)、本書併録の「殺すも生かすもウィーンでは」草稿を一読して学内誌『エポック』一九五九年春季号(第九巻第四号)に推薦したという事実であろう。

＊

本書がいまも再読に耐えるのは、グリム童話のラプンツェル姫ゆかりの捕囚体験記が、エディパ自身をとりまくインヴェラリティの権力網の寓話となり、スペインの女性画家レメディオス・バロの傑作「大地のマントを織り紡ぐ」のイメージにたとえられる構図が、六〇年代を読み解くキー・コンセプトのひとつ「パラノイア」(無根拠な恐れを抱く偏執症、妄想症)をみごとに表象している点だ。

エディパがインヴェラリティの秘密を探ろうとすればするほど、かえって彼女自身が生前に彼の仕掛けた罠の深みへはまり込んでいく不思議。何かを主体的に探し求めようとする者本人が、すでに他の誰かによって探し求められ、操られているという逆説的構図。このように地と柄、現実と反現実、国家権力と対抗勢力が識別し難く絡み合う陰謀論的構図へのオブセッションこそは、六〇年代前半に歴史家リチャード・ホーフスタッターが刊行した『アメリカ政治におけるパラノイド・スタイル』（一九六四年）と響き合う。本書を彩るロックバンド「パラノイド」は限りなく主役に近い端役なのである。

じっさい一九六〇年代初頭といえば、一九六二年にキューバ・ミサイル危機が頭をもたげて全面核戦争の恐怖が世界を覆い、一九六三年にテキサス州ダラスにおけるジョン・F・ケネディ大統領暗殺という悲劇が続く。パクス・アメリカーナつまりアメリカ黄金時代を信じ切ったアメリカ人が、その仮面の下にいかに権謀術数渦巻く構図を幻視し、国民的パラノイアの症状をきたすようになったかは、たやすく想像できる。

とはいえ一九六〇年代パラノイアの時代精神は、決して雲散霧消したわけではない。一九八〇年代におけるロナルド・レーガン大統領が構想したスターウォーズ計画や、二一世紀を迎えたイラク戦争下でジョージ・W・ブッシュ大統領が血道を上げたイラク大量破壊兵器捜索などは、パラノイア健在を示す証拠の一端にすぎない。ピンチョンが本作品『競売ナンバー49の叫び』以降、最新長編に至るまで書き継ぐ西海岸カリフォルニア小説シリーズは、まさに一七世紀植民地時代から二一世紀グローバリズム時代までを貫くアメリカの普遍的精神を透視するところに、その最大の隠し味を秘めている。

ちくま文庫

競売《きょうばい》ナンバー49の叫《さけ》び

二〇一〇年 四 月 十 日 第一刷発行
二〇二四年十二月十五日 第十刷発行

著 者 トマス・ピンチョン
訳 者 志村正雄（しむら・まさお）
発行者 増田健史
発行所 株式会社 筑摩書房
東京都台東区蔵前二―五―三 〒一一一―八七五五
電話番号 〇三―五六八七―二六〇一（代表）
装幀者 安野光雅
印刷所 中央精版印刷株式会社
製本所 中央精版印刷株式会社

ISBN978-4-480-42696-3 C0197